Máscaras

Máscaras

AMY HARMON

Traducción de
Patricia Mata

Primera edición: Febrero de 2017
Título original: *Making Faces*

© Amy Harmon, 2013
© de la traducción, Patricia Mata, 2017
© de esta edición, Futurbox Project, S. L., 2017
Todos los derechos reservados.

Diseño de cubierta: Taller de los Libros
Imagen: Shutterstock - Aleshyn Andrei

Publicado por Oz Editorial
C/ Mallorca, 303, 2º 1ª
08037 Barcelona
info@ozeditorial.com
www.ozeditorial.com

ISBN: 978-84-16224-53-1
IBIC: YFM
Depósito Legal: B 2548-2017
Preimpresión: Taller de los Libros
Impresión y encuadernación: CPI (Barcelona)
Impreso en España – *Printed in Spain*

Cualquier forma de reproducción, distribución, comunicación pública o transformación de esta obra sólo puede ser efectuada con la autorización de los titulares, con excepción prevista por la ley. Diríjase a CEDRO (Centro Español de Derechos Reprográficos) si necesita fotocopiar o escanear algún fragmento de esta obra (www.conlicencia.com; 91 702 19 70 / 93 272 04 47).

Para la familia Roos:
David, Angie, Aaron, Garret y Cameron

Soy solo uno,
pero uno soy.
No puedo hacerlo todo,
pero puedo hacer algo;
y, ya que no puedo hacerlo todo,
no rehusaré hacer aquello que sí puedo hacer.

Edward Everett Hale

Prólogo

«En la antigua Grecia creían que, tras la muerte, todas las almas, buenas o malas, descendían al Averno, el reino de Hades, en las profundidades de la Tierra, y que allí moraban eternamente», leyó Bailey en voz alta mientras sus ojos iban de un lado al otro de la página.

«El encargado de proteger el Averno del mundo de los vivos era Cerbero, un enorme y feroz perro de tres cabezas que tenía un dragón por rabo y la espalda llena de cabezas de serpientes». Bailey se estremeció al imaginar cómo debió de sentirse Hércules cuando vio a la bestia por primera vez, sabiendo que tendría que vencer al animal a brazo partido.

»Era el último trabajo de Hércules, la última obra pendiente, y sería la misión más difícil de todas. El héroe sabía que quizá, después de bajar al Averno, enfrentarse a monstruos y fantasmas y luchar contra demonios y todo tipo de criaturas míticas por el camino, nunca podría volver al mundo de los vivos.

»Sin embargo, no le temía a la muerte. Se había enfrentado a ella muchas veces y anhelaba el día en que también él sería liberado de su servidumbre infinita. Así pues, Hércules partió, deseando en secreto encontrarse en el Reino de Hades con las almas de los seres queridos que lo habían dejado y por los que ahora hacía penitencia».

1

Ser una superestrella o un superhéroe

Primer día de clase, septiembre de 2001

Había tanto ruido en el gimnasio del instituto que Fern tuvo que acercarse a Bailey y gritarle en la oreja para que la oyera. Bailey podía desplazarse tranquilamente con la silla de ruedas a través de la ingente masa de alumnos, pero Fern empujaba la silla porque así era más fácil que no se separaran.

—¿Ves a Rita? —gritó ella mientras buscaba entre la multitud.

Rita sabía que tenían que sentarse en la primera fila de las gradas para que el chico pudiera colocarse junto a ellas en la silla de ruedas. Bailey señaló y Fern siguió el dedo con la mirada hasta donde estaba Rita. Esta saludaba con la mano frenéticamente, de manera que le botaban los pechos y el pelo sedoso se le movía de un lado a otro por encima de los hombros. Se acercaron a ella y Fern dejó que Bailey tomara el control de la silla de ruedas mientras ella se sentaba en la segunda fila, justo detrás de Rita; Bailey colocó la silla al lado de la grada.

A Fern no le gustaban las asambleas para animar al equipo. Era bajita, y la gente solía chocar con ella o apretujarla, independientemente de dónde se sentara. Además, no le interesaba chillar y patalear para animar al equipo. Suspiró y se puso cómoda para la media hora de gritos, música a todo volumen y jugadores de fútbol americano que se motivaban a ellos mismos hasta la histeria.

—Por favor, poneos en pie para escuchar el himno nacional —dijo una voz estridente. El micrófono silbó a modo de protesta e hizo que la gente se estremeciera y se tapara las orejas. El gimnasio finalmente quedó en silencio.

—Chicos y chicas, hoy tenemos una sorpresa.

Connor O'Toole, también conocido como Beans, sujetaba el micro con una mirada perversa. Beans siempre tramaba algo y consiguió al instante la atención de los asistentes. Era medio irlandés medio hispano, y su nariz respingona, sus ojos brillantes color avellana y su sonrisa diabólica no concordaban con su piel morena. Era parlanchín y estaba claro que disfrutaba hablando por el micrófono.

—Nuestro amigo Ambrose Young ha perdido una apuesta. Dijo que, si ganábamos el primer partido, cantaría el himno nacional en esta asamblea. —Se oyeron gritos ahogados y la gente empezó a hablar más alto—. Pero no solo ganamos el primer partido, sino que también hemos ganado el segundo. —El público gritó y empezó a patalear contra el suelo—. Y, como es un hombre de palabra, aquí está Ambrose Young para cantar el himno nacional —añadió Beans antes de darle el micrófono a su amigo.

Beans era pequeño. A pesar de ser un alumno de último curso, era uno de los más bajitos del equipo y era más adecuado para la lucha libre que para el fútbol americano. Ambrose iba al mismo curso, pero no era bajito. Sobrepasaba a Beans (sus bíceps tenían casi el mismo diámetro que la cabeza de su amigo) y parecía salido de la cubierta de una novela romántica. Hasta su nombre parecía el de un personaje de un relato erótico. Fern entendía del tema, había leído muchas novelas del género: machos alfa de abdominales duros y miradas ardientes con los que eras feliz para siempre. Pero ninguno de ellos estaba a la altura de Ambrose Young, ni en la ficción ni en la vida real.

Para Fern, Ambrose Young era increíblemente guapo, un dios griego entre los mortales, el típico chico que sale en los cuentos de hadas y en las películas. A diferencia de los demás chicos, tenía el pelo oscuro y ondulado, que le llegaba a la altura de los hombros, y a menudo se lo peinaba hacia atrás para que no le tapara los ojos marrones con pestañas abundantes. El corte cuadrado de su mandíbula definida evitaba que fuera demasiado guapo, eso y el hecho de que midiera aproximadamente un metro noventa sin zapatos, que pesara unos noventa y siete kilos a los dieciocho años y que estuviera musculado desde los hombros hasta los gemelos, bien definidos.

Corría el rumor de que la madre de Ambrose, Lily Grafton, se había enrollado con un modelo de ropa interior italiano en Nueva York cuando intentaba hacerse famosa. El *affaire* acabó rápidamente cuando él descubrió que estaba embarazada. Plantada y embarazada, volvió a casa y se vio arrastrada a los reconfortantes brazos de su viejo amigo Elliott Young, que se casó con ella gustosamente y aceptó al bebé seis meses más tarde. En la ciudad le prestaban especial atención al precioso bebé a medida que iba creciendo, especialmente porque el pequeño y rubio Elliott Young terminó teniendo un hijo moreno, de pelo y ojos oscuros y una complexión digna de... bueno, de un modelo de ropa interior. Catorce años más tarde, cuando Lily dejó a Elliott Young y se mudó a Nueva York, a nadie le sorprendió que esta fuera a buscar al verdadero padre de su hijo. Lo sorprendente fue que el niño, de catorce años, se quedó en Hannah Lake con Elliott.

Por aquel entonces, Ambrose era uno más del pueblo, y la gente especulaba que esa era la razón por la que se había quedado. Podía lanzar una jabalina como si fuera un guerrero mítico y pasaba a través de las líneas defensivas de los oponentes en el campo de fútbol como si fueran de papel. Llevó a su pequeño equipo de la liga al campeonato del distrito y era capaz de hacer un mate de baloncesto para cuando tenía quince años. Todos estos eran hechos destacables, pero en Hannah Lake, Pensilvania, donde se cerraban las tiendas para ver los combates locales y se seguía la clasificación estatal como si fueran los números ganadores de la lotería, donde la lucha libre era una obsesión que competía con la que sentían por el fútbol americano en Texas, era considerado una estrella por su destreza en el tapiz.

La multitud se calló en cuanto Ambrose agarró el micrófono, ya que todos esperaban con ansia lo que probablemente sería un divertidísimo destrozo del himno. Ambrose era conocido por su fuerza, su buen físico y su destreza atlética, pero nadie lo había oído cantar nunca. El silencio estaba saturado de una expectación vertiginosa. Se apartó el pelo y metió una mano en el bolsillo como si estuviera incómodo. Entonces, fijó la mirada en la bandera y empezó a cantar.

—*Oh, say can you see by the dawn's early light...*

Se volvió a oír un grito ahogado en la audiencia, no porque lo hiciera mal, sino porque lo hacía de maravilla. La voz de Ambrose Young concordaba con el envoltorio en el que estaba encerrada. Era suave, profunda y muy intensa. Si el chocolate negro cantara, sonaría como Ambrose Young. Fern se estremecía a medida que la voz la envolvía, como si fuera un ancla que se le aferraba al vientre y la llevaba con ella a las profundidades del océano. Dejó que se le cerraran los ojos detrás de las gafas de cristales gruesos y que el sonido la inundara. Era increíble.

—*O'er the land of the free...* —La voz del chico alcanzó las notas más altas, y Fern se sintió como si hubiera escalado el Everest: falta de aliento y triunfante—. *And the home of the brave.*

La muchedumbre rugió a su alrededor, pero Fern todavía estaba pendiente de la última nota.

—¡Fern! —resonó la voz de Rita. Dio un empujón a la pierna de su amiga, pero esta lo ignoró.

Fern estaba disfrutando de un momento con la que era, en su opinión, la voz más bonita del mundo.

—Fern está teniendo su primer orgasmo —dijo entre risas una de las amigas de Rita.

Fern abrió los ojos rápidamente y vio como Rita, Bailey y Cindy Miller la miraban sonriendo ampliamente. Por suerte, gracias a los aplausos y a los gritos, la gente de su alrededor no había oído la valoración humillante de Cindy.

Fern era pequeña y pálida, con el pelo de un color rojo intenso y rasgos fáciles de olvidar; sabía que era la clase de chica a la que se suele pasar por alto, se ignora con facilidad y sobre la que no se fantasea. Había pasado su niñez como flotando, sin dramas ni algarabías, anclada en la conciencia plena de su propia mediocridad.

Al igual que Zacarías e Isabel, padres del personaje bíblico Juan Bautista, los padres de Fern ya eran mayores cuando formaron una familia. A los cincuenta y cinco años, Joshua Taylor, el popular pastor del pueblo de Hannah Lake, se quedó atónito cuando Rachel, la que había sido su mujer durante quince años, le dijo que iban a tener un hijo. La mandíbula le cayó al suelo, le temblaban las manos, y, si no hubiera sido por la serena alegría en la cara de su mujer, que tenía cuarenta y cinco años, habría pensado que le estaba gastando una broma por primera vez en la vida. Siete meses más tarde, Fern vino al mundo. Fue un milagro inesperado, y toda la ciudad lo celebró con la entrañable pareja. Fern pensaba que era irónico que la hubieran considerado un milagro, cuando su vida había sido de todo menos milagrosa.

Fern se quitó las gafas, las limpió con el dobladillo de la camiseta y consiguió que las caras que la miraban divertidas desaparecieran de su vista. «Que se rían si quieren», pensó, porque la realidad era que se sentía eufórica y mareada al mismo tiempo, como se sentía a veces después de una escena de amor especialmente satisfactoria en una de sus novelas favoritas. Fern Taylor amaba a Ambrose Young, lo amaba desde que tenía diez años y lo había escuchado cantar algo completamente diferente. Pero en ese momento, él había alcanzado un nivel completamente nuevo de belleza, y Fern se tambaleaba, aturdida al descubrir que un chico pudiera tener tantos talentos.

Agosto de 1994

Fern fue a casa de Bailey; estaba aburrida y había leído todos y cada uno de los libros que había sacado prestados de la biblioteca la semana anterior. Se encontró a Bailey sentado como una estatua en los escalones de cemento que daban a la puerta principal de su casa. Sus ojos enfocaban algo que había en la acera delante de él. Fern lo sacó de su ensimismamiento cuando estuvo a punto de pisar, por poco, el objeto de su fascinación. Él gritó y Fern chilló al ver una araña gigante y marrón a pocos centímetros de su pie.

La araña siguió su camino y cruzó lentamente el largo tramo de cemento. Bailey dijo que la había estado siguiendo durante media hora, sin acercarse mucho, porque al fin y al cabo era una araña y daba asco. Fern nunca había visto una araña tan grande. Tenía el cuerpo del tamaño de una moneda de cinco centavos, pero con las piernas larguiruchas llegaba fácilmente a tener el tamaño de una moneda de cincuenta. Bailey estaba alucinando. Al fin y al cabo, era un chico y la araña daba asco.

Fern se sentó a su lado a mirar cómo el bicho se tomaba su tiempo para cruzar la calle de delante de casa de Bailey. Deambulaba como un anciano de paseo, sin prisa, sin miedo, sin un propósito en mente; un ciudadano veterano con piernas largas y cenceñas que desplegaba con cuidado cada vez que daba un paso. Se fijaban en el bicho, embelesados por su belleza aterradora. Este pensamiento pilló a Fern desprevenida. Era precioso a pesar de que a ella le diera miedo.

—Mola —dijo ella, maravillada.

—Evidentemente. Es una pasada —respondió Bailey con la mirada fija en el arácnido—. Ojalá yo tuviera ocho piernas. Me pregunto por qué a Spiderman no le salieron ocho patas cuando le picó la araña radiactiva. Le dio un sentido de la vista excelente, fuerza y la habilidad de tejer telarañas. ¿Por qué no las patas extra? ¡Oye, a lo mejor su veneno cura la distrofia muscular, y si dejo que este pequeñín me pique, me vuelvo corpulento y fuerte! —dijo Bailey, rascándose la barbilla como si lo estuviera considerando de verdad.

—Eh... yo no me arriesgaría —replicó Fern, que se estremeció.

Volvieron a quedarse hipnotizados y no se dieron cuenta del chico que pasaba en bicicleta por la acera.

El chico vio a Bailey y Fern tan quietos y en silencio que no pudo evitar interesarse. Se bajó de la bicicleta, la dejó en el césped y siguió su mirada hasta la araña grande y marrón que trepaba por la acera de enfrente de la casa. La madre del chico tenía fobia a las arañas y siempre lo obligaba a matarlas inmediatamente. Había matado a tantas que ya ni siquiera le daban miedo. Pensó que quizá Bailey y Fern estaban asustados, que estaban muertos de miedo y no eran capaces ni de moverse. Podía ayudarlos. Así que corrió hasta donde estaban ellos y aplastó la araña bajo su gran zapatilla de deporte blanca. Así, sin más.

Fern y Bailey clavaron la mirada en el chico.

—¡Ambrose! —gritó Bailey, horrorizado.

—La has matado —susurró Fern con voz sorprendida.

—¡La has matado! —rugió Bailey, que se puso de pie. Se cayó en la acera y miró la mancha marrón que había ocupado la última hora de su vida—. Necesitaba su veneno. —Bailey todavía estaba inmerso en la fantasía de remedios arácnidos y superhéroes. Y entonces, para sorpresa de todos, se echó a llorar.

Ambrose miró a Bailey, boquiabierto, y vio como, con pasos inseguros, subió los escalones y cerró de un portazo al entrar. Ambrose cerró la boca y metió las manos en los bolsillos de los pantalones.

—Lo siento —le dijo a Fern—, pensaba que teníais miedo, como estabais ahí los dos sentados mirando... A mí no me dan miedo las arañas, solo quería ayudar.

—Quizá deberíamos enterrarla —dijo Fern, con una mirada triste detrás de las gafas.

—¿Enterrarla? —preguntó él, sorprendido—. ¿Era su mascota?

—No, acabábamos de conocerla, pero es posible que le haga sentirse mejor —respondió ella con seriedad.

—¿Por qué está tan triste?

—Porque la araña se ha muerto.

—¿Y qué? —Ambrose no pretendía ser un capullo. No lo entendía. Y la pequeña cabeza roja de pelo rizado le estaba poniendo de los nervios. La había visto antes en el colegio y sabía cómo se llamaba, pero no la conocía. Se preguntaba si era especial. Su padre decía que debía portarse bien con los chicos especiales porque ellos no podían evitar ser así.

—Bailey tiene una enfermedad que le debilita los músculos. Puede ser mortal, y por eso no le gusta cuando algo muere. Le resulta difícil —respondió ella con sencillez y honestidad. Al decir eso, dio la impresión de ser una chica inteligente.

Entonces, Ambrose entendió lo que había pasado en el campamento de lucha libre ese verano: Bailey no podía luchar porque estaba enfermo. Ambrose volvió a sentirse mal.

Se sentó al lado de Fern.

—Te ayudaré a enterrarla.

Fern se puso de pie y echó a correr hacia su casa antes de que él hubiera acabado de hablar.

—Tengo una cajita perfecta. Intenta despegarla del suelo —gritó con la cabeza girada hacia atrás.

Ambrose usó un trozo de corteza del parterre de los Sheen para recoger los restos de la araña. Fern volvió en medio minuto y sujetó la caja blanca de un anillo con la tapa abierta mientras él ponía los intestinos del bicho en el inmaculado algodón. Fern cerró la caja y lo miró con un gesto solemne. Ambrose la siguió hasta el patio de su casa y juntos excavaron un agujero en un rincón del jardín.

—Creo que así ya está bien —dijo él, cogiendo la cajita de las manos de Fern. La colocó en el agujero y los dos se quedaron mirándola.

—¿Crees que tendríamos que cantar algo? —preguntó Fern.

—Yo solo me sé una canción sobre arañas.

—¿La de La pequeña araña?

—Sí.

—Yo también me la sé.

Juntos, Fern y Ambrose cantaron la canción de la araña que subía y subía y subía hasta que la lluvia se la llevaba, y entonces esperaba a que saliera el sol y por fin lograba subir de una vez por todas.

Cuando acabó la canción, Fern puso la mano sobre la de Ambrose.

—Deberíamos rezar una oración. Mi padre es pastor, sé cómo hacerlo, yo me encargo.

A Ambrose le parecía extraño coger de la mano a Fern. La tenía mojada y sucia por haber cavado la tumba, y era muy pequeña. Pero antes de que pudiera protestar, la niña dijo con los ojos cerrados con fuerza y cara de concentración:

—Padre nuestro, gracias por todo lo que has creado. Nos ha encantado observar a la araña. Molaba y nos ha hecho felices durante un rato, hasta que Ambrose la ha aplastado. Gracias por hacer que incluso las cosas feas sean bellas. Amén.

Ambrose no había cerrado los ojos, miraba fijamente a Fern. Ella abrió los ojos, le sonrió con dulzura y le soltó la mano. Entonces empezó a echar tierra encima de la caja blanca hasta que *la cubrió completamente y formó la letra B con piedras al lado de la A que había hecho Ambrose.*

—¿De qué es la B? —preguntó Ambrose. Pensó que quizá la araña tenía nombre y él no lo sabía.

—Araña bonita —respondió Fern—. Así es como la recordaré.

2

Ser valiente

Septiembre de 2001

A Fern le encantaba el verano porque pasaba los días sin hacer nada más que estar horas y horas con Bailey o leyendo, pero el otoño en Pensilvania era impresionante. Aunque todavía era verano, puesto que no estaban ni a mediados de septiembre, las hojas ya habían empezado a cambiar, y Hannah Lake estaba llena de colores dorados mezclados con el verde oscuro del verano que se alejaba. Habían vuelto a empezar las clases. Ahora eran alumnos de último curso y estaban en la cúspide de la pirámide. Este sería el último año antes de comenzar la vida real.

Pero para Bailey la vida real era el ahora, este instante, porque cada día iba a peor. Él no se volvía más fuerte, sino más débil; no se acercaba a la edad adulta, sino a su fin. Se había convertido en un experto en vivir el momento y no pensar en qué le depararía el futuro.

La enfermedad que padecía hacía que ya no pudiera levantar los brazos ni siquiera a la altura del pecho, y esto le impedía hacer las cosas que la gente hacía cada día sin pensárselo dos veces. A su madre le preocupaba que siguiera en el instituto porque la mayoría de las personas con distrofia muscular de Duchenne no pasaban de los veintiún años, y Bailey tenía los días contados. El hecho de exponerse a enfermedades todos los días era motivo de preocupación, pero al no poder tocarse la cara estaba protegido de gérmenes que el resto de niños se restregaban por todo el cuerpo, así que rara vez faltaba a clase. Podía arreglárselas con una tablilla con sujetapapeles en el regazo, pero le costaba, y, si se le caía, no podía agacharse a recogerla. Le resultaba mucho más fácil trabajar en un ordenador o acercar la silla de ruedas a una mesa y apoyar las manos encima. El instituto Hannah Lake era pequeño y no tenía muchos fondos, pero, con un poco de ayuda y unos pocos ajustes en su rutina, Bailey se graduaría y, probablemente, con matrícula de honor.

A segunda hora, la clase de Introducción al Cálculo estaba repleta de alumnos de último año. Bailey y Fern se sentaron en la parte de atrás, en una mesa lo suficientemente alta como para que Bailey la pudiera utilizar, y a ella la nombraron su ayudante, a pesar de que él la ayudaba más a ella en clase que al revés. Ambrose Young y Grant Nielson también se sentaron al final de la clase, y Fern se alegraba de estar tan cerca de Ambrose, aunque él, a un metro de distancia y encajado en un pupitre demasiado pequeño para alguien de su tamaño, no supiera de su existencia.

El señor Hildy llegaba tarde. Solía llegar tarde a segunda hora y a nadie le importaba. No daba clase a primera hora y normalmente lo veían por las mañanas con una taza de café delante de la televisión de la sala de profesores. Pero ese martes entró a clase y encendió la televisión que colgaba en la esquina de la clase, a la izquierda de la pizarra. Los televisores eran nuevos, las pizarras, viejas, y el profesor, anciano, así que nadie le prestó atención cuando se puso de pie delante de la pantalla mirando como el presentador de televisión hablaba de un accidente de avión. Eran las nueve en punto.

—¡Silencio, por favor! —gritó el señor Hildy.

Todo el mundo obedeció a regañadientes. La imagen de la pantalla enfocaba dos edificios altos. En el lateral de uno ellos había humo negro y fuego.

—¿Es Nueva York, señor Hildy? —preguntó alguien de primera fila.

—Es el World Trade Center —dijo el profesor—. Eso no es un avión regional, me da igual lo que digan.

—¡Mira, ahí hay otro!

—¿Otro avión?

Se oyó un grito ahogado colectivo.

—No me jo... —La voz de Bailey se fue apagando, y Fern se tapó la boca con la mano mientras todos observaban como otro avión se estrellaba en el lado de la otra torre, la que no estaba ardiendo.

Los presentadores reaccionaban igual que los estudiantes en el aula: estaban atónitos, confundidos, intentaban decir algo inteligente mientras miraban con creciente horror aquello que, claramente, no había sido un accidente.

Ese día no hubo deberes de Cálculo. En lugar de eso, los alumnos de la clase de Matemáticas del señor Hildy vieron cómo se hacía historia. Puede que el profesor considerara que los alumnos de último año eran lo suficientemente adultos para ver las imágenes que se emitían y escuchar las especulaciones.

El señor Hildy era un anciano veterano de la guerra de Vietnam que no tenía pelos en la lengua y odiaba la política. Contempló con sus estudiantes como atacaban Estados Unidos y no pestañeó, pero en su interior se estremecía. Él mejor que nadie sabía cuál sería el coste de aquello: vidas jóvenes. Habría una guerra, no podía no haberla después de algo así. De ninguna manera.

—¿No estaba Knudsen en Nueva York? —preguntaron—. Dijo que iba con la familia a ver la Estatua de la Libertad y muchas más cosas.

Landon Knudsen era el vicepresidente del cuerpo estudiantil, miembro del equipo de fútbol y un chico popular que caía bien a todo el mundo en el instituto.

—Oye, Brosey, ¿tu madre no vive en Nueva York? —preguntó Grant repentinamente, con los ojos muy abiertos.

Ambrose no apartaba la mirada de la televisión. Tenía una expresión seria. Asintió. El miedo le revolvía el estómago. Su madre no solo vivía en Nueva York, sino que además trabajaba de secretaria en una agencia publicitaria que estaba en la Torre Norte del World Trade Center. Se intentaba convencer de que estaba bien: su oficina estaba en una planta más baja.

—Quizá deberías llamarla. —Grant parecía preocupado.

—Lo he intentado. —Ambrose le enseñó el teléfono móvil, que en teoría no podía tener en clase, pero el señor Hildy no dijo nada.

Todos miraron como lo volvía a intentar.

—La línea está ocupada. Seguramente todo el mundo está intentando llamar. —Cerró la tapa del teléfono.

Nadie dijo nada. Sonó el timbre, pero nadie se movió de su asiento. Unos cuantos alumnos entraron al aula para la tercera clase, pero se estaba corriendo la voz y el horario habitual del instituto no se ajustaba a la tragedia que estaba teniendo lugar. Los estudiantes que acababan de entrar se sentaron encima de los pupitres o se quedaron de pie apoyados en la pared y miraron la pantalla con los demás.

Entonces la Torre Sur se derrumbó. Estaba allí y, de repente, había desaparecido. Se había convertido en una enorme nube gris, densa y llena de escombros que había arrasado el edificio. Alguien chilló, y todo el mundo hablaba y señalaba. Fern alargó el brazo y cogió a Bailey de la mano. Un par de chicas rompieron a llorar.

El señor Hildy estaba tan pálido como la pizarra en la que escribía para ganarse la vida. Dirigió la mirada a los alumnos que se apiñaban en la clase y deseó no haber encendido el televisor. No tenían por qué ver aquello; eran jóvenes, ingenuos, inocentes. Abrió la boca para tranquilizarlos, pero su intolerancia a las tonterías le impidió hablar. Nada de lo que pudiera decir dejaría de ser una mentira flagrante; era incluso posible que lo que dijera los asustara todavía más. No era real, no podía serlo. Era una ilusión, un truco de magia, un espejismo. Pero la torre había desaparecido. La torre contra la que había chocado el segundo avión había sido la primera en caer. Cincuenta y seis minutos después del impacto.

Fern se aferró a la mano de Bailey. La nube de humo y polvo ondeante parecía el relleno del viejo oso de peluche, lleno de algodón sintético barato y rizado, que Fern había ganado en la feria. Un día había golpeado a Bailey en la cabeza con el oso. Se le había caído el brazo derecho y había tirado relleno blanco y esponjoso por doquier. Pero esto no era la feria, era un callejón espeluznante con calles laberínticas llenas de gente cubierta de ceniza, como si fueran zombis, zombis que lloraban y pedían ayuda.

Cuando escucharon la noticia de que un avión había sido derribado a las afueras de Shanksville, a poco más de cien kilómetros de Hannah Lake, los estudiantes empezaron a salir de clase, incapaces de aguantar más. Se fueron corriendo del instituto en manada; necesitaban que les aseguraran que no se había acabado el mundo en Hannah Lake, necesitaban a sus familias.

Ambrose Young se quedó en el aula del señor Hildy y vio caer la Torre Norte una hora después del derrumbamiento de la Torre Sur. Su madre seguía sin responder al teléfono. ¿Cómo quería que contestara si él solo oía un extraño zumbido en la oreja cada vez que intentaba llamar? Se fue a la sala de lucha libre. Allí, en la esquina, en el lugar donde más cómodo se sentía, sentado en una lona mal enrollada, rezó una oración extraña. No se sentía cómodo pidiéndole cosas a Dios, cuando este estaba tan ocupado. Acabó con un «amén» ahogado e intentó localizar a su madre una vez más.

Julio de 1994

Fern y Bailey estaban sentados en la parte alta de las gradas. Chupaban los polos lilas que habían robado del congelador de la sala de profesores mientras miraban con fascinación los cuerpos que luchaban y se retorcían en los tapices. Ellos no participaban en el campamento de lucha libre que organizaba el padre de Bailey, el entrenador de lucha libre del instituto. No se fomentaba que las chicas participaran, y Bailey no podía porque la enfermedad que sufría le había empezado a debilitar considerablemente las extremidades.

Básicamente, Bailey había nacido con todo el músculo que iba a tener a lo largo de su vida, por eso sus padres tenían que sopesar cuidadosamente cuánta actividad física podía hacer. Si hacía demasiado, las fibras musculares se le romperían. Si esto le sucedía a una persona sana, los músculos se regeneraban solos y se volvían más fuertes que al principio, era el proceso que hacía que los músculos crecieran. Pero los músculos de Bailey no se podían regenerar. Por otro lado, si no hacía la actividad física suficiente, el músculo que ya tenía se debilitaría con más rapidez. Desde los cuatro años, cuando le diagnosticaron dis-

trofia muscular de Duchenne, la madre de Bailey controlaba la actividad física como si fuera una sargento instructora: le hacía nadar con un chaleco salvavidas a pesar de que era como un pez en el agua, lo obligaba a hacer siesta, a tener ratos de calma y a dar paseos tranquilos para que su hijo se mantuviera tan lejos de la silla de ruedas como le fuera posible, y hasta el momento lo habían conseguido. La mayoría de niños con distrofia muscular de Duchenne necesitaban a los diez años la silla de ruedas, pero Bailey todavía caminaba.

—Puede que no sea tan fuerte como Ambrose, pero creo que podría ganarle de todos modos —dijo Bailey, mirando la lucha con el ceño fruncido.

Ambrose Young destacaba por encima de los demás. Iba al mismo curso que Bailey y Fern, pero él ya tenía once años, era grande para su curso y sobrepasaba en altura a los demás chicos de su edad. Estaba luchando con uno de los del equipo de lucha del instituto que ayudaban en el campamento y se estaba defendiendo. El entrenador Sheen lo miraba desde el lateral, gritaba instrucciones y, de vez en cuando, hacía que pararan para enseñarles llaves de sumisión o de ataque.

Fern resopló y chupó el polo lila, deseando tener un libro a mano para ponerse a leer. Si no fuera por el polo, ya se habría ido. No le interesaban los chicos sudados.

—No podrías ganar a Ambrose, Bailey. Pero no pasa nada, yo tampoco podría.

Bailey miró a Fern, furioso, y se giró tan deprisa que se le resbaló el polo de la mano y le rebotó en la rodilla.

—No soy fuerte, pero soy muy inteligente y me sé todas las técnicas. Mi padre me ha enseñado las llaves y dice que tengo buena cabeza para la lucha libre —repitió Bailey, con el ceño fruncido, enfadado. Ya ni se acordaba del helado.

Fern le dio una palmada en la rodilla y siguió comiéndose el polo.

—Tu padre te lo dice porque te quiere, igual que mi madre me dice que soy guapa. Porque me quiere. No soy guapa... y tú no podrías ganar a Ambrose.

De repente, Bailey se puso de pie y se tambaleó. A Fern le dio un vuelco el corazón al imaginarlo cayendo por las gradas.

—¡Tú no eres guapa! —gritó Bailey. Fern estaba furiosa—. Pero a mí, mi padre nunca me mentiría como hace tu madre. Ya lo verás. Cuando sea mayor seré el luchador más fuerte del universo. Seré el mejor.

—Mi madre dice que no llegarás a ser mayor, ¡te morirás antes! —respondió Fern, gritando. Repetía lo que había oído decir a sus padres cuando ellos creían que no escuchaba.

Bailey se desmoronó y comenzó a bajar las gradas, cogido de la barandilla, titubeando y balanceándose. Fern sentía como se le llenaban los ojos de lágrimas, y su expresión se desmoronó igual que la de Bailey. Lo siguió a pesar de que él se negaba a volver a mirarla a los ojos. Los dos lloraron de camino a casa, Bailey pedaleó en la bicicleta tan rápido como pudo y en ningún momento dirigió la mirada a Fern, la ignoró. Ella iba a su lado y se limpiaba constantemente la nariz con las manos pegajosas. Cuando llegó a casa y le contó a su madre lo que había dicho, Fern tenía la cara llena de mocos y de polo lila. Su madre le cogió la mano en silencio y se dirigieron a la casa de Bailey, que vivía justo al lado. Mientras Angie, madre de Bailey y tía de Fern, hablaba con su hijo, al que tenía sentado en el regazo, Fern y su madre subían los escalones del porche.

Rachel Taylor se sentó en la mecedora de al lado y se colocó a Fern en el regazo. Angie miró a la niña y sonrió un poco al ver los chorretones lilas que le habían dejado el helado y las lágrimas. Bailey escondía el rostro en el hombro de su madre. Eran ya muy mayores para sentarse en los regazos de sus madres, pero la ocasión lo merecía.

—Fern —dijo la tía Angie con delicadeza—, le estaba contando a Bailey que tienes razón, que va a morir.

Fern rompió a llorar otra vez. Su madre se la acercó al pecho de tal manera que la niña sentía como su corazón latía bajo la mejilla. Sin embargo, su tía permanecía serena y no lloraba. Parecía que había llegado a la conclusión que a Fern le costaría tantos años aceptar. Bailey abrazó a su madre y empezó a llorar desconsoladamente.

La tía Angie le acarició la espalda y le besó la cabeza.

—Bailey. Escúchame un momento, cariño.

Bailey, que seguía llorando, levantó la cabeza y la miró, y luego a Fern, con una mirada fulminante, como si ella tuviera la culpa de lo que estaba pasando.

—Morirás, yo también moriré. Y Fern. ¿No lo sabías? La tía Rachel también morirá. —Angie miró a la madre de Fern y le sonrió para pedirle perdón por haberla incluido en la predicción macabra.

Bailey y Fern se miraron horrorizados, el shock había hecho que dejaran de llorar.

—Todos los seres vivos mueren, Bailey, pero algunos viven más tiempo que otros. Es cierto que tu enfermedad probablemente hará que tu vida sea más corta de lo normal, pero nosotros tampoco sabemos cuánto tiempo vamos a vivir.

Bailey miró a su madre. Parte del miedo y la desesperación habían desaparecido de su rostro.

—¿Igual que el abuelo Sheen?

Angie asintió y le besó la frente.

—Sí, el abuelo no tenía distrofia muscular, pero tuvo un accidente, ¿verdad? Y se fue antes de lo que nos habría gustado. Pero la vida es así. No podemos elegir ni cuándo ni cómo morimos. Nadie puede. —Angie miró al niño directamente a los ojos y repitió con firmeza—: ¿Queda claro, Bailey? Nadie puede.

—Entonces, ¿puede ser que Fern muera antes que yo? —preguntó Bailey con optimismo.

Fern notó como una risa escapaba del pecho de su madre y alzó la vista, sorprendida. Rachel Taylor sonreía y se mordía el labio. Entonces Fern entendió lo que estaba haciendo la tía Angie.

—¡Claro! —Fern se incorporó asintiendo. Los rizos le botaron vigorosamente—. Puede que me ahogue mientras me baño esta noche. O puede que me caiga por las escaleras y me rompa el cuello, Bailey. A lo mejor me atropella un camión mañana, cuando vaya en bici. ¿Lo ves? No estés triste, todos la acabaremos palmando.

Angie y Rachel se echaron a reír, y Bailey, con una enorme sonrisa en la cara, se unió.

—Puede que te caigas de un árbol del jardín, Fern. O que te explote la cabeza de leer tantos libros.

Angie abrazó a su hijo con fuerza y soltó una risita.

—Bueno, ya vale, Bailey. No queremos que a Fern le explote la cabeza, ¿verdad?

Bailey dirigió la mirada a Fern. Todos vieron que se lo estaba planteando de verdad.

—No, supongo que no. Pero sí que espero que la palme antes que yo.

Luego la retó a luchar en el césped que había delante de la casa, donde la inmovilizó en menos de cinco segundos. ¿Quién lo habría dicho? Quizá sí que habría podido darle una paliza a Ambrose Young.

2001

Los días y las semanas después de los ataques del 11S la vida volvió a la normalidad, aunque había un sentimiento de malestar general. Como cuando llevas puesta tu camiseta favorita, pero del revés: sigue siendo tu camiseta, es fácilmente reconocible, pero te roza en sitios que no debería, las costuras están expuestas, las etiquetas cuelgan, los colores están apagados y las palabras, del revés. A diferencia de lo que pasa con la camiseta, la sensación de incomodidad en este caso no tenía solución. Era permanente, era lo normal en ese momento.

Bailey miraba las noticias fascinado y aterrorizado a partes iguales mientras escribía sin parar en el ordenador. Llenaba páginas y páginas de observaciones, hacía una crónica histórica, documentaba las imágenes y las tragedias infinitas en sus propias palabras. A Fern siempre le había encantado el romance, mientras que a Bailey siempre le había encantado la historia. Ya de pequeño se sumergía en historias del pasado y se dejaba envolver por el consuelo que daban su atemporalidad y longevidad. Leer historias sobre el rey Arturo, que vivió y murió hacía más de mil años, significaba que era inmortal, y eso, para un chico que sentía como las arenas del tiempo se le escapaban en una eterna cuenta atrás, era un concepto embriagador.

Bailey había escrito religiosamente en un diario desde que sabía escribir. Sus diarios llenaban una balda de la estantería de su habitación junto con las historias de otros hombres y revestían la pared con los mejores momentos de una vida joven y los pensamientos y los sueños de una mente activa. Pero, a pesar de la obsesión que tenía por capturar la historia, Bailey era el único que parecía tomarse la situación con calma: seguía disfrutando de las mismas cosas, se burlaba de Fern como siempre se había burlado y, cuando Fern ya no podía escuchar más la historia que salía de la pantalla del televisor, era él quien la ayudaba a calmar el torbellino emocional por el que todos estaban pasando.

Fern lloraba con más facilidad, estaba más asustada y más cariñosa, y no era la única. La indignación y la pena habían impregnado la vida diaria, la muerte se había vuelto un tema muy real, y los alumnos de último curso de instituto de Hannah Lake estaban resentidos y asustados. ¡Era el último curso! Se suponía que tenía que ser el mejor año de sus vidas, y no querían estar asustados.

—Ojalá la vida se pareciera más a las historias de mis libros —se quejó Fern, que intentaba colgarse su mochila y la de Bailey en el estrecho hombro para regresar a casa—. En los libros, los protagonistas nunca mueren. Si murieran, la historia sería una porquería, se acabaría el libro.

—Todos somos protagonistas para alguien —teorizó Bailey, mientras se dirigía a través de los abarrotados pasillos hasta la salida más cercana una tarde de noviembre—. No hay personajes secundarios. Imagina cómo debió sentirse Ambrose mientras escuchaba las noticias en clase del señor Hildy, sabiendo que su madre trabajaba en una de las torres. Está sentado en clase, viéndolo todo por la televisión, preguntándose, probablemente, si está viendo la muerte de su madre. Puede que ella sea un personaje secundario para nosotros, pero es la protagonista para él.

Fern se inquietó y sacudió la cabeza al recordarlo. Nadie supo hasta más tarde lo próximo y personal que había sido el 11S para Ambrose Young. Se había mostrado muy sereno y callado, sentado en el aula de Matemáticas, marcando una y otra vez un número de teléfono sin obtener respuesta. Nadie sospechó nada. El entrenador Sheen lo encontró en la sala de lucha libre cuando hacía más de cinco horas que las torres habían caído y todos se habían ido a casa.

—No consigo localizarla, entrenador —susurró Ambrose, como si el esfuerzo de hablar más alto fuera a hacerle perder el control—. No sé qué hacer. Estaba trabajando en la Torre Norte y la torre ya no está. ¿Qué pasa si ella tampoco está ya?

—Tu padre debe estar preguntándose dónde estás. ¿Has hablado con él?

—No. Seguro que él también está como loco. Finge que ya no la quiere, pero yo sé que no es así. No quiero hablar con él hasta que tenga buenas noticias.

El entrenador Sheen se sentó al lado del chico, que, en comparación, le hacía parecer enano, y le puso el brazo por encima de la espalda. Si Ambrose no estaba listo para ir a casa todavía, se quedaría con él. Le habló de temas al azar: de la próxima temporada, de los chicos que estaban en la misma categoría de peso y de los puntos fuertes de los diferentes equipos del distrito. Juntos trazaron estrategias para los compañeros; el entrenador distraía al chico con cosas sin importancia mientras pasaban el tiempo. Ambrose estaba tranquilo hasta que, de repente, el teléfono sonó de forma estridente. Ambos dieron un bote y se llevaron las manos a los bolsillos.

—¿Hijo? —La voz de Elliott sonaba tan fuerte que Mike Sheen la oía desde el móvil. Su corazón se detuvo, asustado por lo que no había dicho todavía—. Está bien, Brosey. Tu madre está bien. Viene hacia aquí.

Ambrose intentó hablar y darle las gracias a su padre por la feliz noticia, pero no pudo contestar. Se puso de pie y le dio el teléfono al entrenador. Entonces, vencido, dio unos pasos y se volvió a sentar. Mike Sheen le dijo a Elliott que iban para casa, colgó el teléfono y pasó el brazo por los hombros temblorosos de su luchador estrella. No lloraba; sin embargo, Ambrose temblaba como si tuviera fiebre, como si hubiera sufrido una parálisis. A Mike Sheen le preocupaba que la emoción y el estrés hubieran hecho enfermar de verdad al chico. Al cabo de un rato, el temblor desenfrenado se calmó, así que apagaron las luces, *salieron de la sala y cerraron la puerta, agradecidos por que, despúes de una tarde llena de agonía y de un día trágico sin precedentes, les hubieran concedido una prórroga.*

—Mi padre está preocupado por Ambrose —dijo Bailey—, dice que parece otro, que está distraído. Me he dado cuenta de que, a pesar de que trabaja tan duro como siempre en los entrenamientos, hay algo que falla.

—La temporada de lucha libre empezó hace solo dos semanas —dijo Fern para defender a Ambrose, aunque no hacía falta. El mayor fan de Ambrose era Bailey Sheen.

—Pero ya hace dos meses del 11S, Fern, y todavía no lo ha superado.

Fern miró al cielo gris que se extendía sobre sus cabezas, tumultuoso por la tormenta que habían pronosticado. Las nubes se removían y había empezado a soplar el viento. Cada vez estaba más cerca.

—Ninguno de nosotros lo ha superado, Bailey, y no creo que lleguemos a superarlo nunca.

3

Ocultar mi identidad

Querido Ambrose:
Estás buenísimo y eres un luchador increíble.
Me encantas.
¿Quieres salir algún día?
Besitos,
Rita

Fern arrugó la nariz al ver aquella carta tan infantil y dirigió la mirada al rostro esperanzado de Rita. Al parecer, Fern no había sido la única en fijarse en Ambrose. Él no había tenido muchas novias, quizá porque estaba muy involucrado en la lucha libre, no paraba de viajar y siempre que tenía un respiro entrenaba. El hecho de que no estuviera disponible lo hacía todavía más atractivo, y Rita había decidido que iba a ir a por él. Le enseñó a Fern la nota que le había escrito en un papel rosa, con corazones y perfumado a más no poder.

—No está mal, Rita, pero ¿no quieres ser un poco más original?

Rita se encogió de hombros y la miró, confundida.

—Solo quiero gustarle.

—Pero le has escrito una nota porque quieres captar su atención, ¿no?

Rita asintió enérgicamente. Fern miró la cara angelical de su amiga y observó como el pelo largo y rubio se balanceaba sobre sus hombros y pechos perfectos. Fern sintió un pinchazo de desesperación. Estaba convencida de que Rita ya había captado la atención del chico.

—Es preciosa.

Fern había oído a su madre hablar desde la cocina con la tía Angie, que se sentaba al lado de la puerta con mosquitera mientras vigilaba a Rita y Bailey en el patio de casa de los Taylor. Fern tenía que ir al baño y había entrado por el garaje en lugar de por la puerta con la tela metálica para poder ver cómo estaba la tortuga que ella y Bailey habían capturado en el riachuelo esa misma mañana. Estaba en una caja llena de hojas y tenía todo lo que una tortuga podría desear. No se había movido en absoluto, y la niña se preguntó si se habrían equivocado al llevársela de su hogar.

—No parece real. —La madre de Fern sacudió la cabeza y captó la atención de su hija, que hasta ahora se centraba en el animal—. Con esos ojos tan azules y las facciones perfectas de una muñeca...

—¡Y el pelo! Blanco de las raíces a las puntas. Nunca he visto nada igual —dijo Angie—. Y a pesar de eso es muy morena. Es una combinación extraña de pelo blanco y piel dorada.

Fern se quedó pasmada en el recibidor, escuchando como las dos mujeres, que pensaban que ella estaba en el patio, hablaban sobre Rita. Rita se había mudado con su madre a Hannah Lake ese verano, y Rachel Taylor, como buena esposa del pastor que era, había sido la primera en dar la bienvenida a la joven madre y a su hija de diez años. Al cabo de poco tiempo ya estaba organizando quedadas e invitando a Rita a jugar con Fern. Rita le caía bien a Fern. Era una chica dulce y alegre, y estaba dispuesta a hacer lo que fuera que Fern hiciera. Rita no tenía mucha imaginación, pero ella tenía suficiente para las dos.

—Creo que Bailey se ha enamorado —rio Angie—. No ha pestañeado desde que ha posado los ojos en ella. Es curioso que a los niños les atraiga la belleza igual que a los adultos. Antes de que me dé cuenta, empezará a presumir de su habilidad para la lucha y tendré que encontrar un modo de distraerlo, pobrecito. Le suplicó a Mike que le dejara participar en el campamento de lucha libre, otra vez. Cada año la misma historia. Suplica, llora y tenemos que explicarle por qué no puede participar.

La cocina se quedó en silencio cuando Angie se perdió en sus pensamientos mientras Rachel preparaba bocadillos para los niños, incapaz de proteger a Angie de la realidad de la enfermedad de Bailey.

—Parece que a Fern le cae bien Rita, ¿verdad? —Angie cambió el tema de conversación con un suspiro, aunque no apartó la mirada de su hijo, que se columpiaba hacia adelante y hacia atrás sin dejar de hablar con la adorable rubita que tenía al lado.

—Le irá bien tener una amiga, porque pasa todo el rato con Bailey, pero va a necesitar una amiga cuando crezca.

Entonces fue Rachel la que suspiró.

—Pobre Fernie.

Fern se había dado la vuelta para dirigirse al baño, pero se detuvo de golpe. ¿«Pobre Fernie»? De repente se preguntó si estaba enferma, si tenía alguna enfermedad como la de Bailey y su madre no se lo había dicho. «Pobre Fernie» sonaba muy serio. Escuchó atentamente.

—No es guapa como Rita. Va a necesitar muchos arreglos en los dientes, pero es muy pequeña y todavía no se le han caído todos los dientes de leche. Puede que no esté tan mal cuando le hayan salido los dientes definitivos. Al paso que está creciendo, llevará aparato hasta los veinticinco. —La madre de Fern rio—. Me pregunto si sentirá celos de Rita en el futuro, aunque por ahora parece no darse cuenta de las diferencias físicas.

—Es nuestro bichito raro —dijo Angie con una sonrisa—. No encontrarás una chiquilla mejor que ella. Doy las gracias cada día por Fern, es una bendición para Bailey. Dios sabía lo que hacía cuando los hizo familia, Rachel. Se tienen el uno al otro. Qué ternura.

Fern se quedó paralizada. No había oído la palabra «ternura» y no se detuvo a pensar qué significaba ser una bendición de Dios. «No es guapa». Las palabras resonaron en su cabeza como si fueran ollas y sartenes que chocaban entre sí. «No es guapa». «Nuestro bichito raro». «No es guapa». «Pobre Fernie».

—¡Fern! —Rita la llamó y le hizo gestos con la mano delante de la cara—. ¿Hola? ¿En qué pensabas? ¿Qué le digo?

Fern sacudió la cabeza para eliminar de la memoria ese día. Es curioso que algunos recuerdos no se te olviden nunca.

—¿Por qué no le dices «Incluso cuando no estás conmigo, te veo. No puedo dejar de pensar en ti. Me pregunto si tu corazón es tan bonito como tu cara, si tu mente es tan fascinante como los músculos bajo tu piel. ¿Sientes lo mismo por mí?»? —Fern hizo una pausa y miró a Rita.

Rita tenía los ojos muy abiertos.

—Vaya, qué bueno. ¿Lo has escrito en alguna de tus novelas románticas? —Rita era una de las pocas personas que sabían que Fern escribía relatos románticos y deseaba que se los publicaran.

—No sé. Probablemente. —Fern sonrió, avergonzada.

—Toma, escríbelo —dijo Rita, y le dio a Fern un trozo de papel y un lápiz.

Fern intentó recordar lo que había dicho, pero la segunda vez le salió incluso mejor. Rita reía y bailaba de un lado para otro mientras Fern acababa de escribir la nota con un ademán ostentoso. Firmó de forma dramática con el nombre de Rita y entonces le entregó la carta a su amiga, que sacó un perfume de su mochila y roció el papel. Entonces dobló la carta y la dirigió a Ambrose.

Ambrose no respondió inmediatamente; de hecho, tardó unos cuantos días. Al cuarto día, Rita encontró un sobre en la taquilla, lo abrió con manos temblorosas y lo leyó en silencio. Fruncía el ceño y se cogía al brazo de Fern como si estuviera leyendo el número ganador de la lotería.

—Fern, escucha —dijo—:«Camina bella, como la noche / de climas despejados y de cielos estrellados; / y todo lo que es mejor de la oscuridad y de la luz / resplandece en su aspecto y en sus ojos».

Fern alzó las cejas y estas se escondieron bajo el flequillo.

—¡Escribe casi tan bien como tú, Fern!

—Es mejor —dijo Fern con sequedad, y sopló para apartarse un rizo de la cara—. Bueno, en todo caso, el tío que lo escribió es mejor.

—Ha firmado con una «A» —susurró Rita—. Me ha escrito un poema, ¡no me lo puedo creer!

—Eh... Rita, ese poema es de lord Byron. Es muy conocido.

La cara de Rita se entristeció, y Fern se apresuró en consolarla.

—Quiero decir que es sorprendente que Ambrose use un poema... de lord Byron... en una carta para... ti —continuó, titubeando.

En realidad, era muy sorprendente. Fern no conocía a muchos jóvenes de dieciocho años que usaran poemas famosos como método habitual para ligar. Estaba impresionada, y Rita también.

—Tenemos que responderle. ¿Crees que deberíamos escribirle otro poema famoso?

—Quizá sí —contestó Fern con la cabeza inclinada hacia un lado.

—Podría escribirle el poema yo misma. —Rita parecía indecisa. Al cabo de unos segundos se le iluminó la cara y abrió la boca para hablar.

—Ni se te ocurra empezar con «Las rosas son rojas, / el mar es azul...» —advirtió Fern, que ya sabía lo que su amiga iba a decir.

—¡Jopé! —dijo Rita, y volvió a cerrar la boca—. No iba a decir «el mar es azul», iba a decir: «Las rosas son rojas, / a veces son rosas. / Me muero por darte / un beso en la boca».

Fern rio y le dio un golpe a su amiga.

—No puedes decirle eso, él te ha mandado «Camina bella, como la noche».

—Va a sonar el timbre. —Rita cerró la taquilla—. ¿Puedes escribir algo para mí, Fern? ¿*Porfa*? Sabes que no se me va a ocurrir nada bueno. —Rita vio que Fern dudaba y le suplicó con dulzura hasta que accedió.

Y así es como Fern Taylor empezó a escribirle cartas de amor a Ambrose Young.

1994

—¿Qué haces? —preguntó Fern, dejándose caer en la cama de Bailey y observando la habitación. Ya llevaban rato en la habitación. Normalmente jugaban fuera o en la sala de estar. Las paredes de la habitación de Bailey estaban llenas de parafernalia de lucha libre, sobre todo del equipo de lucha libre de la Universidad Estatal de Pensilvania. Intercalados entre el azul y el blanco del equipo, tenía fotos de sus atletas favoritos e imágenes de su familia en diferentes situaciones, y montones de libros infantiles de muchos temas diferentes, desde historia a deportes, pasando por mitología griega y romana...

—Estoy haciendo una lista —respondió Bailey sin levantar los ojos de lo que estaba haciendo.

—¿Qué tipo de lista?

—Una lista de todo lo que quiero hacer.

—¿Y qué has escrito hasta ahora?

—No te lo puedo decir.

—¿Por qué no?

—Porque hay cosas privadas —respondió Bailey sin rencor.

—Pues vale. A lo mejor yo también hago una lista y no te digo lo que he escrito.

—Adelante —rio Bailey —, pero seguro que puedo adivinar todo lo que escribes.

Fern cogió una hoja del escritorio de Bailey y encontró un bolígrafo de la Universidad Estatal de Pensilvania en un bote lleno de monedas, rocas y otros trastos que estaba en la mesilla de noche. Escribió «LISTA» en la parte de arriba y se quedó mirando el papel.

—¿En serio no vas a decirme ni una cosa de tu lista? —preguntó dócilmente después de mirar la hoja durante varios minutos sin que se le ocurriera nada emocionante.

Bailey suspiró y creó una ráfaga de viento. Sonó más como un padre irritado que como un niño de diez años.

—Vale, pero algunas de las cosas que he escrito no las haré inmediatamente. Puede que algunas de las cosas las haga cuando sea mayor... pero aun así quiero hacerlas. Las voy a hacer —dijo con énfasis.

—Vale, dime una —suplicó Fern. No se le ocurría nada que quisiera hacer, a pesar de tener tanta imaginación. Quizá fuera porque vivía nuevas aventuras cada día en los libros que leía y vivía a través de los personajes de las historias que escribía.

—*Quiero ser un héroe.* —*Bailey miró a Fern profundamente ofendido, como si le estuviera revelando información altamente confidencial*—. *Todavía no sé de qué tipo. Quizá como Hércules, o Bruce Baumgartner.*

Fern sabía quién era Hércules, y también sabía quién era Bruce Baumgartner, porque era uno de los luchadores favoritos de Bailey y, según él, uno de los mejores levantadores de peso de todos los tiempos. Miró a su primo, dudosa, pero no dijo lo que pensaba. Hércules no era real, y Bailey nunca podría ser tan grande y fuerte como Bruce Baumgartner.

—*Y si no puedo ser un héroe como ellos, entonces a lo mejor puedo salvar a alguien* —*continuó diciendo Bailey sin darse cuenta de la falta de fe de su prima*—. *Entonces mi foto saldría en los periódicos y todo el mundo sabría quién soy.*

—*Yo no querría que todo el mundo supiera quién soy* —*respondió Fern después de pensar un rato*—. *Quiero ser una escritora famosa, pero creo que usaré un seudónimo. Un seudónimo es el nombre que usas cuando no quieres que la gente sepa quién eres* —*añadió, en caso de que Bailey no lo supiera.*

—*Para poder mantener tu identidad secreta, como Superman* —*susurró, como si lo que Fern había dicho fuera la cosa más guay del mundo.*

—*Y nadie sabrá que soy yo nunca* —*dijo ella con suavidad.*

No eran las cartas de amor típicas. Eran cartas de amor porque Fern ponía su cuerpo y alma en ellas, y parecía que Ambrose hacía lo mismo y contestaba con honestidad y una vulnerabilidad que ella no se esperaba. Ella no enumeraba todas las cosas que a ella (Rita) le encantaban sobre él, ni alababa continuamente su aspecto, su pelo, su fuerza ni su talento. Podría haberlo hecho, pero estaba más interesada en las cosas que no sabía. Así que elegía las palabras con cuidado y hacía con habilidad preguntas que le permitieran acceder a sus pensamientos más íntimos.

Empezó con preguntas sencillas. Cosas fáciles como «¿Prefieres las cosas ácidas o dulces?», «¿Invierno u otoño?», «¿*Pizza* o tacos?». Pero luego empezaron a hacer preguntas más profundas, personales y reveladoras. Iban preguntando y respondiendo sucesivamente y, en cierto modo, era como si se desnudaran, como si fueran quitándose primero las cosas menos importantes, la chaqueta, los pendientes, la gorra de béisbol... Al cabo de poco tiempo se desabrochaban los botones, se bajaban las cremalleras y la ropa caía al suelo. El corazón de Fern se agitaba y se le cortaba la respiración con cada barrera que superaban, con cada prenda de ropa metafórica que se quitaban.

«¿Perdido o solo?»: Ambrose respondió «solo». Fern respondió: «Preferiría estar perdida contigo que sola contigo, así que elijo estar perdida con una condición». Ambrose contestó: «No hay condiciones que valgan»; entonces Fern dijo: «Entonces preferiría estar perdida porque estar sola parece algo permanente, si estás perdido te pueden encontrar».

«¿Farolas o semáforos?». Fern respondió: «Las farolas hacen que me sienta segura». Ambrose contestó: «Los semáforos me ponen de los nervios».

«¿No ser nadie o no estar en ningún lugar?». Fern: «Preferiría no ser nadie aquí que alguien en otro lugar». Ambrose: «Preferiría no estar en ningún lugar. No ser nadie cuando se espera que seas alguien cansa». Fern: «¿Cómo lo sabes? ¿Es que acaso has sido un don nadie alguna vez?». Ambrose: «Todas las personas que son alguien se vuelven un don nadie cuando fracasan».

«¿Inteligencia o belleza?». Ambrose dijo que prefería la inteligencia y luego añadió que ella (Rita) era preciosa. Fern eligió la belleza y después procedió a elogiar su inteligencia.

«¿Antes o después?». Fern: «Antes, la anticipación suele ser mejor que la cosa que se espera». Ambrose: «Después. Si lo que se espera se hace bien, es mejor que la fantasía». Fern sabía del tema. Lo dejó estar.

«¿Canciones de amor o poesía?». Ambrose: «Las canciones de amor, es como tener lo mejor de las dos, la poesía y la música. Además, no puedes bailar con la poesía». A continuación, hizo una lista de sus baladas favoritas. Era una lista impresionante, y Fern se pasó una tarde grabando un CD recopilatorio con todas ellas. Fern eligió la poesía y le envió algunos de los poemas que había escrito. Fue arriesgado, tonto, y a estas alturas del juego estaba completamente desnuda, pero decidió seguir jugando.

«¿Pegatinas o ceras?». «¿Velas o bombillas?». «¿La iglesia o el colegio?». «¿Campanas o silbatos?». «¿Viejo o nuevo?».

Las preguntas continuaron, las respuestas volaban, y Fern cogía cada carta lentamente, posada como un pájaro en el lavabo del baño de las chicas, y se pasaba el resto del día elaborando la respuesta.

Hacía que Rita leyera cada una de las cartas, y con cada nota esta se confundía más, tanto por lo que Ambrose decía como por lo que ella contestaba. Protestó varias veces:

—No sé de qué estáis hablando. Háblale de sus abdominales. Tiene unos abdominales maravillosos, Fern.

Al cabo de un tiempo, Rita le entregaba las notas a Fern con un gesto de desdén y se las devolvía a Ambrose sin ningún tipo de interés.

Fern intentaba no pensar en los abdominales del chico, ni en el hecho de que Rita estuviera tan familiarizada con ellos. Tres semanas después de la primera carta de amor, Fern dobló una esquina del pasillo en el cambio de clase porque tenía que coger un trabajo de la taquilla y se encontró a Rita contra dicha taquilla con los brazos alrededor de Ambrose. Él la besaba como si acabaran de descubrir que tenían labios... y lengua. Fern resolló y se dio la vuelta inmediatamente para volverse por donde había venido. Por un momento pensó que iba a vomitar y se tragó las náuseas que le subían por la garganta. Pero no tenía ganas de vomitar porque le doliera el estómago, sino porque le dolía el corazón. Y ella tenía toda la culpa. Se preguntaba si sus cartas habían hecho que a Ambrose le gustara más Rita, si todo lo que le había revelado sobre ella misma se había convertido en un chiste.

4

Conocer a Hércules

Al cabo de poco más de un mes, se descubrió la estratagema. Aquel día, Rita se comportaba de una forma extraña y no miró a Fern a los ojos cuando esta le entregó la carta de amor para Ambrose, que tanto había disfrutado escribiendo. Los ojos de Rita fueron directos a la mano que su amiga le había tendido y se fijó en el papel cuidadosamente doblado, como si le diera miedo. No lo cogió.

—En realidad ya no lo necesito, Fern. Hemos roto. Se ha acabado.

—¿Cómo que habéis roto? —preguntó Fern, horrorizada—. ¿Qué ha pasado? ¿Estás bien?

—Sí. No pasa nada, en serio. Se estaba volviendo raro.

—¿Raro? ¿Qué quieres decir? —Fern sentía que iba a ponerse a llorar, como si la hubieran dejado a ella también. Intentó que no le temblara la voz, pero Rita se dio cuenta y alzó las cejas, que se le escondieron bajo el flequillo.

—De verdad que no pasa nada, Fern. Es un poco aburrido. Está bueno, pero es aburrido.

—¿Aburrido o raro? Porque, normalmente, ser raro no es aburrido, Rita. —Fern estaba confundida y enfadada con su amiga por haber dejado que Ambrose se le escapara.

Rita suspiró y se encogió de hombros. Esta vez sí que miró a Fern a los ojos con cara de disculpa.

—Se dio cuenta de que no era yo la que escribía las cartas, Fern. Es que no parecían mías. —Rita acusó a su amiga con la mirada—. Yo no soy tan lista como tú.

—¿Y le has dicho que era yo? —gritó Fern, alarmada.

—Bueno... —Rita intentó esquivar la pregunta y apartó la mirada de su amiga.

—¡Dios! Se lo has contado. —Fern sentía que se iba a desmayar en medio del pasillo abarrotado de estudiantes. Apoyó la cabeza en el metal frío de la taquilla e intentó tranquilizarse.

—Es que no dejaba de preguntármelo, Fern, estaba enfadadísimo. Me daba hasta miedo.

—Cuéntamelo todo. ¿Qué cara ha puesto cuando le has dicho que era yo? —Fern notaba cómo la bilis le subía a la boca.

—Se ha quedado... sorprendido. —Rita estaba incómoda. Se mordía el labio y jugaba con un anillo que llevaba puesto.

Fern supuso que «sorprendido» era un eufemismo.

—Lo siento, Fern. Es que quería que le diera todas las cartas que me... te... bueno, que había escrito. Pero no las tengo, te las di a ti.

—¿Eso también se lo has contado? —se lamentó, llevándose las manos a la boca, espantada.

—Eh... sí. —Rita temblaba. Se veía claramente en su bonito rostro lo triste que estaba. El altercado con Ambrose parecía haberla afectado más de lo que decía—. Es que no sabía qué hacer.

Fern se dio la vuelta y fue corriendo al lavabo de las chicas. Se encerró en uno de los baños, se puso la mochila en el regazo y apoyó la cabeza sobre la ella. Cerró los ojos con fuerza para que las lágrimas desaparecieran y se reprendió por haberse involucrado en esa situación. Tenía dieciocho años, era muy mayor para esconderse en el baño, pero no le apetecía ir a clase de Introducción al Cálculo. Ambrose estaría ahí, y ya no sería invisible como había sido hasta entonces.

Lo peor de todo era que todas las palabras eran reales, todas estaban cargadas de verdad. Pero Fern había escrito las cartas como si tuviera la cara y el cuerpo de Rita, como si su cuerpo y su sonrisa fueran de los que atraen a los hombres y encima tuviera un cerebro que los respaldara. Pero esa parte no era cierta. Era una chica pequeña y modesta, fea. Ambrose se sentiría como un tonto por haberle escrito esas cartas. Las había escrito para una chica guapa, no para Fern.

Fern estaba esperando a la salida de la sala de lucha libre. Había puesto todas las cartas que Ambrose le había escrito a Rita en un sobre grande de papel manila. Bailey se había ofrecido a llevarle las cartas a Ambrose en el entrenamiento. El chico estaba al corriente del juego que Rita y Fern se llevaban entre manos y había dicho que sería discreto y se las devolvería a Ambrose cuando acabara de entrenar. Bailey era un miembro honorario del equipo, el encargado de las estadísticas y el ayudante del entrenador, e iba al entrenamiento cada día. Sin embargo, no se le daba muy bien eso de la discreción, y Fern no quería empeorar la situación y avergonzar a Ambrose delante de sus compañeros de equipo, así que esperó muerta de miedo en el pasillo mientras miraba la puerta de la sala de lucha libre y esperaba a que el entrenamiento llegara a su fin.

Los chicos fueron saliendo uno a uno. Algunos llevaban los zapatos colgando de los hombros, otros iban sin camiseta a pesar de que estaban a diez grados bajo cero, cada uno iba de una manera diferente. Fern, que pasó totalmente inadvertida entre los chicos, se alegró, por una vez, de ser invisible. Y entonces salió Ambrose. Era evidente que estaba recién duchado porque, a pesar de que se había peinado hacia atrás, llevaba el pelo completamente mojado. Iba con Paul Kimball y Grant Nielson, afortunadamente. Paulie era un chico muy dulce y siempre había sido amable con Fern, y Grant coincidía con ella en muchas clases y, a diferencia de sus amigos, era rarito y no le daría importancia al hecho de que Fern quisiera hablar con Ambrose.

Ambrose se quedó de piedra cuando la vio y le desapareció la sonrisa de la cara. Sus amigos se detuvieron con él y miraron a su alrededor, confundidos y sin pensar por un momento que Fern fuera el motivo por el que se había parado.

—Ambrose, ¿puedo hablar contigo un momento? —preguntó Fern con una voz que casi ni ella misma había oído. Esperaba no tener que repetir la pregunta.

—Bueno, entonces iré a casa con Grant, Brosey —dijo Paulie—. Hasta mañana.

Ambrose dijo adiós con la mano, pero sus ojos volaban por encima de la cabeza de Fern, como si quisiera alejarse de ella. Fern desearía haber esperado para encarársele una semana más, porque el lunes le quitaban el aparato que había llevado tres largos años. Si hubiera sabido que esto iba a ocurrir se habría peinado y se habría puesto lentillas. Llevaba el pelo rizado encrespado y salía disparado en todas las direcciones, las gafas y un jersey que se ponía desde hacía años, no porque le quedara bien, sino porque era cómodo. Era de lana gruesa de un tono azul pálido y ni le favorecía la cara ni le quedaba bien a su pequeño cuerpo. Todo esto fue lo que se le pasó por la cabeza a la chica mientras cogía aire y sujetaba el enorme sobre.

—Toma, todas las cartas que le has mandado a Rita. Aquí las tienes.

Ambrose alargó la mano y las cogió. Tenía cara de enfadado. Posó los ojos los de Fern y la arrinconó con la mirada contra la pared.

—¿Os habéis echado unas risas?

—No. —Fern se avergonzó al oír el tono infantil de su voz. Hacía juego con la complexión de niña y la cabeza gacha.

—¿Por qué lo habéis hecho?

—Yo solo hice una sugerencia. Eso es todo. Pensaba que estaba ayudando a Rita. A ella le gustabas. Pero luego todo se nos fue de las manos, supongo... Lo siento. —Lo sentía de verdad, lo sentía muchísimo. Sentía que se hubiera acabado y sentía no poder volver a ver su letra sobre el papel, o no volver a leer sus pensamientos y llegar a conocerlo mejor con cada frase.

—Ya, bueno, da igual —respondió.

Fern y Rita le habían hecho daño y lo habían avergonzado. A Fern le dolía el corazón. Ella nunca había querido hacerle daño ni avergonzarlo. Ambrose se dirigió hacia la salida sin decir ni una palabra más.

—¿Te gustaron? —preguntó Fern sin pensar.

Ambrose se giró, incrédulo.

—Antes de que te enteraras de que las había escrito yo, quiero decir. ¿Te gustaron? —Fern pensó que como ya la odiaba daba igual si se arriesgaba, y quería saberlo.

Ambrose sacudió la cabeza, atónito, como si no se pudiera creer que tuviera las agallas de preguntar. Se pasó la mano por el pelo mojado e, incómodo, cambió el peso del cuerpo a la otra pierna.

—A mí me han encantado tus cartas —continuó Fern rápidamente. Las palabras salieron a presión, como si una presa se hubiera desbordado—. Sé que no eran para mí, pero me han gustado mucho. Eres gracioso. E inteligente. Y me has hecho reír. Me has hecho hasta llorar. Ojalá las hubieras escrito para mí. Por eso me preguntaba si te había gustado lo que te había escrito.

Los ojos de Ambrose se suavizaron, la mirada tensa y avergonzada con la que había mirado a Fern desde que la había visto en el pasillo desaparecía lentamente.

—¿Acaso importa? —preguntó, cauteloso.

Fern no encontraba las palabras para decirle que sí importaba. El hecho de que le hubieran gustado las cartas (aunque no supiera que las había escrito ella) significaba que le gustaba Fern, en cierto modo, ¿no?

—Sí, porque las he escrito yo. Y hablaba en serio. —Lo había dicho. Las palabras de Fern llenaron el pasillo vacío, rebotando en las taquillas vacías y en los suelos de linóleo como si fueran cientos de pelotitas de goma que no se podían ignorar ni evitar. Fern se sentía desnuda y débil, expuesta por completo ante el chico del que se había enamorado.

La expresión de Ambrose era de sorpresa. La de Fern debía estar igual.

—¡Ambrose! ¡Brosey! Tío, ¿estás aquí todavía?

Beans dobló la esquina como si se los acabara de encontrar por casualidad, pero Fern supo en el acto que había escuchado todas y cada una de las palabras. Lo veía en su sonrisa de superioridad. Seguro que pensaba que estaba salvando a su amigo de un ataque o, peor todavía, de que una chica fea le pidiera ir al baile.

—Hola, Fern. —Beans fingió sorpresa al verla. Ella estaba sorprendida de que supiera cómo se llamaba—. Necesito que me ayudes a empujar el coche, Brose, no arranca.

—Claro, tío. —Ambrose asintió, Beans lo cogió de la manga y lo arrastró hacia la puerta.

La cara de Fern ardía de vergüenza. Puede que fuese modesta, pero no era idiota.

Ambrose, que se dejaba guiar por su amigo, se detuvo. De repente, se dirigió otra vez hacia Fern y le devolvió el sobre que ella le había dado hacía apenas unos minutos. Beans esperó, con la cara llena de curiosidad.

—Toma, son tuyas. Pero... no las enseñes, ¿vale? —Ambrose sonrió brevemente. Hizo una mueca de vergüenza con esos labios suyos tan bien formados.

Entonces se dio la vuelta y salió del edificio. Beans lo siguió. Y Fern abrazó el sobre y se preguntó qué significaba todo aquello.

—Ponte una red en el pelo, hijo —dijo pacientemente Elliott Young a Ambrose, que estaba dejando sus cosas al lado de la puerta de la pastelería para lavarse en la pila.

Ambrose se cogió el pelo con las manos y enrolló una goma elástica alrededor para apartárselo de la cara y que no cayera en alguno de los recipientes de masa de pastel o de galleta. Todavía tenía el pelo mojado de la ducha de después del entrenamiento. Se puso una red, que le cubría la coleta, y un delantal, que enrolló en su torso como Elliott le había enseñado a hacer hacía mucho tiempo.

—¿Qué hago, papá?

—Ponte con los bollos, la masa ya está lista. Yo tengo que acabar de decorar este pastel porque le dije a Daphne Nielson que lo tendría listo para las seis y media, y ya son las seis.

—Grant dijo algo de un pastel en el entrenamiento. Dijo que estaba tan cerca del peso que comería un trozo.

El pastel, de tres capas de chocolate y con los personajes de la película *Hércules*, era para el hermano pequeño de Grant, Charlie. Era un pastel mono y original, con el color y el caos justos para que le gustara a un niño de seis años. A Elliott Young se le daban bien los detalles. Sus pasteles siempre eran más bonitos que las fotos del catálogo de pasteles que había delante de la pastelería en un pedestal. Incluso a los niños les gustaba mirar detenidamente las páginas laminadas y señalar el pastel que querían para su siguiente cumpleaños.

Ambrose había intentado decorar alguna vez, pero tenía las manos grandes y las herramientas eran muy pequeñas. A pesar de que Elliott era un maestro con paciencia, a Ambrose no se le daba bien. Podía hacer adornos básicos, pero se le daba mucho mejor hornear porque tenía la fuerza y el tamaño ideales para el trabajo, no para las cosas delicadas.

Trataba la masa creciente con habilidad, la amasaba, la enrollaba y doblaba cada montículo sin pensar y a una velocidad considerable. En las pastelerías más grandes, había maquinas que se encargaban de hacer eso, pero a él no le importaba el ritmo de la operación y llenaba bandejas con bollos caseros. Sin embargo, el olor de la primera tanda de bollos lo estaba matando. Trabajar en la pastelería durante la temporada de lucha libre era horrible.

—Ya está. —Elliott se apartó del pastel y miró el reloj.

—Qué bonito —dijo Ambrose fijándose en los músculos hinchados del héroe mitológico que estaba en lo alto del pastel con los brazos levantados—. Aunque Hércules en realidad llevaba una piel de león.

—Ah, ¿sí? —rio Elliott—. ¿Cómo lo sabes?

Ambrose se encogió de hombros y dijo:

—Me lo dijo Bailey Sheen. Le gustaba mucho Hércules.

Bailey tenía un libro colocado en el regazo. Cuando Ambrose giró la cabeza para ver qué era lo que su compañero tenía, vio varias fotos de un luchador desnudo que peleaba contra lo que parecían ser monstruos mitológicos. Podría haber enmarcado algunas de las fotos para colgarlas en la sala de lucha. En una de las fotos parecía que el guerrero luchaba contra un león; en otra contra un jabalí. Probablemente ese era el motivo por el que Sheen lo estaba leyendo; Ambrose no conocía a nadie que supiera más sobre lucha que Bailey Sheen.

Ambrose se sentó en la lona al lado de la silla de Bailey y se empezó a atar los zapatos de lucha.

—¿Qué lees, Sheen?

Bailey, sorprendido, alzó la vista. Estaba tan concentrado en el libro que no se había dado cuenta de que Ambrose estaba allí. Miró fijamente a Ambrose durante un minuto; sus ojos se detuvieron en su pelo largo y en la camiseta que llevaba del revés.

Los chicos de catorce años tenían la mala fama de no preocuparse por la ropa que llevaban ni por cómo llevaban el pelo, pero a Bailey su madre nunca le habría dejado salir de casa así. Entonces, Bailey se acordó de que Lily Young ya no vivía con Ambrose y se dio cuenta de que era el primer día de verano que veía al chico. Pero Ambrose se había presentado de todos modos en el campamento del entrenador Sheen como hacía cada verano.

—Estoy leyendo un libro sobre Hércules —*contestó Bailey al cabo de un tiempo.*

—He oído hablar de él. —*Ambrose acabó de atarse los zapatos y se puso de pie.*

Bailey pasó de página.

—Hércules era el hijo del dios griego Zeus —*contó Bailey*—, pero su madre era humana. Era conocido por su fuerza extraordinaria. Lo enviaron a un montón de misiones para matar a todos estos monstruos. Venció al Toro de Creta, a un león cuyo pelaje era inmune a las armas mortales y mató a una hidra de nueve cabezas. También capturó a unos caballos que comían carne humana y destruyó a unos pájaros que tenían el pico de bronce, plumas metálicas y caca tóxica, y se comían a las personas.

Ambrose rio alegremente, y Bailey sonrió.

—Es lo que dice el mito. Hércules era genial, tío. Cincuenta por ciento dios, cincuenta por ciento mortal, cien por cien héroe. Su arma favorita era una maza, y siempre llevaba la piel de un león, la del león dorado que había matado en su primera misión. —*Bailey frunció el ceño. Examinó a Ambrose*—. Te pareces un poco a él, ahora que llevas el pelo largo. Deberías dejártelo así, incluso más largo. A lo mejor te hace todavía más fuerte, como Hércules. Además, hace que parezcas más malo. Los chicos contra los que luchas se mearán en los pantalones cuando te vean llegar.

Ambrose se tiró del pelo que había dejado a su aire desde la primavera pasada. Ahora que su madre no estaba y solo había dos solteros en la casa, vivía sin muchas cosas que antes subestimaba. El pelo era la última de sus preocupaciones.

—Sabes un montón de cosas, ¿verdad?

—Sí. Si no puedes hacer mucho aparte de leer y estudiar, aprendes cosas, y a mí me gusta leer sobre tíos que sabían un par de cosas sobre la lucha. ¿Ves esto? —Bailey señaló una página—. Hércules en su primera misión. Parece que le esté haciendo una llave de lucha libre al león, ¿a que sí?

Ambrose asintió, pero miraba otra imagen. Una foto de otra estatua, pero esta mostraba solo la cara y el pecho del héroe. Hércules parecía serio, triste incluso, y tenía la mano sobre el corazón, como si le doliera.

—¿De qué es esta foto?

Bailey hizo una mueca y contempló la imagen, como si no estuviera seguro.

—Se llama El rostro de un héroe. —Bailey leyó el pie de foto y miró a Ambrose—. Supongo que ser un campeón no es todo juego y diversión.

Ambrose leyó en voz alta por encima del hombro de Bailey:

—«Hércules fue el más famoso y más querido de los héroes de la Antigüedad, pero mucha gente olvida que tuvo que realizar los doce trabajos como penitencia. La diosa Hera hizo que perdiera la cabeza, y en su estado de locura mató a su mujer y a sus hijos. Afligido por el luto y lleno de culpa, Hércules buscó maneras de equilibrar la balanza y aliviar su mente atormentada».

Bailey gimió:

—Qué estupidez. Si yo hiciera una escultura llamada El rostro de un héroe no le pondría la cara triste. Le haría una cara así. —Bailey enseñó los dientes y miró a Ambrose con ojos de loco. Tenía una mata de pelo rizado de color marrón claro, los ojos azules y las mejillas rojizas; no se le daba muy bien poner cara de malo.

Ambrose rio y soltó un bufido por la nariz, dijo adiós a Bailey con la mano y fue corriendo con los otros luchadores que ya estaban haciendo estiramientos en el tapiz. Sin embargo, no podía dejar de pensar en la cara de luto del Hércules de bronce.

—Bueno, ya es muy tarde para hacer la piel del león de *fondant*, pero creo que dará el pego. —Elliott sonrió—. Tengo que acabar otro pastel, luego podremos irnos. Tú vete a casa, no quiero que te agotes.

—Eres tú quien tiene que volver a casa esta noche —dijo el hijo amablemente.

Elliott Young trabajaba sin descanso para poder estar en casa por las tardes. Esto significaba que a las dos de la madrugada volvía a estar en la pastelería. Se iba a las siete, cuando la señora Luebke empezaba su turno, volvía a las tres de la tarde, cuando ella acababa, y otra vez trabajaba hasta las siete o las ocho de la noche. La mayoría de días, Ambrose le ayudaba cuando acababa de entrenar y hacía que la faena se acabara antes.

—Sí, pero no soy yo el que intenta sacar buenas notas e ir a los entrenamientos de lucha antes y después de las clases. Ni siquiera tienes tiempo para esa novia tan guapa que te has echado.

—Ya no es mi novia —balbuceó el chico.

—¿En serio? —Elliott buscó signos de angustia en la cara de su hijo, pero no encontró ninguno—. ¿Y qué ha pasado?

Ambrose se encogió de hombros.

—Digamos que no es la chica que pensaba que era.

—Vaya —suspiró Elliott—, lo siento, Brosey.

—¿Belleza o inteligencia? —preguntó Ambrose a su padre después de una larga pausa. No había variado su ritmo de trabajo con los bollos.

—Inteligencia —dijo Elliott inmediatamente.

—Sí, claro. Por eso elegiste a mamá, ¿no? Porque era feísima.

Por un instante, Elliott Young pareció afligirse, y Ambrose se disculpó al instante:

—Perdona, papá. No quería decir eso.

Elliott asintió e intentó sonreír, pero Ambrose veía que le había hecho daño. Estaba en racha, primero Fern Taylor y ahora su padre. A lo mejor tenía que empezar a hacer una penitencia, como Hércules. Le volvieron a la cabeza los pensamientos del héroe apenado. Hacía años que no pensaba en él, pero las palabras de Bailey resonaban en su mente como si las hubiera dicho ayer: «Parece que ser un campeón no es todo juego y diversión, ¿verdad?».

—Oye, papá.

—Dime, Brosey.

—¿Estarás bien cuando me vaya?

—¿A la universidad? Claro, claro. La señora Luebke me ayudará y la madre de Paul Kimball, Jamie, ha venido hoy a rellenar una solicitud para trabajar a tiempo parcial. Creo que la contrataré. El dinero siempre es un problema, pero con la beca de lucha que te han dado, si nos apretamos un poco el cinturón en un par de cosillas, lo conseguiremos.

Ambrose no dijo nada. No sabía si «cuando me vaya» quería decir a la universidad. Solo quería decir «cuando me vaya».

5
Domar un león

La marquesina de delante de las oficinas, justo en la esquina de las Main y Center Street, decía «¡A por el cuarto campeonato, Ambrose!»; no decía «Vamos, luchadores», ni «Vamos, Lakers», solo «¡A por el cuarto campeonato, Ambrose!». Jesse se mostró en desacuerdo con el cartel desde el primer momento, pero al resto de chicos que iban en el autocar no pareció importarles. Ambrose formaba parte del equipo, era el capitán y todos pensaban que gracias a él conseguirían ganar otro campeonato estatal. Eso era lo que les importaba.

Ambrose, al igual que Jesse, también estaba molesto e intentó ignorar la marquesina, como hacía siempre. Iban de camino a Hershey, en Pensilvania, para competir en el campeonato estatal, y Ambrose deseaba que acabara todo. Una vez hubiera terminado, tendría quizá un rato para respirar tranquilo, para pensar, para tener un poco de paz, aunque solo fuera un rato.

Si la lucha libre solo fuera lo que pasaba en el tapiz y en la sala de entrenamiento, le encantaría. A él le gustaba el deporte, la técnica, la historia, la sensación de control sobre lo que iba a pasar, lo que sentía al derribar al adversario. Le encantaba la simplicidad del deporte, la lucha. Pero no le gustaban los fans que gritaban, ni los premios, ni que la gente no parara de hablar de Ambrose Young como si fuera una máquina.

Elliott Young había llevado a Ambrose por todo el país para que luchara desde que este tenía ocho años. Elliott había invertido todo su dinero en convertirlo en un campeón, no porque él quisiera que lo fuera, sino porque el don del niño merecía reconocimiento. Y a Ambrose también le había gustado esa parte (la de pasar tiempo con su padre y ser un buen luchador entre los miles de chicos que compiten un domingo cualquiera por la primera posición en el podio). Sin embargo, había dejado de ser divertido cuando, en los últimos años, Ambrose había llamado la atención a nivel nacional y el municipio de Hannah Lake se había dado cuenta de que tenía una estrella entre sus habitantes. Ambrose se había desencantado.

Su mente volvía sigilosamente a la visita del reclutador del ejército el mes pasado. No podía dejar de pesar en ello. Al igual que el resto del país, quería que alguien pagara por las muertes de las tres mil personas que habían fallecido en el 11S. Quería justicia para los niños que habían perdido a sus padres. Recordaba la sensación de no saber si su madre estaba bien. El vuelo 93, que había caído cerca, a un poco más de una hora de Hannah Lake, hizo que la realidad del ataque fuera más cercana.

Estados Unidos estaba ahora en Afganistán y había gente que pensaba que después sería el turno de Irak. Alguien tenía que ir. Alguien tenía que luchar. Y si no lo hacía él, ¿quién lo haría? ¿Qué pasaría si no iba nadie? ¿Volvería a pasar? La mayor parte del tiempo no se permitía pensar en ello, pero ahora estaba inquieto y nervioso, tenía el estómago vacío y la mente llena.

Cuando hubieran acabado de pesarlo, comería. Lo había pasado mal para llegar a los noventa kilos y había tenido que perder peso. Su peso natural, cuando no era temporada de competición, era de unos noventa y siete kilos, pero competir en una categoría de peso inferior le daba ventaja. Pesaba noventa kilos, pero en realidad eran noventa y siete kilos de fuerza comprimidos en músculo puro y firme, nada más. Su peso no era común en el mundillo de la lucha libre: la envergadura y longitud de su torso y piernas hacían que los contrincantes tuvieran que depender de la fuerza. Pero él también era fuerte, mucho. Había sido invencible durante cuatro temporadas.

Su madre quería que fuera jugador de fútbol americano porque era muy grande para su edad. Sin embargo, al ver las Olimpiadas por primera vez, el futbol pasó a un segundo plano. Era agosto de 1992, Ambrose tenía siete años y John Smith había ganado la segunda medalla en Barcelona después de vencer a un luchador de Irán en la final. Elliott Young, un hombre pequeño que había encontrado consuelo en el tapiz, bailaba por todo el comedor. La lucha libre era un deporte que acogía a los grandes y a los pequeños y, aunque Elliott Young nunca había sido un contendiente serio, le encantaba ese deporte y había compartido su afición con su hijo. Esa noche pelearon sobre la alfombra de la habitación, y Elliott le enseñó a Ambrose los movimientos básicos y le prometió que lo apuntarían al campamento de lucha libre del entrenador Sheen la semana siguiente.

El autocar tembló y se sacudió al pasar por un bache y se dirigió pesadamente hacia la autopista, dejando atrás Hannah Lake. Cuando volviera a casa todo se habría acabado, pero entonces empezaría la parte verdaderamente difícil y tendría que decidir en qué equipo universitario quería luchar, qué quería estudiar y sobre si podría o no aguantar la presión eternamente. Ahora solo estaba cansado. Pensó en perder: a lo mejor eso hacía que las dudas desaparecieran.

Sacudió la cabeza rotundamente y Beans lo vio. Alzó una ceja, confundido. Pensaba que Ambrose intentaba decirle algo. Ambrose miró por la ventana sin hacerle caso. No iba a perder, eso no iba a ocurrir, no lo permitiría.

Cada vez que Ambrose tenía la tentación de luchar sin esforzarse, cuando sonaba el silbato y empezaba a pelear, el competidor que había dentro de él le hacía darlo todo en el tapiz. Era lo que el deporte se merecía. Su padre, su entrenador, su equipo, la ciudad… todos se lo merecían. Pero Ambrose deseaba que hubiera algún modo de dejarlo todo atrás… solo durante un rato.

—Bienvenidos a Hershey, Pensilvania, el lugar más dulce del mundo, y bienvenidos al estadio Giants Center, donde va a tener lugar, en directo, la primera jornada de la competición de lucha libre de institutos del 2002 —anunció una voz por la megafonía.

El estadio estaba abarrotado de padres y luchadores, amigos y seguidores, todos vestidos de los colores de sus institutos. Sujetaban las pancartas tan alto como podían, con grandes esperanzas. Bailey y Fern tenían unos asientos excelentes, en primera fila, justo delante del suelo con los tapices, que iban de una punta a la otra de la pista.

Según Bailey, a veces, ir en silla de ruedas tenía sus ventajas. Además, era el hijo del entrenador y el encargado de las estadísticas, lo que quería decir que tenía trabajo, y a él eso le gustaba. El trabajo de Fern era ayudar a Bailey con las estadísticas y asegurarse de que tuviera comida y un par de brazos y piernas (y para avisar al entrenador Sheen de cuando Bailey necesitara un descanso para ir al baño, o cualquier otra cosa con la que ella no pudiera ayudarlo). Lo tenían todo controlado.

Planificarían las pausas entre las rondas y organizarían cada día antes de que empezara. A veces era Angie quien hacía de ayudante, a veces alguna de las hermanas de Bailey, pero la mayor parte del tiempo era Fern quien estaba con él. En las pausas para ir al baño, Bailey ponía al día a su padre sobre la posición del equipo, el diferencial de puntos y las actuaciones de cada jugador mientras su padre le ayudaba con aquello que no podía hacer solo.

Entre todos, siendo el entrenador Sheen el que se encargaba de la parte más pesada, habían conseguido que Bailey no se perdiera ni un torneo. El entrenador había ganado notoriedad y cada vez más respeto en la comunidad de la lucha libre, ya que coordinaba la responsabilidad para con su equipo con las necesidades de su hijo. El entrenador siempre decía que había salido ganando con la situación, porque a su hijo se le daban muy bien los datos y las cifras, y Bailey se había convertido en un miembro indispensable del equipo.

Bailey había sido testigo de todos y cada uno de los partidos de Ambrose en todos los torneos estatales. Le encantaba ver que Ambrose luchaba más que cualquier otro miembro del equipo, y gritó para animar a su amigo cuando este subió al tapiz para la primera lucha del torneo. Según Bailey, no debería ser un problema, ya que Ambrose era mucho mejor en todos los sentidos, pero los primeros combates eran siempre los que más miedo daban y todo el mundo quería que acabaran pronto.

En la primera ronda, Ambrose compitió contra un chico de Altoona, que era mucho mejor de lo que decían los datos sobre él. Se había aferrado a la tercera posición del distrito y había llegado a la competición estatal por los pelos al ganar en la prórroga. Era un alumno de último curso, estaba ansioso y todos querían bajar al campeón del pedestal. Además, Ambrose no era el mismo de siempre, parecía cansado, distraído, incluso enfermo.

Al empezar el combate, más de la mitad de los ojos en el estadio se fijaban a lo lejos en la acción de la esquina izquierda, a pesar de que estaban teniendo lugar, al mismo tiempo, casi otros doce combates. Ambrose actuaba como siempre: atacaba, siendo el primero en tocar al adversario, se movía mucho, establecía contacto constantemente, pero estaba descolocado. Hacía los ataques desde muy lejos y no podía acabarlos cuando podría haber ganado puntos. El chico grande de Altoona fue ganando confianza cuando se acabaron los dos primeros minutos e iban empatados a cero. Haber competido dos minutos contra Ambrose Young y tener la situación bajo control era motivo de orgullo. Ambrose tenía que someter al adversario, pero no lo hacía, y todos los espectadores eran conscientes de ello.

El silbido marcó el comienzo de la segunda ronda y fue más de lo mismo, quizá peor. Ambrose intentaba hacer algún ataque, pero no lo hacía con mucho entusiasmo, y cuando el oponente consiguió alcanzarlo y escapar, la puntuación quedó Ambrose 0 - León de Altoona 1. Bailey rugía y gritaba desde la banda y, cuando al final del segundo tiempo la puntuación seguía siendo cero a uno, Bailey intentó llamar la atención de Ambrose.

Empezó a corear:

—¡Hércules, Hércules, Hércules! Fern, ayúdame —dijo.

Fern no era de las personas que solían corear o gritar, pero se había empezado a encontrar mal, como si a Ambrose le pasara algo. No quería que perdiera de esa manera, así que se unió al cántico de Bailey. Algunos fans, que estaban sentados cerca de la esquina, hicieron lo mismo sin que nadie se lo pidiera.

—¡Hércules, Hércules, Hércules! —rugían con fuerza.

Pensaban que el semidiós de Hannah Lake iba a ser destronado. Ambrose Young estaba perdiendo.

Cuando solo faltaban veinte segundos de combate, el árbitro detuvo la competición porque el León de Altoona, de noventa kilos, tenía que ponerse bien la cinta de los dedos. Como era la segunda vez que se tenía que parar la acción, Ambrose podría elegir posición, arriba, abajo o neutral, para acabar el combate.

Bailey se había acercado al borde del tapiz, al lado de las sillas para los entrenadores de Hannah Lake, y nadie se lo impidió. Ventajas de estar en una silla de ruedas: te dejaban hacer muchísimas más cosas que a los demás.

—¡Hércules! —gritó a Ambrose.

Ambrose sacudió la cabeza con incredulidad. Oía a los entrenadores, pero no los escuchaba. Cuando Bailey interrumpió, las instrucciones frenéticas desaparecieron y tres pares de ojos frustrados se postraron en el chico.

—¿Qué dices, Sheen? —Ambrose estaba bloqueado: en veinte segundos la oportunidad de ser campeón por cuarta vez consecutiva se desvanecería en el aire y no podía librarse del letargo, de la sensación de que nada de lo que estaba pasando era real.

—¿Recuerdas a Hércules? —dijo Bailey. El tono con el que se lo dijo no era de pregunta.

Ambrose tenía cara de incredulidad y de estar totalmente confundido.

—¿Recuerdas la historia del león? —insistió Bailey con impaciencia.

—No... —Ambrose se ajustó el casco y miró a su oponente. Los entrenadores le estaban poniendo cinta en los dedos mientras le daban instrucciones e intentaban no parecer eufóricos por el giro de los acontecimientos.

—Este tío es un león también. Es el León de montaña de Altoona, ¿no? Las flechas de Hércules no funcionaban con el león y tus ataques no te funcionan con él.

—Gracias, tío —balbuceó Ambrose fríamente antes de volver al centro del tapiz.

—¿Sabes cómo consiguió Hércules vencer al león? —Bailey alzó la voz para que le oyera.

—No, no lo sé —contestó el chico con la cabeza girada.

—Era más fuerte que el león. Se subió a su espalda y lo estrujó tanto como pudo —respondió Bailey a gritos.

Ambrose miró a Bailey con un brillo diferente en la cara. Cuando el árbitro le preguntó qué posición quería, eligió arriba. Los seguidores resollaron, todo Hannah Lake resolló. Elliott Young dijo una palabrota y los entrenadores de Ambrose se quedaron con la boca abierta. Habían perdido la esperanza de ganar otro título para el equipo. Parecía que Ambrose quisiera perder. No elegías ponerte arriba cuando ibas perdiendo de un punto y quedaban veinte segundos de combate. Todo lo que el chico de Altoona tenía que hacer era impedir que lo girara o, peor todavía, escapar y conseguir otro punto, y ganar el combate.

Cuando sonó el silbato, parecía que alguien hubiera puesto la cámara lenta. Incluso los movimientos de Ambrose parecían lentos y precisos. El adversario se revolvía, intentando levantarse y escapar, pero Ambrose lo tenía agarrado de tal manera que, por un momento, el adversario se olvidó de los veinte segundos que quedaban, del combate que estaba a punto de ganar y de la gloria que eso conllevaría. Cogió aire mientras Ambrose lo tiraba de cara al tapiz y le quitaba el brazo izquierdo de debajo de un tirón. Cada vez lo sujetaba con más fuerza y pensó en golpear el tapiz con el brazo derecho, como hacían los luchadores cuando se rendían. Lanzó las piernas hacia fuera y las abrió para intentar hacer palanca. Tenía el brazo izquierdo inmovilizado bajo la axila derecha. Era consciente de lo que estaba pasando, pero no había nada que pudiera hacer al respecto.

Ambrose envolvió a su adversario de forma lenta y precisa, le inmovilizó las piernas y lo tiró de espalda sin dejar de hacer presión. De hecho, los brazos de Ambrose temblaban por la fuerza que estaban ejerciendo. Entonces empezó la cuenta atrás: uno, dos, tres, cuatro, cinco... Tres puntos. Ambrose pensó en Hércules y el león de pelo dorado y estiró y sujetó al león de Altoona un poco más. Faltaban solo dos segundos para que se acabara el combate cuando el árbitro golpeó el tapiz.

Inmovilizado.

Los espectadores se pusieron como locos y todos los habitantes de Hannah Lake empezaron a decir que habían confiado en él todo el tiempo. El entrenador Sheen miró a su hijo y sonrió, Elliott Young intentaba no llorar, Fern se dio cuenta de que tenía las uñas destrozadas, y Ambrose ayudó a su adversario a ponerse de pie. No gritó, ni saltó a los brazos del entrenador, pero cuando miró a Bailey se podía ver que tenía cara de alivio y una pequeña sonrisa en los labios.

La historia del primer combate de Ambrose se propagó como la pólvora y el cántico de «Hércules» fue con él a todos los combates, cada vez a un volumen más alto, avivando el fuego de los fans de toda la vida y creando nuevos seguidores. El chico no volvió a flaquear en el torneo. Era como si se hubiera acercado mucho a un acantilado y hubiera decidido que la caída no le interesaba. Cuando se subió al tapiz en la final, el último combate para el chico con una trayectoria sin precedentes en la lucha libre escolar, el estadio rugía «Hércules».

Sin embargo, después de que Ambrose dominara el último combate y de que el árbitro levantara el brazo derecho del chico para declararlo vencedor, después de que los locutores se volvieran locos haciendo especulaciones sobre qué le depararía el futuro al increíble Ambrose Young, el campeón por cuarta vez consecutiva buscó un rincón tranquilo y, sin algarabía, se bajó el maillot hasta la cintura, se puso la camiseta azul del equipo de lucha libre del instituto de Hannah Lake y se cubrió la cabeza con una toalla. Sus amigos lo encontraron ahí cuando ya se había acabado todo y estaban entregando las medallas.

6

Ver mundo

Había un gran cráter en el suelo, en medio de la nada. Se habían llevado los restos. Decían que el papel chamuscado, los escombros, las piezas de ropa y maletas, las estructuras de algunos asientos y los metales retorcidos se habían dispersado y esparcido alrededor del lugar del accidente en un radio de trece kilómetros y por un bosque al sur del cráter. Algunas personas decían que había restos en las copas de los árboles y en el fondo de un lago que había cerca. Un granjero incluso encontró una parte del fuselaje del avión en su campo.

Sin embargo, ya no había escombros, se lo habían llevado todo. Las cámaras, los equipos forenses, la cinta amarilla de precaución, todo. Los cinco chicos pensaron que a lo mejor tendrían problemas para acercarse, pero no había nadie para evitar que condujeran el coche de Grant por un camino apartado de la carretera y se dirigieran al lugar donde encontraron estrellado el vuelo 93, en Pensilvania.

Había una valla que rodeaba el área, una alambrada metálica de doce metros que había visto como las flores, los carteles y los peluches que habían puesto para las víctimas se marchitaban por todas partes. Habían pasado nueve meses del 11S y algunos voluntarios se habían llevado la mayoría de los carteles, las velas, los regalos y las cartas. Sin embargo, había algo sombrío en aquel lugar que hizo que incluso cinco chicos de dieciocho años recobraran la sobriedad y escucharan el viento que soplaba entre los árboles que había cerca.

Era marzo y, a pesar de que el sol se había asomado brevemente por la mañana, la primavera todavía no había llegado al sur de Pensilvania. Los dedos frágiles del invierno habían conseguido encontrar, a través de la ropa, el camino a las pieles de los jóvenes, que ya temblaban por el recuerdo de la muerte que había en el ambiente.

Se quedaron al lado de la valla, pasaron los dedos por los agujeros de la alambrada y miraron por las aberturas para ver si veían en el suelo el cráter, el lugar de descanso de cuarenta personas a las que nunca habían conocido. Pero sabían cómo se llamaban algunos de ellos, conocían sus historias, y estaban entristecidos y callados, cada uno ensimismado en sus pensamientos.

—No veo nada —admitió Jesse finalmente después de un largo silencio. Tenía planes con su novia, Marley, pero había querido apuntarse al plan de los chicos; ahora deseaba haberse quedado en casa. Tenía frío, y liarse con su novia habría sido mucho más divertido que mirar un campo oscuro donde había muerto un montón de gente.

—¡Silencio! —dijo Grant, preocupado por la posibilidad de que los detuvieran e interrogaran. Estaba seguro de que conducir hasta Shanksville por capricho era una idea tonta, así que había sermoneado y avisado a sus amigos, aunque había ido con ellos de todas formas, como hacía siempre.

—Puede que no veáis nada... pero... ¿lo notáis? —Paulie tenía los ojos cerrados y la cara hacia arriba, como si de verdad oyera algo que el resto no podía. Paulie era el soñador, el sensible, pero nadie le llevó la contraria esta vez. Había algo, algo casi sagrado que brillaba en el silencio. No daba miedo, era extrañamente tranquilo, incluso en la fría oscuridad.

—¿Alguien necesita una bebida? Yo necesito tomar algo —susurró Beans después de otro largo silencio. Rebuscó en la chaqueta, sacó una botella y la levantó de forma exultante como si hiciera un brindis—. Pues yo, con vuestro permiso...

—Creía que habías dejado de beber —dijo Grant, con el ceño fruncido.

—Ya ha acabado la temporada, tío, es oficial: vuelvo a beber —declaró Beans alegremente.

Dio un trago largo y se limpió la boca, sonriente, con el dorso de la mano. Le ofreció un trago a Jesse, que accedió felizmente y se estremeció cuando el líquido ardiente le quemó hasta llegar al estómago.

Ambrose era el único que parecía no tener nada que decir. Pero eso no era extraño. Ambrose casi nunca decía lo que pensaba y, cuando lo hacía, la mayoría de gente lo escuchaba. De hecho, él era el motivo por el que estaban un sábado por la noche en medio de la nada. Desde que el reclutador del ejército fue al instituto, Ambrose no había podido quitárselo de la cabeza. Los cinco se habían sentado en la última fila del auditorio, reían disimuladamente y bromeaban sobre cómo el entrenamiento militar debía ser como un paseo en comparación con los entrenamientos de lucha libre del entrenador Sheen. Todos excepto Ambrose. Él no había estado riendo ni haciendo bromas, sino que había escuchado con atención, había fijado los ojos en el reclutador con la postura tensa y las manos entrelazadas en el regazo.

Eran alumnos de último curso y se iban a graduar en un par de meses. La temporada de lucha libre se había acabado hacía dos semanas y estaban inquietos (quizá más que nunca) porque ya no habría más temporadas, ni nada por lo que entrenar, ni más partidos con los que soñar, ni victorias de las que disfrutar. Todo había acabado para ellos. Excepto para Ambrose, que había recibido ofertas de varias universidades y que tenía unas notas y un historial deportivo para ir a la Universidad Estatal de Pensilvania con una beca que le cubría todos los gastos. Él era el único que tenía escapatoria.

Estaban a punto de experimentar un cambio enorme y ninguno de ellos, mucho menos Ambrose, estaba emocionado por la perspectiva. Pero, independientemente de si decidían dar un paso hacia lo desconocido, lo desconocido llegaría igualmente; el precipicio abierto se los tragaría y la vida tal como la conocían ahora se habría acabado. Todos eran completamente conscientes del fin.

—¿Qué hacemos aquí, Brosey? —Por fin Jesse preguntó lo que todos querían saber y, como consecuencia, cuatro pares de ojos se clavaron en la cara de Ambrose.

Ambrose tenía una expresión seria, una cara más propia de la introspección que de hacer bromas. A las chicas les atraía su cara y los chicos la codiciaban en secreto. Ambrose era un chico masculino, un chico duro, y sus amigos siempre se sentían seguros cuando estaban con él, como si solo por el hecho de estar a su lado parte de su encanto se les fuera a contagiar. Y no era solo por su tamaño, porque fuera atractivo o porque, como Sansón, llevara el pelo hasta los hombros, desafiando las modas e ignorando que al entrenador Sheen no le gustara. Era por el hecho de que la vida lo había tratado bien, desde el principio, y, cuando lo mirabas, pensabas que siempre sería así, y eso tenía un efecto reconfortante.

—Me he inscrito —dijo Ambrose, con palabras entrecortadas e inapelables.

—¿En la universidad? Sí, ya lo sabemos, Brosey, no nos lo restriegues —dijo Grant. Aunque lo dijo entre risas, sonaba incómodo.

A Grant Nielson no le habían ofrecido ninguna beca a pesar de que había acabado el curso entre los mejores de la clase. Era un buen luchador, pero no era buenísimo, y Pensilvania era conocida por sus deportistas. Tenías que ser buenísimo para que te dieran una beca. Algunas cuentas de ahorros no tenían el dinero suficiente para la universidad. Grant lo conseguiría, pero tendría que trabajar mucho por el camino e ir poco a poco.

—No, a la universidad no —suspiró Ambrose.

Grant puso cara de confusión.

—Jo... der —dijo Beans, suspirando lentamente. Puede que estuviera medio borracho, pero no era tonto—. ¡El reclutador! Te vi hablar con él. ¿Quieres ser soldado?

Ambrose Young miró a sus cuatro mejores amigos, con los ojos estupefactos. Entonces, estos cogieron aire, sorprendidos.

—Todavía no se lo he dicho a Elliott. Pero sí, me voy. Me preguntaba si alguno de vosotros querría venir conmigo.

—¿Y qué, nos has traído aquí para ablandarnos? ¿Para que sintamos patriotismo o qué? —dijo Jesse—. Porque no es suficiente, Brosey. Joder, ¿en qué estás pensando? Podrían volarte una pierna por los aires o algo por el estilo y entonces, ¿cómo lucharías? No podrías. ¡Lo tienes todo hecho! Joder, es la Universidad Estatal de Pensilvania, tío. ¿Qué pasa? ¿Que quieres a los Hawkeyes de Iowa? Bueno, también te aceptarán. ¿Un tío grande que se mueve como uno pequeño, con un cuerpo de noventa kilos que sale disparado como si pesara setenta? ¿Qué peso estás levantando últimamente? No hay nadie que esté a tu altura, tío. ¡Tienes que ir a la universidad!

Jesse seguía hablando cuando se fueron del monumento conmemorativo improvisado y se dirigieron otra vez hacia la autopista para volver a casa. Él también había sido campeón estatal, como Ambrose. Pero Ambrose no había sido campeón solo una vez, había ganado cuatro veces, tres años consecutivos. Era el primer luchador que ganaba en las categorías de mayor peso siendo alumno de último curso. Ya en el primer año pesaba más de setenta kilos. Solo había perdido una vez, y fue al principio, a manos del ganador estatal del momento, que era alumno de último curso. En las estatales, Ambrose lo inmovilizó, y esa victoria lo metió en el libro de los récords.

Jesse levantó las manos y maldijo soltando tal retahíla de obscenidades que hizo que incluso el malhablado de Beans se sintiera incómodo. Jesse daría lo que fuera por estar en el lugar de Ambrose.

—¡Lo tienes hecho, tío! —repitió, sacudiendo la cabeza.

Beans le pasó la botella a Jesse y le dio una palmada en la espalda, intentando calmar a su amigo, que seguía sin poder creérselo.

Pasaron el trayecto de vuelta a casa en silencio. Como era habitual, Grant conducía. Él nunca bebía y por eso se encargaba de conducir y de cuidar de los demás desde que tenían el carné, aunque Paulie y Ambrose tampoco participaron en las actividades lúdicas que Beans había propuesto aquella noche.

—Me apunto —dijo Grant en voz baja.

—¿Qué? —chilló Jesse, derramando la bebida que quedaba en la botella por la pechera de su camisa.

—Me apunto —repitió Grant—. Me ayudarán a pagar la universidad, ¿verdad? Eso fue lo que el reclutador dijo. Tengo que hacer algo, joder. Estoy más que seguro de que no quiero seguir trabajando en la granja el resto de mi vida. Al paso al que ahorro, acabaré la universidad a los cuarenta y cinco.

—Has dicho una palabrota, Grant —susurró Paulie. Nunca había oído a Grant usar ese vocabulario. Jamás. Ninguno de ellos.

—Ya era hora —gritó Beans riendo—. Ahora solo nos falta desvirgarlo. No puede ir a la guerra si no ha probado los placeres del cuerpo femenino. —Beans dijo esto con voz de Don Juan, de casanova.

Grant se limitó a suspirar y a negar con la cabeza.

—¿Y tú qué, Beans? —preguntó Ambrose con una media sonrisa.

—¿Yo? Ah, yo ya lo sé todo sobre los placeres del cuerpo femenino —añadió Beans, enfatizando su acento y moviendo las cejas.

—¡Hablo del ejército, Beans, del ejército! ¿Qué me dices?

—Joder, claro que sí. Total, no tengo nada mejor que hacer. —Beans accedió, encogiéndose de hombros.

Jesse gruñó y se llevó las manos a la cabeza.

—¿Paulie? —preguntó Ambrose sin hacer caso a la angustia de Jesse—. ¿Te apuntas?

Paulie parecía afligido, sentía una lucha interna entre la lealtad a sus amigos y el instinto de supervivencia.

—Brose... Lo mío es el amor, no la guerra —dijo en tono serio—. El único motivo por el que hacía lucha libre era estar con vosotros, tíos, y sabéis que lo odiaba. Imagina la guerra.

—¿Paulie? —interrumpió Beans.

—Dime, Beans.

—Puede que lo tuyo no sea la guerra, pero tampoco el amor. A ti también tenemos que desvirgarte. Los tíos en uniforme mojan un montón.

—Ya, y las estrellas de *rock* también y se me da mucho mejor tocar la guitarra que disparar una pistola —argumentó Paulie—. Además, sabes que mi madre no me lo permitiría jamás.

El padre de Paul había fallecido en un accidente minero cuando él tenía nueve años y su hermana pequeña era solo un bebé. Su madre se mudó otra vez a Hannah Lake con sus dos hijos pequeños para estar más cerca de sus padres y se acabó quedando.

—Puede que odiaras la lucha libre, Paulie, pero se te daba bien. También serás un buen soldado.

Paulie se mordió el labio, pero no respondió. El coche estaba en silencio, cada uno estaba absorto en sus pensamientos.

—Marley quiere que nos casemos —dijo Jesse después de un largo periodo de calma—. Yo la quiero, pero... todo está pasando tan deprisa... Yo solo quiero luchar. Seguro que hay alguna universidad en la zona oeste que quiera a un chaval negro al que le gusta la gente blanca, ¿verdad?

—¿Quiere casarse? —Beans estaba atónito—. ¡Pero si solo tenemos dieciocho años! Más vale que vengas con nosotros, Jess. Tienes que convertirte en un hombre antes de que Marley te ate. Además, ya sabes lo que dicen: «Colegas antes que nenas».

Jesse suspiró en señal de rendición:

—¿Qué cojones? Estados Unidos me necesita. ¿Cómo voy a negarme?

La respuesta originó rugidos y risas. Jesse siempre había tenido un ego bastante grande.

—Oye, ¿el ejército no tiene un equipo de lucha libre? —La voz de Jesse sonó casi alegre ante la idea.

—¿Paulie? —volvió a preguntar Ambrose.

Paulie era el único que todavía se resistía y, de todos, sería al que más le costaría dejar atrás. Esperaba no tener que hacerlo.

—No sé, tío. Supongo que algún día tengo que madurar. Seguro que mi padre estaría orgulloso de mí si lo hiciera. Mi abuelo lucho en la Segunda Guerra Mundial. No lo sé —suspiró—, alistarme en el ejército me parece una forma fácil de que me maten.

7

Bailar con una chica

Por Hannah Lake no había ningún hotel sofisticado ni ningún local pijo para hacer el baile de graduación, así que el instituto de Hannah Lake decoraba el gimnasio con cientos de globos, guirnaldas de luces, balas de heno, árboles de mentira, carpas o lo que el tema de la fiesta requiriera.

El tema de este año era la canción *I Hope You Dance,* una canción inspiradora que no inspiraba nada en lo que a decoración se refería. Así pues, las guirnaldas de luces y las carpas volvieron a decorar un baile de graduación más en el instituto de Hannah Lake. Fern, que estaba sentada al lado de Bailey y miraba a las parejas que bailaban en el gimnasio, se preguntaba si lo único que había cambiado en cincuenta años era el estilo de los vestidos.

Fern toqueteaba el escote de su vestido mientras pasaba la mano por los pliegues de color crema. Se balanceaba hacia delante y hacia atrás y miraba como la tela de la falda caía hasta el suelo, emocionada por los destellos dorados que creaba la luz en el vestido. Había encontrado el vestido en un perchero de liquidación un día que paseaba con su madre por un centro comercial en Pittsburgh. Lo habían rebajado una y otra vez, probablemente porque era un vestido de una talla muy pequeña en un color que no estaba de moda entre las chicas pequeñas. Pero el color gris topo favorecía a las pelirrojas y a Fern le quedaba genial.

Había posado para las fotos con Bailey en la sala de estar de los Taylor, con el corpiño del vestido por la barbilla, como le gustaba a su madre. A los dos segundos de salir de casa, sin embargo, tiró del vestido y se puso el escote a la altura de los hombros y, por primera vez en su vida, casi llegó a sentirse guapa.

Nadie le había pedido a Fern que fuera su pareja para el baile. Bailey no se lo había pedido a nadie y había bromeado diciendo que no quería que las chicas se sintieran intimidadas en el baile. A pesar de que lo había dicho con una sonrisa en la boca, hubo un destello de tristeza en su rostro. Como Bailey no solía compadecerse de sí mismo, Fern se había quedado sorprendida por el comentario y le había pedido que fuera su acompañante. Era el baile de graduación, podían quedarse en casa sentados enfurruñados por no tener pareja o podían ir juntos. Eran primos, e ir juntos daba pena, pero era mejor eso que perdérselo. Además, tampoco es que ir juntos les fuera a causar problemas de popularidad. Su vida social no iba sobre ruedas (al menos no en el caso de Fern). No sería una noche romántica, pero Fern llevaba un vestido y tenía un acompañante para el baile, aunque no fuera convencional.

Bailey llevaba un esmoquin negro, una camisa plisada de color blanco y una pajarita negra. Se había puesto espuma en el pelo rizado y se lo había peinado, astutamente, de tal manera que parecía Justin de *NSYNC... o eso pensaba Fern. Los jóvenes se mecían hacia delante y hacia atrás sin apenas mover los pies y con los brazos inmóviles alrededor del cuerpo de sus parejas.

Fern intentaba no imaginarse cómo se sentiría si estuviera tan cerca de alguien especial en su baile de graduación. Por un instante deseó haber ido con alguien que pudiera sacarla a bailar. Sintió una punzada de remordimiento y miró a Bailey con culpabilidad, pero él se fijaba en una chica que llevaba un vestido rosa chillón con brillos y tenía el pelo rubio escalonado. Rita.

Becker Garth la cogía con fuerza y le acariciaba el cuello con la nariz. Le susurraba al oído mientras se movían. El pelo oscuro de él contrastaba con los mechones claros de ella. Becker, que tenía más confianza en sí mismo de la que merecía y una actitud propia de los chicos bajitos que tienen que hacerse notar, tenía veintiún años y era demasiado mayor para ir al baile de graduación de un instituto. Sin embargo, Rita estaba en las primeras etapas de encaprichamiento y al mirarlo ponía una cara tan adorable que hacía que pareciera todavía más guapa.

—Rita está guapísima. —Fern sonrió. Estaba feliz por su amiga.

—Rita siempre esta guapísima —dijo Bailey, cautivado por su belleza.

Algo en el tono de voz de Bailey hizo que el corazón de Fern se estremeciera. Puede que fuera porque ella nunca se había sentido guapa, o por el hecho de que Bailey se hubiera dado cuenta y estuviera fascinado por algo a lo que Fern pensaba que era inmune, a lo que Fern pensaba que no le daba importancia. Sin embargo, ahí estaba, su primo, su mejor amigo, su compinche, embobado como todos los demás. Y si Bailey Sheen se enamoraba de una cara bonita, Fern no tenía esperanzas: Ambrose Young nunca se fijaría en alguien tan insignificante como ella.

Todo siempre estaba relacionado con Ambrose.

Ahí estaba él, rodeado de sus amigos. Parecía que Ambrose, Grant y Paulie habían venido sin acompañantes, para desgracia de las alumnas de último curso que estaban en casa porque no habían recibido ninguna invitación para el baile. Resplandecientes en sus esmóquines negros, jóvenes y atractivos, engominados y afeitados, celebraban con todo el mundo y con nadie en particular.

—Voy a pedirle a Rita que baile conmigo —dijo Bailey de repente, moviendo la silla hacia delante como si hubiera dado con la solución y quisiera hacerlo antes de acobardarse.

—¿Qué... qué? —Fern tartamudeó. Esperaba que Becker Garth no fuera un idiota y observó fascinada y asustada a partes iguales cómo Bailey se dirigía hasta Rita, que, cogida de la mano de Becker, estaba saliendo de la pista de baile.

Rita le sonrió a Bailey y rio por algo que le había dicho. «Déjalo en manos de Bailey, no va falto de encanto», pensó Fern. Becker le frunció el ceño al chico y pasó junto a él, como si no valiera la pena detenerse por él, pero Rita le soltó la mano y, sin esperar a que su acompañante le diera permiso, se sentó con cuidado sobre el regazo de Bailey y le pasó los brazos por encima de los hombros. Empezó a sonar *Get Ur Freak On* de Missy Elliott, y Bailey se puso a bailar como un loco, como pedía la letra de la canción. Empezó a dar vueltas con la silla y a hacerla girar una y otra vez, y Rita reía y se agarraba a él de manera que su pelo rubio ondeaba sobre el pecho del chico.

Fern movía la cabeza arriba y abajo al compás de la música y se contoneaba sin moverse de su sitio mientras reía por la audacia de su amigo. Bailey no le temía a nada, especialmente teniendo en cuenta que Becker Garth todavía estaba de pie en la pista de baile, de brazos cruzados, enfadado y esperando a que acabara la canción. Si Fern fuera guapa, quizá se atrevería a ir con él para intentar distraerlo, quizá le diría de bailar para que Bailey pudiera disfrutar de su momento sin que Becker estuviera vigilando. Pero no era guapa. Se mordió una uña y confió en que todo saliera bien.

—Hola, Fern.

—Eh... hola, Grant. —Fern se puso derecha y escondió las uñas mordisqueadas en su regazo.

Grant Nielson tenía las manos en los bolsillos, como si estuviera igual de cómodo con un esmoquin que cuando llevaba vaqueros. Le sonrió y señaló la pista de baile con la cabeza.

—¿Quieres bailar? A Bailey no le importará, ¿no? Como está bailando con Rita...

—¡Claro! Vale. —Fern se levantó demasiado deprisa y se tambaleó en los zapatos de tacón, que hacían que fuera siete centímetros más alta y midiera casi un metro setenta.

Grant volvió a sonreír y le tendió el brazo para que se estabilizara.

—Estás guapa, Fern. —Grant sonó sorprendido. Le recorrió el cuerpo con la mirada hasta que la miró directamente a los ojos. Frunció el ceño, como si intentara saber qué había distinto en ella.

A los veinte segundos de que hubieran empezado a bailar, la canción cambió. Fern pensó que eso iba a ser todo lo que iba a conseguir, pero Grant le pasó los brazos por la cintura cuando empezó a sonar una balada y pareció estar contento de seguir bailando. Fern giró la cabeza para ver si Bailey había devuelto a Rita a su acompañante, pero vio que no lo había hecho. Estaba haciendo ochos lentamente con la silla alrededor de las otras personas que había en la pista de baile. Rita tenía la cabeza apoyada en su hombro mientras bailaban lentamente lo mejor que podían. Becker estaba de pie al lado del bol de ponche con la boca retorcida en una mueca y la cara roja.

—Van a acabar dándole una paliza a Sheen si no va con cuidado —dijo entre risas Grant, que había seguido la mirada de Fern.

—Me preocupa más Rita —dijo Fern, dándose cuenta de que era verdad. Becker la ponía nerviosa.

—Sí, puede que tengas razón. Hay que estar muy mal para pegarle a un chico en una silla de ruedas. Además, si Garth le tocara un pelo, se armaría un lío de los buenos. Ninguno de los luchadores que estamos aquí lo permitiríamos.

—¿Por el entrenador Sheen?

—Sí. Y por Bailey. Es uno de los nuestros.

Fern sonrió; estaba contenta de saber que el sentimiento era mutuo. Bailey quería a todos y cada uno de los miembros del equipo de lucha libre y se consideraba el segundo entrenador del equipo, la mascota, el entrenador personal, el encargado de calcular las estadísticas y, en general, un gurú de la lucha libre.

Después, Paulie le pidió a Fern un baile. Era adorable y estaba distraído, como siempre, y a Fern le gustó bailar con él, pero cuando Beans se acercó y la invitó a bailar, Fern empezó a preguntarse si era el objeto de una broma entre ellos o, peor, de una apuesta. Quizá Ambrose sería el siguiente y entonces todos le pedirían que posara con ellos para una foto y se reirían a carcajadas de la farsa del baile de graduación. Como si ella fuera una atracción de feria.

Pero Ambrose no le pidió que bailara con él, no se lo pidió a nadie. Se quedó de pie. La cabeza y los hombros del chico sobresalían entre la multitud. Llevaba el pelo repeinado hacia atrás en una cola en la nuca, que le acentuaba las llanuras y los valles de su atractiva cara, sus ojos oscuros, sus cejas rectas y su mandíbula cuadrada. Cuando pilló a Fern mirándolo, frunció el ceño y apartó la mirada. Fern se preguntó qué había hecho.

En el camino de vuelta a casa, Bailey estaba excepcionalmente callado. Decía que estaba cansado, pero Fern lo conocía demasiado bien.

—¿Te encuentras bien, B?

Bailey suspiró y Fern lo miró a los ojos por el retrovisor. Bailey nunca podría conducir y nunca se sentaba en el asiento del pasajero. Cuando iban a dar una vuelta en coche por la ciudad, Fern cogía prestada la furgoneta de los Sheen porque estaba preparada para la silla de ruedas. Habían quitado el asiento del medio para que Bailey pudiera subir por una rampa y entrara en el vehículo. Entonces ponía el freno de las ruedas y lo ataban con cinturones anclados en el suelo que impedían que la silla volcara. Ir en coche por Main Street, con Bailey en el asiento de atrás, no era muy divertido, pero Fern y Bailey ya estaban acostumbrados y a veces Rita iba con ellos para que Fern no se sintiera como un chófer.

—No. Hoy es una de esas noches, Fernie.

—¿Ha sido muy real?

—Demasiado real.

—Yo estoy igual —dijo Fern en voz baja. Sintió como se le cerraba la garganta por la emoción que le crecía en el pecho. A veces la vida parecía muy injusta, excesivamente dura e insoportable.

—Parecía que lo estabas pasando bien. Muchos chicos te han pedido que bailes con ellos, ¿no?

—¿Les has pedido tú que bailaran conmigo, Bailey? —Cuando lo entendió, la realidad le sentó como una bofetada.

—Sí... Se lo he pedido yo. ¿He hecho mal? —Bailey parecía afligido.

Fern sonrió y lo perdonó inmediatamente.

—No pasa nada, ha sido divertido.

—Ambrose no te ha sacado a bailar, ¿verdad?

—No.

—Lo siento, Fern. —Bailey era consciente de lo que Fern sentía por el chico y de que había perdido toda esperanza después del fiasco de las cartas de amor.

—¿Acaso piensas que alguien como él se enamoraría de alguien como yo? —Fern miró a Bailey a los ojos a través del espejo. Sabía que él lo entendería.

—Solo si tiene suerte.

—Ah, Bailey. —Fern negó con la cabeza, pero le agradecía que lo hubiera dicho, sobre todo porque sabía que lo pensaba de verdad.

Llegaron a la conclusión de que no estaban listos para volver a casa, así que dieron vueltas con el coche por Main Street una y otra vez. Los cristales oscuros de las ventanas de las tiendas reflejaban el brillo de los focos delanteros de la vieja furgoneta azul y las pocas posibilidades de la solitaria pareja en el interior. Después de un rato, Fern se salió de la calle principal y condujo hasta casa. El cansancio le había llegado de golpe y estaba lista para la sencilla comodidad de su cama.

—A veces es difícil aceptar la realidad —dijo Bailey de repente.

Fern esperó a que continuara el discurso.

—Es difícil aceptar el hecho de que nunca te van a querer como tú quieres.

Por un instante, Fern pensó que estaba hablando sobre ella y Ambrose, pero entonces se dio cuenta de que en realidad no se refería al amor no correspondido, estaba hablando de su enfermedad. Se refería a Rita. A las cosas que nunca podría ofrecerle y a las cosas que ella nunca le pediría. Porque estaba enfermo. Y nunca iba a mejorar.

—Hay días en los que pienso que ya no lo puedo soportar más. —La voz de Bailey se quebró, y el chico calló tan repentinamente como había empezado a hablar.

A Fern se le llenaron los ojos de lágrimas de compasión, y se las enjugó al mismo tiempo que metía la furgoneta en el garaje oscuro de los Sheen. La luz automática parpadeaba por encima de ellos a modo de soñolienta bienvenida. Metió el coche en la plaza de aparcamiento, se quitó el cinturón y se giró en el asiento para mirar a su primo. En la oscuridad, la cara de Bailey se veía demacrada, y Fern sintió una ola de miedo que le recordó que él no iba a estar siempre a su lado, que no estaría a su lado durante mucho más tiempo. Alargó el brazo y le cogió la mano.

—A veces pasa, Bailey. Hay momentos en los que piensas que no puedes soportarlo más. Pero entonces te das cuenta de que sí puedes. Tú puedes. Eres un tío duro. Vas a tomar aire, vas a aguantar un poco más, vas a sufrir un poco más y, finalmente, recobrarás las fuerzas —dijo Fern. Sonreía, insegura, y sus ojos llenos de lágrimas contradecían las palabras de ánimo.

Bailey asintió y le dio la razón, con los ojos llenos de lágrimas también.

—Pero a veces también tienes que admitir que es una mierda, Fern.

Fern asintió y le apretó la mano más fuerte.

—Sí, no pasa nada.

—Tienes que reconocerlo. Plantarle cara a la mierda. —La voz de Bailey se volvió más fuerte, más estridente—. Aceptarla. Reconocerla, regodearte en ella, convertirte en una mierda. —Bailey suspiró. Su mal humor estaba mejorando gracias a la retahíla de palabrotas que había soltado. Decir palabrotas era terapéutico.

Fern sonrió levemente.

—¿Convertirte en una mierda?

—Si hace falta, sí.

—Tengo helado de chocolate y frutos secos en casa. Parece caca. ¿No podemos convertirnos en helado mejor?

—Hombre, sí que parece mierda con los frutos secos. Trato hecho.

—Qué asco, Bailey.

Bailey chasqueó la lengua y Fern fue a la parte de atrás, desató los cinturones que sujetaban la silla y abrió la puerta corredera.

—Oye, Bailey.

—¿Qué?

—Te quiero.

—Y yo a ti, Fern.

Por la noche, después de quitarse el vestido, de sacarse todas las horquillas del complicado peinado y de quitarse el maquillaje de la cara, Fern se quedó de pie frente al espejo y se valoró sinceramente. Había crecido un poco, ¿no? Ya casi medía un metro sesenta. No era tan bajita. Seguía siendo flacucha, pero ya no parecía una niña de doce años.

Se sonrió, admirando la sonrisa blanca y recta por la que tanto había sufrido. El pelo todavía se estaba recuperando del desastre del verano anterior. Convencida de que el pelo corto sería más fácil de manejar, le dijo a Connie de la peluquería Hair She Blows que se lo cortara tan corto como a un chico. Quizá no se lo había cortado lo suficiente porque le salía disparado de la cabeza como si llevara una permanente de los años setenta. Se pasó gran parte de su último año en el instituto con el pelo como el de Annie, de la obra de teatro de Broadway, y eso contribuía a su aspecto de niña pequeña. Ahora ya casi le llegaba a los hombros y podía recogérselo en una coleta. Se prometió que no volvería a cortárselo nunca más; dejaría que le creciera hasta que le llegara a la cintura y, a lo mejor, el peso del pelo haría que los rizos se deshicieran un poco. Como Nicole Kidman en *Días de trueno*. Nicole Kidman era pelirroja y era muy guapa. Pero también era muy alta. Fern suspiró y se puso el pijama. Elmo la miraba desde la camiseta.

—Elmo te quiere —se dijo a sí misma haciendo una imitación de la voz chillona de la marioneta. Quizá era hora de comprarse ropa nueva, de cambiar de estilo. Quizá si no llevara pijamas de Elmo parecería mayor. Debería comprarse vaqueros de su talla y camisetas que enseñaran que no tenía el pecho plano... ya no.

Sin embargo, ¿seguía siendo fea? ¿O es que había sido fea durante tanto tiempo que ya todo el mundo lo creía? Con todo el mundo se refería a los chicos del instituto. Se refería a Ambrose.

Se sentó al escritorio y encendió el ordenador. Estaba escribiendo una novela nueva. Una novela nueva con el mismo argumento de siempre. En todas sus historias, el príncipe se enamoraba de una plebeya, el cantante de *rock* perdía la cabeza por una admiradora, el presidente se quedaba embelesado por la humilde profesora o el multimillonario caía rendido a los pies de la dependienta. Había un tema recurrente, un patrón que Fern no quería pararse a estudiar detenidamente. Y, normalmente, Fern se imaginaba en el papel de la enamorada. Siempre escribía en primera persona y se describía como una chica con extremidades largas, rizos suaves, pechos grandes y ojos azules. Pero esta noche no apartaba los ojos del espejo, de su rostro pálido lleno de pecas.

Se quedó sentada durante un largo rato, con la vista fija en la pantalla del ordenador. Pensó en el baile de graduación, en cómo Ambrose la había ignorado. Pensó en la conversación que había tenido después con Bailey y en cómo él se había rendido ante la mierda, aunque fuera una rendición temporal. Pensó en las cosas que no entendía y en cómo se sentía con ella misma y empezó a escribir, a hacer rimas, a volcar su corazón en la página.

Si Dios crea nuestras caras, ¿rio cuando hizo la mía?
¿Crea piernas que no andan y ojos que no miran?
¿Acaso riza el pelo de la cabeza hasta que se alza persistente?
¿Tapa las orejas del sordo para hacerlo dependiente?
¿Es coincidencia que piense así o es el destino?
¿Es correcto culparlo por las piedras que ha puesto en mi camino?
Por los defectos que empeoran cada vez que me miro a un espejo.
Por mi fealdad, por el odio y por el miedo.
¿Nos esculpe para divertirse o por algún motivo que no entiendo?
Si Dios crea nuestras caras, ¿hizo la mía riendo?

Fern suspiró e hizo clic en imprimir. Cuando la impresora barata escupió el poema, Fern lo colgó en la pared con una chincheta que agujereó el papel blanco. A continuación, se metió en la cama e intentó borrar de su mente las palabras que se repetían una y otra vez: «Si Dios crea nuestras caras, si Dios crea nuestras caras, si Dios crea nuestras caras...».

8
Salir de fiesta a tope

A Ambrose no le gustaba el alcohol. No le gustaba tener la mente nublada y le daba miedo cometer alguna estupidez y hacer el ridículo, avergonzar a su padre o a la ciudad. El entrenador Sheen prohibía terminantemente el alcohol durante la temporada de lucha libre. Sin excepciones. Si te pillaba bebiendo, te expulsaba del equipo y punto. Ninguno de los chicos pondría en peligro la lucha libre por una copa.

Para Ambrose lo de pelear duraba todo el año. Nunca dejaba de entrenar, ni de competir. Luchaba durante la temporada de fútbol o atletismo, aunque estuviera en los equipos del instituto de ambos deportes. Y como siempre entrenaba, nunca bebía.

Pero ahora ya no tenía que entrenar porque ya no luchaba. Había acabado. En la ciudad había un pánico silencioso. La noticia de que cinco de los chicos se iban a la guerra se había extendido como la pólvora y, a pesar de que la gente estaba orgullosa y había dado palmadas en la espalda a los chicos y les había dicho que agradecían el sacrificio que hacían y su servicio al país, los vecinos del pueblo en el fondo estaban asustados. Cuando Ambrose se lo había contado a Elliott, este había agachado la cabeza.

—¿De verdad es eso lo que quieres hacer, hijo? —preguntó en voz baja. Cuando Ambrose respondió que sí, Elliott le dio una palmadita en la mejilla y dijo—: Te quiero, Brosey. Y te apoyaré hagas lo que hagas.

Sin embargo, Ambrose lo había pillado varias veces de rodillas, rezando con los ojos llenos de lágrimas. Tenía la sensación de que su padre estaba haciendo tratos de todo tipo con Dios.

El entrenador Sanders de la Universidad Estatal de Pensilvania había dicho que respetaba la opinión de Ambrose. «Dios, la patria, la familia y la lucha libre», le había dicho al chico. Dijo que si había sentido la llamada y quería servir a su país, eso era lo que tenía que hacer.

Después de la graduación, el señor Hildy, el profesor de Matemáticas, lo había apartado a un lado para hablar con él. El señor Hildy era un veterano de la guerra de Vietnam, y Ambrose siempre le había tenido mucho respeto y admiraba cómo se comportaba y cómo daba las clases.

—He oído que te has alistado en las fuerzas de reserva. Sabes que te llamarán a filas, ¿verdad? Estarás allí antes de que hayas acabado de pronunciar Sadam Huseín. ¿Eres consciente de eso? —preguntó el señor Hildy con los brazos cruzados y las cejas, grises y pobladas, arqueadas en actitud interrogativa.

—Lo sé.

—¿Y por qué lo haces?

—¿Por qué lo hizo usted?

—Me reclutaron —dijo el señor Hildy sin rodeos.

—¿No habría ido si hubiera podido evitarlo?

—No. Aunque tampoco lo cambiaría. Volvería a luchar por lo que luché. Lucharía por mi familia, por la libertad de decir lo que me dé la gana y por los tíos con los que luché. Sobre todo por ellos. Luchas por los tíos con los que haces servicio. Cuando hay un tiroteo, solo piensas en ellos.

Ambrose asintió como si lo entendiera.

—Pero te aseguro una cosa, los afortunados son los que no regresan. ¿Me escuchas?

Ambrose volvió a asentir, atónito. Sin decir ni una palabra más, el señor Hildy se fue y sembró la duda en Ambrose, que, por primera vez, tuvo náuseas. Puede que se estuviera equivocando. La duda hizo que se enfadara y se pusiera nervioso. Se había comprometido y no iba a echarse atrás.

Estados Unidos y sus aliados estaban en Afganistán. A continuación, irían a Irak. Todo el mundo lo sabía. Ambrose y sus amigos empezarían la instrucción básica en septiembre. Él deseaba poder empezar ya, pero habían quedado en eso.

Ese verano fue insoportable. Beans parecía decidido a beber hasta morir, y Jesse pasaba tan poco tiempo con sus amigos que parecía que estuviera casado. Grant trabajaba en la granja, y Paulie escribía innumerables canciones sobre irse de casa y lloraba a moco tendido. Ambrose pasaba el tiempo en la pastelería y haciendo pesas. El verano se hizo eterno.

Una noche de sábado, dos días antes de que tuvieran que irse al campamento de Fort Sill en Oklahoma, fueron al lago a celebrarlo con todos los chavales del condado. Había refrescos y cervezas, globos, furgonetas con las puertas del maletero abiertas y comida por doquier. Algunos jóvenes se bañaban, otros bailaban en la orilla del lago, pero la mayoría de los chicos hablaban y bebían, sentados alrededor de la hoguera, rememorando e intentando crear un último recuerdo de verano que les acompañara en los años venideros.

Bailey Sheen también había ido. Ambrose había ayudado a Jesse a subir la silla y a llevarlo hasta el lago, donde podría socializar con los demás. Fern estaba con él, como siempre. No llevaba gafas y se había recogido el pelo en una trenza, aunque tenía algunos rizos sueltos por la cara. Ambrose tuvo que admitir que, aunque no estaba a la altura de Rita, estaba mona. Llevaba un vestido veraniego de flores y chanclas, y, aunque Ambrose intentó evitarlo, no paró de mirarla durante toda la tarde. No sabía qué era lo que tenía; podría haber empezado algo con tantas de sus amigas como quisiera, ya que todas ellas querrían darle un recuerdo especial antes de que se fuera al ejército, pero a Ambrose nunca le había gustado irse acostando con todas y no iba a empezar a hacerlo ahora. Además, no podía dejar de mirar a Fern.

Acabó bebiendo más cerveza de la que debía, y un grupo de chicos del equipo de lucha libre lo metió en el lago, justo cuando Fern se fue. Vio como la vieja furgoneta azul de los Sheen se alejaba haciendo crujir la gravilla y sintió una punzada de remordimiento.

Estaba mojado y enfadado e iba un poco borracho, no se lo estaba pasando bien. Se quedó al lado de la hoguera y se intentó escurrir el agua de la ropa mientras se preguntaba si el remordimiento que sentía por lo de Fern era solo por haberse mantenido en sus trece hasta el último momento, si lo único que quería era aferrarse a algo de su antigua vida, que se desvanecía para dar paso a su futuro, escalofriante y nuevo.

Dejó que el fuego secara gran parte de la humedad de los vaqueros y la camiseta y que la conversación fluyera a su alrededor. Las llamas parecían el pelo de Fern. Dijo una palabrota en voz alta, y Beans detuvo la explicación del juego. Se levantó de repente, haciendo que la tumbona volcara, y se alejó de la hoguera. Sabía que tenía que irse, que no estaba siendo él mismo. Era un idiota. Se había pasado todo el verano de brazos cruzados sin hacer nada. Y ahora estaba ahí, la noche antes de su último día en la ciudad, y había descubierto que quizá le gustaba una chica que se le había declarado seis meses antes.

Había aparcado en la cima de la colina, y los coches que había alrededor de su coche estaban vacíos. Bien. Así podría irse sin que lo vieran. Estaba muy triste, tenía la entrepierna mojada y la camiseta rígida, y ya estaba cansado de la fiesta. Estaba subiendo la colina y se detuvo de repente. Fern bajaba por el camino hacia el lago. Había vuelto. Sonrió al acercarse y se colocó con el dedo un mechón de pelo que se le había soltado y se le enroscaba por el cuello.

—Bailey se ha dejado la gorra y le he dicho que volvería a por ella en cuanto lo llevara a casa. Y quería despedirme. He podido hablar con Paulie y Grant, pero no contigo. Espero que no te moleste si te mando alguna carta de vez en cuando. A mí me gustaría que me mandaran cartas... si me fuera... aunque probablemente no me vaya nunca, pero, bueno, ya sabes... —A medida que hablaba se ponía cada vez más nerviosa.

Ambrose se dio cuenta, pero no le dijo nada. Se quedó mirándola.

—Sí, claro. Me encantaría —contestó rápidamente para que se calmara. Se pasó los dedos por el largo pelo húmedo.

Al día siguiente el pelo desaparecería. Su padre le había dicho que él mismo se lo afeitaría, no tenía sentido esperar hasta el lunes. No se había vuelto a cortar el pelo desde que Bailey le había dicho que se parecía a Hércules.

—Estás empapado. —Fern sonrió—. Deberías volver junto a la hoguera.

—¿Por qué no te quedas un rato? —preguntó él. Sonrió como si no le diera importancia, pero el corazón le iba a mil por hora, como si fuera la primera vez que hablaba con una chica. De repente, deseó haberse bebido unas cuantas cervezas más para estar más tranquilo.

—¿Estás borracho? —Fern frunció el ceño, intentando leerle los pensamientos.

A Ambrose le entristeció que pensara que el motivo por el que se lo decía era que iba borracho.

—¡Eh, Ambrose, Fern, venid! Queremos jugar a un juego nuevo y necesitamos más jugadores —gritó Beans desde donde estaba, agachado al lado de la hoguera.

Fern siguió su camino, contenta de que la invitaran a unirse. Beans nunca había sido muy amable con Fern. Normalmente ignoraba a las chicas que le parecían feas. Ambrose la siguió a un paso más lento. No quería jugar a juegos tontos y, si había sido idea de Beans, seguro que era tonto o cruel.

Resultó que el juego al que querían jugar no era nuevo en absoluto. Era la misma versión de siempre del juego de la botella al que habían jugado desde que tenían trece años y necesitaban una excusa para besar a la chica que tenían al lado. Pero Fern parecía dispuesta a jugar. Tenía sus ojos marrones muy abiertos y las manos sobre el regazo. Ambrose se dio cuenta de que probablemente nunca antes había jugado a la botella porque no solía ir a las fiestas que hacían. Nunca la invitaban. Además, era la hija del pastor, seguro que no había hecho ni la mitad de cosas que los demás que estaban alrededor del fuego habían hecho varias veces. Ambrose apoyó la cabeza sobre las manos y deseó que Beans no hiciera nada que pudiera avergonzar a Fern o que hiciera que le tuviera que dar una paliza. No quería que la relación se tensara justo antes de ir al campo de entrenamiento.

Cuando la botella señaló a Fern, Ambrose contuvo la respiración. Beans susurró algo al oído de la chica que estaba sentada a su lado, la que había girado la botella. Ambrose mató con la mirada a Beans y esperó a que atacara.

—¿Verdad o atrevimiento, Fern? —preguntó Beans, burlándose.

A Fern parecían asustarla las dos opciones. Y hacía bien en estar asustada. Se mordió el labio. Todos los ojos se posaron en ella, que luchaba por tomar una decisión.

—¡Verdad! —dijo abruptamente.

Ambrose se relajó. Era más fácil si elegía verdad. Además, se podía mentir.

Beans volvió a susurrarle algo a la chica, que soltó una risita.

—¿Es verdad que le mandaste cartas de amor a Ambrose el año pasado haciéndote pasar por Rita?

Ambrose estaba asqueado. Fern resolló a su lado y clavó los ojos oscuros, que reflejaban el baile de las llamas y parecían negros en contraste con esa cara tan pálida que tenía, en los de él.

—Fern, tenemos que volver a casa. —Ambrose se puso de pie y tiró de ella—. Nos vamos. Nos vemos en seis meses, pringados. No me echéis de menos. —Se dio la vuelta, cogió con fuerza la mano de la chica y tiró de ella. Sin ni siquiera girar la cabeza, levantó el brazo izquierdo y le hizo un corte de mangas amenazador a su amigo. Oía como reían a medida que se alejaban. Beans pagaría las consecuencias. Ambrose no sabía cuándo ni cómo, pero las pagaría.

Una vez estuvieron rodeados de árboles y ya no se les podía ver desde el lago, Fern se soltó de un tirón de la mano de Ambrose y echó a correr.

—¡Oye, Fern, espera!

Ella siguió corriendo hacia los coches aparcados. Ambrose se preguntaba por qué no reducía la velocidad un minuto. Echó a correr para atraparla y la alcanzó cuando ella estaba agarrando la manilla de la puerta de la furgoneta azul de los Sheen.

—¡Fern! —La cogió por el brazo, pero ella forcejeó y se soltó. Entonces la cogió de ambos brazos y la acercó a él con rabia. Quería que lo mirara.

Le temblaban los hombros, y Ambrose se dio cuenta de que estaba llorando. Había echado a correr para evitar que la viera llorar.

—Fern —exhaló, desamparado.

—¡Deja que me vaya! No puedo creerme que se lo contaras. Me siento como una idiota.

—Se lo dije a Beans aquella noche, la noche que nos vio hablando en el pasillo. No se lo debería haber contado. Yo soy el idiota.

—No importa. Ya se ha acabado el instituto. Tú te vas, Beans también. Me da igual si no os vuelvo a ver en mi vida. —Fern se enjugó las lágrimas que le caían por la cara.

Ambrose retrocedió, sorprendido por la vehemencia de su voz y la rotundidad de su mirada. Le dio miedo.

Así que la besó.

Fue un beso áspero y no consentido. Él cogió su cara entre las manos y la apretó contra la puerta de la vieja furgoneta azul que conducía para llevar a Bailey. Era el tipo de chica a la que no le importaba ir a una fiesta en una furgoneta adaptada para silla de ruedas. El tipo de chica que se había ilusionado por el simple hecho de que le pidieran jugar a un juego estúpido. El tipo de chica que había vuelto para despedirse de él, que la había tratado fatal. Y él deseaba, con más ganas de las que había tenido en toda su vida, poder cambiarlo.

Intentó besarla suavemente, intentó decirle que lo sentía, pero ella estaba inmóvil en sus brazos, como si, después de todo lo que había pasado, no se creyera que él pudiera romperle el corazón y después, besarla.

—Lo siento, Fern —susurró Ambrose con los labios sobre los de ella—, lo siento mucho.

De algún modo, esas palabras derritieron el hielo que el beso no había podido derretir, y Ambrose sintió como ella se rendía y suspiraba sobre los labios de él. Fern le puso las manos sobre los bíceps y lo abrazó mientras él hacía lo mismo. Ella abrió la boca para que Ambrose introdujera la lengua. Suavemente, por miedo a estropear la segunda oportunidad que le había ofrecido, el chico movió los labios contra los de ella y entrelazó la lengua con la de ella lentamente, dejando que ella fuera la que lo besara. Nunca antes había avanzado tan cuidadosamente ni había deseado tanto hacer algo bien. Y cuando ella se apartó, la soltó. La chica tenía los ojos cerrados, las mejillas manchadas por las lágrimas y los labios amoratados por la fuerza con la que él la había besado, desesperado por hacer que los remordimientos desaparecieran.

Fern abrió los ojos. Su cara, por un instante, reflejó dolor y confusión. Miró a Ambrose fijamente a los ojos y después tensó la mandíbula y se giró, dándole la espalda. Sin decir ni una sola palabra, subió a la furgoneta y se fue.

9

Ser un buen amigo

El despertador sonó a las ocho de la mañana del sábado. La cancioncilla se mezcló tan bien con el sueño de Fern que sonrió, todavía dormida, levantando la cara hacia el hombre atractivo en uniforme que acababa de decir «Sí, quiero». Él levantó el velo y presionó los labios contra los de ella.

«Lo siento mucho, Fern», susurraba, justo como había hecho en el lago. «Lo siento mucho», repitió.

Fern lo besó frenéticamente. No quería que se disculpara, quería que la besara sin parar, que la abrazara. El subconsciente le decía que todo era un sueño y que pronto se despertaría y la posibilidad de besarlo se derretiría en el País de Nunca Va a Pasar.

«Lo siento mucho, Fern».

Fern suspiró. La impaciencia empañaba el hecho de que la voz que oía ya no era la de Ambrose.

—Siento despertarte, Fern, pero tengo que enseñarte una cosa. ¿Estás despierta?

Fern abrió los ojos, soñolienta, aceptando que no estaba en la iglesia, que nunca habían sonado campanas de boda y que Ambrose estaba a cientos de kilómetros, en Fort Sill.

—¿Fern? —Rita estaba de pie, a menos de medio metro de la cama y, sin avisar, se bajó la cremallera de los pantalones, se los bajó hasta las caderas, se subió la camisa y la metió por la banda elástica del sujetador de tal manera que se le veía el abdomen. Puso los brazos en jarras y sollozó:

—¿Lo ves?

Fern, adormecida, se fijó en sus curvas y en la piel desnuda que se extendía bajo los grandes senos de su amiga. Deseaba que Rita hubiera esperado unos minutos para entrar en la habitación y empezar a desnudarse. A Fern todavía le pesaban los ojos de sueño y no le iban las chicas con curvas. Ansiaba a un hombre concreto en uniforme. Alzó las cejas a modo de pregunta y balbuceó:

—¿Eh?

—Fern, ¡mira! —Rita se señaló con ambas manos la parte baja del vientre, justo debajo del ombligo—. Es enorme. No podré esconderlo mucho más tiempo. ¿Qué voy a hacer?

No era enorme, solo estaba un poco hinchada y la barriga le sobresalía ligeramente por encima de las bragas de encaje negro. Fern tenía unas iguales escondidas al fondo del cajón, pero solo se las ponía cuando tenía que escribir una escena de amor como la que había escrito la noche anterior (hacía apenas unas horas). Pero Rita no iba a irse y a dejarla regresar a su sueño, así que Fern se apoyó sobre un brazo y, con poca energía, se levantó y se apartó los rizos de los ojos para tener una mejor perspectiva del problema de su amiga. Inclinó la cabeza hacia un lado, luego hacia el otro y examinó el vientre de Rita.

—¿Estás embarazada? —preguntó con la voz entrecortada. La habían despertado tan repentinamente del profundo estado de ensoñación que todavía estaba confundida y le había costado entender el problema de su amiga.

Rita tiró de la camisa, la desenganchó del sujetador y se subió los pantalones apresuradamente, como si quisiera volver a esconder el secreto ahora que Fern lo sabía.

—¿Rita?

—Sí. —Se desplomó en la cama y aplastó los pies de Fern. Rita se disculpó y rompió a llorar cuando Fern quitó los dedos de los pies de debajo del cuerpo de su amiga.

—¿Vas a casarte? —Fern le acariciaba la espalda mientras le hablaba con suavidad, de la misma manera que lo hacía su madre cuando ella lloraba.

—Becker no lo sabe. No se lo he dicho a nadie. ¡Quería cortar con él, Fern! Ahora ya no puedo.

—¿Por qué? Creía que estabas loca por él.

—Lo estaba. Lo estoy. Un poco. Es que va muy deprisa, no puedo seguirle el ritmo. Yo quería que nos diéramos un tiempo.

Ir a la universidad... no sé. Había pensado incluso en hacer de *au pair* en Europa... Así es como llaman a las niñeras, ¿a que mola? Quería ser *au pair*. Ahora ya no puedo —dijo Rita, y empezó a llorar todavía más.

—Siempre se te han dado bien los niños —Fern no sabía qué decir para consolar a su amiga—. Pues ahora tendrás uno tuyo. Quizá no puedas irte a Europa ahora, pero podrías abrir una guardería... o estudiar para ser profesora. Serías una maestra de jardín de infancia estupenda. Eres guapísima y amable, los niños te adorarían.

Fern también había pensado en irse de la ciudad, ir a estudiar a otro lugar, donde pudiera empezar de cero y deshacerse de los estereotipos que la perseguían, pero no podía dejar a Bailey. Además, quería ser una escritora de novelas románticas, y eso lo podía hacer igual desde Venecia o París que desde la casa de al lado de la de Bailey, en Hannah Lake.

—¿Qué he hecho? —gimió Rita.

Fern la miró con cara de póker y dijo:

—Me sé la canción de *Grease 2* sobre la reproducción de pe a pa. ¿Quieres que te la cante lentamente? —preguntó intentando hacer reír a Rita, que seguía llorando.

—Qué graciosa eres, Fern —contestó y sonrió un poco cuando Fern empezó a cantar la canción sobre las flores y el estambre, articulando claramente las palabras en un tono agudo. Hasta consiguió, en medio del drama, que Rita se dejara llevar por el ritmo pegadizo y la sensiblería de la canción y cantara un par de estrofas.

—No se lo cuentes a Bailey, ¿vale? —pidió Rita cuando dejaron de cantar.

Fern le acariciaba el pelo.

—¿Por qué? Es nuestro mejor amigo. Se acabará enterando de todos modos y se preguntará por qué no se lo dijiste tú misma.

—Siempre me ha hecho sentir especial, ¿sabes lo que quiero decir? Y cuando la cago y hago alguna estupidez, me da la sensación de que lo decepciono. A lo mejor me decepciono a mí misma y le echo la culpa a él —dijo Rita mientras se secaba las lágrimas que le recorrían las mejillas y tomaba una bocanada de aire como si fuera a saltar a una piscina.

—Pero eso es lo bueno de la amistad, que no tienes que ser perfecto o merecer los amigos que tienes. Nosotros te queremos y tú nos quieres a nosotros, y te apoyaremos. Los dos.

—Te quiero muchísimo, Fern. Y a Bailey también. Solo espero no cagarla y perderos. –Abrazó a Fern con tanta fuerza que no le cupo duda de lo agradecida que estaba y de que la quería.

Fern le correspondió el abrazo y le susurró al oído:

—Eso es imposible, Rita.

1994

—Mamá, ¿por qué no tenemos más bebés? Bailey tiene hermanas mayores. Yo quiero una hermana mayor.

—No lo sé, Fern. Yo he intentado tener más hijos, pero a veces tenemos algo tan especial y maravilloso que es más que suficiente.

—¿Una Fern es suficiente?

—Tú siempre has sido suficiente. —Rachel Taylor miró a su pequeña hija de diez años y rio. Tenía el pelo pelirrojo y los dientes torcidos y demasiado grandes para su boca. Parecía que en cualquier momento iba a desaparecer dando brincos en un claro del bosque.

—Pero necesito un hermano o una hermana, mamá. Necesito cuidar de alguien y enseñarle cosas.

—Tienes a Bailey.

—Sí, pero el me enseña más cosas a mí que yo a él. Y es mi primo, no es mi hermano.

—No solo es de nuestra familia, también es un amigo especial. Cuando la tía Angie y yo supimos que íbamos a tener bebés nos pusimos contentísimas. Yo pensaba que no podía tener niños, y Angie tenía ya dos niñas y quería un niño. Bailey nació unos días antes que tú. Y entonces llegaste tú. Fuisteis un milagro, dos regalitos de Dios.

—Supongo que tener a Bailey es casi igual de bueno que tener un hermano —dijo Fern arrugando la nariz, pensativa.

—¿Sabes que Jesús también tenía un amigo especial? Se llamaba Juan. La mamá de Juan, Isabel, era mayor, igual que yo. Ella también pensaba que no podía tener bebés. Después de que Isabel supiera que iba a tener un bebé, María, la madre de Jesús, fue a verla. Ellas también eran familiares, como Angie y yo. Cuando Isabel vio a María, sintió una patada muy fuerte del bebé en la barriga. María estaba embarazada de Jesús y ya entonces los bebés tenían una unión especial, como Bailey y tú.

—¿Juan Bautista? —preguntó Fern. Estaba bien versada en los relatos bíblicos. El pastor Joshua y Rachel se habían encargado de ello.

—Sí.

—¿No le cortaron la cabeza? —preguntó Fern con desconfianza.

Rachel escupió de la risa. Le había salido el tiro por la culata.

—Sí. Pero no hablo de eso.

—Y Jesús también murió.

—Sí, también.

—Menos mal que soy una chica y no un hombre llamado Juan. Y me alegro de que Jesús viniera antes, así Bailey no tiene que salvar el mundo. Si no, no sería tan bueno que seamos amigos especiales.

Rachel suspiró. Fern le había dado la vuelta a lo que su madre le había contado. En un último intento de que su hija aprendiera algo, Rachel dijo:

—A veces, ser amigos especiales será difícil. A veces sufrirás por tus amigos. La vida no es siempre fácil, y la gente puede ser cruel a veces.

—¿Como los que le cortaron la cabeza a Juan?

—Sí, exacto —dijo Rachel intentando no reír. Se armó de valor y lo volvió a intentar: quería acabar con un gran final, un final que recordara el sacrificio que había hecho el Salvador—. No es fácil encontrar buenos amigos que se cuiden y se protejan los unos a los otros y, a veces, lleguen incluso a morir por sus amigos, como Jesús hizo por nosotros.

Fern asintió con solemnidad, y Rachel suspiró, aliviada. No sabía quién había ganado el asalto, ni si Fern había aprendido *algo de lo que le había contado. Cogió la cesta de la colada y ya se dirigía a la seguridad y tranquilidad que ofrecía la lavadora cuando Fern la llamó.*

—Entonces, ¿piensas que yo moriré por Bailey o que morirá por mí?

10

Alistarme en el ejército

La banda del instituto tocaba una mezcla de canciones patrióticas con las que el señor Morgan, el director de la banda, los había machacado una y otra vez. Fern se las sabía todas. Desearía volver a estar en el instituto para poder interpretarlas junto a ellos con el clarinete, así tendría algo que hacer aparte de tiritar y arrimarse a sus padres mientras daban palmas y miraban el intento patético de cabalgata, que iba rezagada por Main Street. Aunque marzo no era el mes ideal para hacer cabalgatas en Pensilvania, todo el mundo había salido para la ocasión. Habían despejado las calles y el clima se había comportado, a pesar de que la amenaza de tormenta había oscurecido el cielo para el gran final. Los chicos ya habían acabado la instrucción básica y el entrenamiento individual avanzado, y habían reclutado a su unidad, así, sin más. Serían de los primeros soldados en ir directamente a Irak.

Fern se calentó los dedos con el aliento; tenía las mejillas tan rojas como su pelo color fuego. Entonces llegaron los soldados. Llevaban ropa de camuflaje de color marrón, botas de cordones y gorras que les tapaban las cabezas rapadas. Fern daba saltos para intentar ver a Ambrose. La unidad estaba formada por reclutas del suroeste de Pensilvania. Los soldados se abrían camino por pequeños pueblos en convoyes formados por una larga hilera de vehículos militares, todoterrenos tácticos y algún tanque, para añadir dramatismo. No se distinguía a un soldado de otro, eran todos iguales. Fern se preguntaba si les robaban la individualidad por compasión, para que despedirse de ellos no fuera algo tan personal.

Y entonces Ambrose pasó desfilando junto a Fern, tan cerca que podía tocarlo. Ya no tenía el pelo largo, su precioso pelo largo, pero el rostro sí era el mismo: mandíbula cuadrada, labios perfectos, piel suave y ojos oscuros. Después de la última noche en el lago, Fern había pasado por todas las etapas: ira, humillación e ira otra vez. Pero la ira desapareció cuando recordó lo que había sentido al tener los labios del chico sobre los suyos.

Ambrose la había besado y ella no comprendía por qué. No se permitió pensar que él se hubiera enamorado de repente: ella no lo percibió así, no percibió amor. Parecía más bien una disculpa, y, tras semanas de fluctuar entre la vergüenza y la furia, decidió que aceptaba la disculpa del chico. La aceptación implicaba perdón y, al perdonarlo, los viejos sentimientos que había escondido durante tanto tiempo volvieron a ocupar el lugar de siempre en su corazón, y la ira se desvaneció como si hubiera sido una pesadilla.

Ella intentó llamarlo, ser valiente por una vez, pero el grito se quedó en un alarido tímido y el nombre del chico desapareció en cuanto salió de los labios de Fern. Él miraba al frente y no se dio cuenta de que ella le miraba fijamente la cara ni de que había intentado llamar su atención. Era más alto que los hombres de su alrededor, así que fue fácil seguirle la pista a medida que bajaba por la calle.

Fern no vio ni a Paulie ni a Grant ni a Beans ni a Jesse. Más tarde, en la heladería, vio a Marley, la novia de Jesse, que estaba embarazada. Tenía la cara húmeda por las lágrimas y le sobresalía la barriga por la chaqueta acolchada que ya no le cerraba por el centro. Fern sintió celos por un instante. Que tu pareja, un soldado guapo, tuviera que dejarte para ir a la guerra era tan triste y exquisitamente dramático que Fern fue a casa y escribió el argumento de una nueva novela sobre dos amantes separados por la guerra.

Los chicos se fueron, cruzaron el océano y se dirigieron hacia el calor y la arena, hacia un mundo que no existía en realidad; al menos no para Fern, ni para los habitantes de Hannah Lake. Era una realidad tan lejana y apartada de todo lo que conocían... La vida siguió como había hecho hasta entonces:

la gente rezaba, amaba, sufría y vivía. Los lazos amarillos que Fern había ayudado a atar alrededor de los árboles tuvieron un aspecto alegre y fresco durante dos semanas, pero la primavera trajo granizo y arañó con sus garras de hielo los lazos festivos, que, destrozados por el viento y desgastados, no tardaron mucho en desaparecer. El reloj hacía tictac en silencio.

Pasaron seis meses. En ese tiempo, Rita tuvo un bebé, igual que Marley Davis, que tuvo un niño y le puso Jesse, como el padre de la criatura. Fern añadió otro capítulo a la novela que había escrito sobre los enamorados separados por la guerra. Escribió que tenían un bebé, una niña llamada Jessie. No pudo evitarlo. Cada vez que Marley entraba en el supermercado, Fern anhelaba coger al pequeño; no quería imaginar cómo debía sentirse Jesse a miles de kilómetros de distancia. Le escribía cartas a Ambrose y le contaba lo que pasaba en Hannah Lake, las cosas divertidas que veía, cómo iban las estadísticas de los equipos del instituto, los libros que leía, el ascenso a gerente nocturna que le habían concedido en el supermercado... todas las cosas graciosas que quería decirle, pero nunca tenía el valor. Y entonces firmaba: «Siempre tuya, Fern».

¿Puedes ser de alguien que no te quiere? Fern decidió que sí se podía, porque su corazón le pertenecía a él independientemente de si él quería o no que fuera así. Cuando acababa de escribir, escondía la carta en un cajón y se preguntaba qué sentiría Ambrose si ella de repente le mandara una. Probablemente pensaría que estaba loca y se arrepentiría de haberle pedido disculpas y de haberla besado. Pensaría que para Fern el beso había significado más de lo que en realidad había sido, y que le faltaba un tornillo.

A Fern no le faltaba ningún tornillo, era solo que tenía mucha imaginación. A pesar de su don para la fantasía y para crear historias, Fern nunca pensó que él le correspondería.

Ella le había preguntado si le podría escribir cartas, hasta se había comprometido a hacerlo, pero en el fondo pensaba que él no quería que le escribiera, y, como ya tenía el ego herido, no podría aguantar otra humillación. Las cartas se amontonaban y no era capaz de enviarlas.

Irak

—Oye, Brosey, ¿has recibido alguna carta de amor de Fern Taylor?

—Yo pienso que Fern es atractiva —dijo Paulie desde el catre—. ¿Viste lo guapa que estaba el día del baile? A mí no me importaría que me mandara cartas.

—Fern no es guapa —dijo Beans—, ¡pero si parece Pippi Calzaslargas!

—¿Quién narices es Pippi Calzaslargas? —gimió Jesse, que intentaba dormir.

—Mi hermana, de pequeña, veía una serie que se llamaba *Pippi Calzaslargas*. La sacó de la biblioteca y nunca la devolvió. Pippi tenía dientes de conejo y era pelirroja, y llevaba dos trenzas tiesas en la cabeza. Era delgada, rara y tonta, como Fern. —Beans exageraba para meterse con Ambrose.

—Fern no es tonta —dijo Ambrose. Le sorprendía que le molestara tanto que Beans se riera de Fern.

—Bueno, vale —rio Beans—, eso no cambia las cosas.

—Pues sí —respondió Grant, que quería dar su opinión—, ¿quién quiere una chica con la que no se puede ni hablar?

—¡Yo! —respondió Beans—. No hace falta que hables, desnúdate.

—Eres un cerdo, Beans —suspiró Paulie—, suerte que a todos nos gusta el jamón.

—A mí no me gusta —gruñó Jesse—, y tampoco me gusta que os pongáis de cháchara a la hora de dormir, así que cerrad el pico.

—Tío, Jesse, eres la Bruja Mala del Este —dijo Paulie, riendo—. Bueno, la Bruja Mala de Oriente Medio. —Paulie había escrito una canción muy divertida en la que comparaba Irak con Oz, y al poco tiempo todos los miembros de la unidad tenían apodos sacados de *El mago de Oz*.

—Y tú eres el Espantapájaros, gilipollas. Ese era el que no tenía cerebro, ¿verdad?

—Sí. El Espantapájaros. Suena genial, ¿verdad, Grant?

—Sin duda es mejor que Dorothy —dijo Grant entre risas. Un día había cometido el error de llevar unas zapatillas de lucha rojas al gimnasio. El resto era historia.

Cuando no estaban de patrulla o durmiendo, entrenaban. No había muchas más cosas con las que ocupar el tiempo libre.

—¿Por qué no das unos golpecitos con los talones y nos llevas de vuelta a casa, Dorothy? —dijo Paulie—. Oye, Beans, ¿por qué tú no tienes apodo?

—Eh… me llamo Connor. Te contradices tú mismo. —Beans se estaba quedando frito.

—Tendríamos que llamarlo Munchkin… o Totó, quizá. Al fin y al cabo, es solo un perro chiquitito que ladra mucho —dijo Jesse.

Beans dijo inmediatamente:

—Tú mismo. Tendré que contarle a Marley que te liaste con Lori Stringham en la sala de lucha. —A Beans siempre le había molestado que se metieran con su estatura. Era perfecta para la lucha libre porque era un luchador de cincuenta y seis kilos, pero para nada más—. Brosey es el Hombre de Hojalata porque no tiene corazón. La pobre Fern Taylor lo descubrió por las malas. —Beans intentó dirigir la atención otra vez hacia Ambrose, volviendo a meterse con él.

—Brosey es el Hombre de Hojalata porque es de acero puro. Joder, ¿cuánto peso has levantado hoy?

Otro de los chicos de la unidad se unió a la conversación:

—Eres una puta mole. Tendríamos que llamarte Iron Man.

—Ya estamos otra vez —se quejó Jesse—. Primero Hércules y ahora Iron Man. —Le daba envidia la atención que todos le prestaban a Ambrose y no lo ocultaba.

Ambrose rio y dijo:

—No te preocupes, brujita enclenque, mañana te dejo que me ganes a un pulso, ¿vale?

Jesse soltó una risita. La irritabilidad era en gran parte fingida.

La tienda se quedó en silencio hasta que los ronquidos y suspiros fueron lo único que se oía en la oscuridad. Pero Ambrose no podía dormir, no paraba de darle vueltas a lo que Beans había dicho. Rita Marsden era guapa, lo había dejado sin aliento y él había creído que estaba enamorado de ella hasta que se había dado cuenta de que no la conocía en absoluto. Rita no era inteligente, no de la manera que él quería. No había podido entender cómo podía ser tan atractiva en las cartas y tan diferente cuando estaban juntos. Rita era guapa, pero, al cabo de un tiempo, ya no le parecía nada atractiva. Ambrose quería a la chica de las cartas.

Abrió los ojos de repente, en la oscuridad. La chica de las cartas era Fern Taylor. ¿Realmente quería a Fern Taylor? Se echó a reír. Fern era tan pequeñita. Harían una pareja ridícula. Y ella no era guapa, aunque el día del baile estaba guapísima. Verla ahí, con el vestido, bailando con los idiotas de sus amigos lo había sorprendido y cabreado. Al parecer no le había perdonado del todo lo que ella y Rita habían hecho.

Había intentado no pensar en ella, no pensar en lo que había pasado la noche que habían estado en el lago, y había tratado de convencerse de que había sido una locura pasajera, un último acto desesperado antes de irse. Además, ella había dicho que le escribiría y no lo había hecho, aunque no podía culparla después de todo lo que había pasado. Sin embargo, le habría gustado que le enviara alguna carta. Fern escribía buenas cartas.

La nostalgia se apoderó de él. Ya no estaban en Kansas. Se preguntó en qué se había metido, en qué los había metido a todos. Y si era honesto consigo mismo, no era Hércules ni el Hombre de Hojalata. Era el León Cobarde. Había huido de casa y se había traído a sus amigos con él. Eran su red de seguridad, sus animadores. Se preguntó qué coño hacía en Oz.

11

Pegar a un matón

Irak

—Marley me ha dicho que Rita se casa —dijo Jesse mirando a Ambrose—. Tu ex va a dar el «Sí, quiero». ¿Qué tal sienta eso?
—Hay que ser idiota.
—¡Vaya! —gritó Jesse, sorprendido por la vehemencia de la afirmación. Pensaba que Ambrose había superado lo de Rita. Supuso que no era así.
—Ya no estás pillado, ¿no? —preguntó Grant con sorpresa.
—Qué va. Pero es idiota si se piensa casar con Becker Garth.
Beans se encogió de hombros y dijo:
—Yo nunca he tenido problemas con él.
—¿Te acuerdas de cuando me expulsaron temporalmente en noveno?
Beans dijo que no con la cabeza, pero Paulie lo recordó:
—Le partiste la cara a Becker. Me acuerdo. Pero nunca nos dijiste por qué.
Ambrose se puso bien las gafas de sol y se apoyó sobre el otro pie. Estaban junto a otros cientos de soldados y marines haciendo guardia en el exterior del edificio donde tenía lugar una reunión de alta seguridad del Gobierno provisional de Irak. La idea de que quizá diferentes facciones se unieran para crear un cuerpo de gobierno y que estuvieran progresando estaba muy bien, pero algunos días Ambrose dudaba que eso fuera posible. No era la primera vez que hacía de guardaespaldas, aunque cuando había escoltado a Bailey había sido después del incidente.

—Se me había olvidado —dijo Grant—. No pudiste luchar en Loch Haven y el entrenador estaba cabreadísimo.

—No habría estado tan enfadado si hubiera sabido por qué motivo le pegué —contestó Ambrose con ironía. Supuso que ya había pasado el tiempo suficiente como para contar la historia sin traicionar la confianza de nadie.

Enero de 1999

Ambrose conocía a Becker Garth. Becker era alumno de último curso y todas las chicas iban detrás de él y pensaban que era guapo. Los chicos se dieron cuenta de la situación y estaban alerta. Garth captó la atención de Ambrose porque se dejó el pelo largo como él, y eso a Ambrose no lo le hizo gracia. Becker también tenía el pelo oscuro y por la barbilla y, cuando se lo apartaba de los ojos, se parecía demasiado a Ambrose, y eso lo incomodaba.

Sin embargo, eso era todo lo que tenían en común. Becker era delgado y tenía los músculos definidos y tonificados, como los jinetes o los corredores. Medía aproximadamente un metro setenta y era grande, por eso las chicas se apiñaban a su alrededor, pero Ambrose, que por aquel entonces era alumno de primer año, era más alto.

Quizá era porque le molestaba que un alumno de primer curso fuera más alto que él, o quizá era por celos, pero Becker siempre se metía con Ambrose. Lo empujaba, le hacía insinuaciones, soltaba comentarios con sus amigos que hacían que se rieran y luego le apartaran la mirada... Ambrose lo ignoraba la mayoría de las veces; no tenía nada que demostrar y no le molestaba tanto. Como Ambrose era tan grande y fuerte no era fácil intimidarlo y no era tan vulnerable al acoso como los demás chicos de su edad. Se consolaba imaginando a Becker en la sala de lucha libre, intentando pasar el rato con él o con alguno de sus amigos. Sin embargo, Ambrose no era la única persona a la que Becker le gustaba molestar.

Era la última clase antes de la pausa para comer. Ambrose tenía clase de Inglés y pidió permiso para ir al baño. En realidad, quería pesarse. A las tres de la tarde lo pesarían para determinar en qué categoría competiría en el combate contra Loch Haven. Cuando se había pesado esa mañana, la báscula había marcado setenta y un kilos, y él competía en la categoría de entre sesenta y tres y sesenta y nueve kilos; si superaba ese peso tendría que competir en una categoría superior. Tenía que perder dos kilos de sudor, pero llegar a los setenta y uno ya le había costado lo suyo. Cuando empezó la temporada pesaba setenta y ocho kilos y ya no le quedaba mucho espacio de maniobra ni grasa en el cuerpo para seguir perdiendo peso. Y todavía estaba creciendo. En un mes tenía el campeonato del distrito, y dos semanas más tarde, el estatal. Las próximas seis semanas serían muy duras y tendría que pasar hambre. Cuando tenía hambre, se ponía de mal humor, y el mal humor de Ambrose era malo de verdad. Cuando entró en el vestuario y vio que estaba a oscuras soltó una palabrota. Esperaba que no hubiera pasado nada. Necesitaba encontrar la báscula. Estaba palpando la pared en busca de los interruptores cuando escuchó una voz en la oscuridad. Dio un salto del susto.

—¿Becker? —dijo una voz nerviosa.

Encontró los interruptores y los pulsó. La luz definió la forma de las taquillas y los bancos. Lo que vio hizo que volviera a maldecir. Alguien había volcado la silla de Bailey Sheen en medio del suelo de azulejos. Estaba tumbada sobre el respaldo, y Bailey estaba sentado, sin poder hacer nada, con las delgadas piernas en el aire, incapaz de enderezarse o de hacer otra cosa aparte de pedir ayuda.

—¿Qué coño te ha pasado? —dijo Ambrose—. Sheen, ¿estás bien?

Ambrose corrió hasta Bailey, levantó la silla y colocó a Bailey en el asiento. Bailey tenía la cara roja y le temblaban los hombros. Ambrose deseaba con desesperación hacerle daño al responsable.

—¿Qué ha pasado, Sheen?

—No se lo cuentes a nadie, ¿vale? —suplicó el chico.

—¿Por qué? —Ambrose estaba tan enfadado que notaba las pulsaciones del corazón en los ojos.

—Por favor… no lo cuentes, ¿vale? Me da mucha vergüenza.

Bailey tragó saliva, y Ambrose se dio cuenta de que estaba mortificado.

—¿Quién ha sido? —exigió saber Ambrose.

Bailey sacudió la cabeza y se negó a decirlo. Entonces, Ambrose recordó el nombre que Bailey había dicho cuando buscaba los interruptores.

—¿Ha sido Becker? —preguntó, enfurecido.

—Ha hecho como si fuera a ayudarme y entonces ha volcado la silla. Pero no me he hecho daño —añadió Bailey, como si haberse hecho daño lo hiciera más débil—. Luego ha apagado las luces y se ha ido. No habría pasado nada, alguien acabaría viniendo tarde o temprano. Tú has venido, ¿no? —Bailey intentó sonreír, pero titubeó y se miró las manos—. Me alegro de que me hayas encontrado tú y no toda una clase de gimnasia. Habría sido muy humillante.

Ambrose se había quedado sin palabras. Sacudió la cabeza; ya ni siquiera se acordaba de la báscula.

—No suelo venir si no es acompañado, porque no puedo abrir las puertas solo —dijo Bailey a modo de explicación—, pero Becker me ha dejado entrar y pensaba que mi padre estaría aquí. Y puedo salir solo porque la puerta se abre hacia fuera y puedo empujarla con la silla.

—Excepto cuando alguien te vuelca y te deja boca arriba —añadió Ambrose. El comentario rezumaba ira.

—Sí, exacto —contestó Bailey en un susurro—. ¿Por qué crees que lo ha hecho? —Miró a Ambrose con cara de preocupación.

—No lo sé, Sheen. Porque es un gilipollas que la tiene pequeña —refunfuñó—. Piensa que meterse con la gente que no puede o no quiere defenderse hará que le crezca. Pero cada vez se le encoge más y más, y cada vez se vuelve más capullo.

Bailey rio a carcajadas. Ambrose sonrió, contento de que el chico hubiera dejado de temblar.

—¿Me prometes que no se lo vas a contar a nadie? —insistió Bailey.

Ambrose asintió. Sin embargo, no prometió dejar que Becker se fuera de rositas.

Cuando Ambrose entró en el comedor encontró a Becker sentado en una mesa en la esquina. Estaba rodeado de gente de último curso y de chicas guapas con las que a Ambrose no le importaría hablar en otras circunstancias. Apretó los dientes y se dirigió a la mesa. No les había contado a sus amigos qué pasaba. Ellos eran luchadores y probablemente expulsarían a Ambrose temporalmente del instituto por lo que iba a hacer. No quería meterlos en problemas y perjudicar las posibilidades del equipo de ganar a Loch Haven. Era probable que aquel día no luchara, así que al final no importaría que pesara un poco más de lo que debía.

Ambrose golpeó la mesa tan fuerte como pudo con los puños. Eso hizo que las bebidas de la gente se derramaran y que una bandeja vacía cayera al suelo. Un tetrabrik de leche se derramó sobre los pantalones de Becker, que alzó la mirada, sorprendido, y dijo una palabrota que se escuchó por encima del estruendo del comedor.

—Levántate —le pidió Ambrose con tranquilidad.

—Piérdete, gorila —dijo Becker con desprecio—. A no ser que quieras que te dé una paliza.

Ambrose se apoyó en la mesa e hizo un movimiento rápido con el brazo hacia la cara de Becker. Dio con la palma de la mano de lleno en la frente del abusón e hizo que se golpeara contra la pared que tenía detrás.

—Que te levantes —repitió, esta vez sin una gota de tranquilidad en el cuerpo.

Becker se levantó de la mesa, se lanzó salvajemente hacia el chico y le dio un fuerte puñetazo en el puente de la nariz. A Ambrose le empezaron a llorar los ojos, el agujero izquierdo de la nariz comenzó a sangrarle. Ambrose se defendió y le dio en la boca y luego en el ojo izquierdo. Becker gritó y cayó al suelo entre gruñidos. Ambrose lo cogió por el cuello de la camiseta y por la cintura del pantalón y lo volvió a poner de pie. Becker se tambaleó. Ambrose le había dado muy fuerte.

—Esto es por lo que le has hecho a Bailey Sheen —le susurró Ambrose al oído, cumpliendo la promesa que le había hecho a Bailey de que nadie se enteraría de lo que Becker le había hecho. Entonces lo soltó y dio media vuelta limpiándose la nariz en la camiseta blanca, que estaba completamente manchada.

El entrenador Sheen, que tenía el rostro rojo de ira, se acercó a él dando zancadas. Ambrose tuvo la mala suerte de *que aquel mediodía le tocara al entrenador encargarse del comedor. El chico le siguió dócilmente, dispuesto a aceptar cualquier castigo que este le impusiera. Tal y como había prometido, no mencionó en ningún momento el nombre de Bailey Sheen.*

—Me caso, Fern. —Rita llevó la mano debajo de la nariz de Fern. Tenía un diamante espectacular en el dedo anular de la mano izquierda.

—Es precioso —dijo Fern honestamente, intentando sonreír y reaccionar como sabía que su amiga esperaba que reaccionara, pero tenía ganas de vomitar. Becker era un chico muy guapo y hacía muy buena pareja con Rita. Además, Ty, el bebé de Rita y Becker, tendría a sus padres bajo un mismo techo. Pero Fern tenía medio de Becker y se preguntaba por qué su amiga no sentía lo mismo. A lo mejor también le daba miedo; algunas chicas se sienten atraídas por ese tipo de chicos.

—Queremos casarnos el mes que viene. Sé que es pronto, pero, ¿crees que tu padre nos casaría? Siempre ha sido muy bueno conmigo. Y tu madre también. Haremos una fiestecita luego. A lo mejor contrato a un DJ y podemos bailar. Becker baila muy bien.

Fern recordó cuando Rita y Becker bailaron en el baile de graduación, la cara de ilusión de Rita por el nuevo romance, a Becker intentando controlar su mal genio cuando Bailey los interrumpió y bailó con Rita un par de canciones...

—Seguro que sí. Le encantaría. A los pastores les encantan las bodas. A lo mejor podéis hacer el banquete en el pabellón de la iglesia. Tiene electricidad y hay mesas. Podríamos poner algunas flores y un tentempié, y tú llevarás un vestido precioso. Yo te ayudaré.

Y cumplió su palabra. Estuvieron un mes planeándolo todo a un ritmo frenético: encontraron un vestido que hizo que Sarah Marsden, la madre de Rita, llorara y bailara de alegría alrededor de su hija; enviaron las invitaciones, contrataron a un fotógrafo, compraron flores, hicieron caramelos personalizados para la boda, lionesas y bombones caseros, y llenaron con sus creaciones la nevera del garaje de los Taylor hasta reventar.

La mañana del gran día enrollaron guirnaldas de luces alrededor de las columnas del pabellón, sacaron las mesas cubiertas con encaje blanco al césped y las colocaron de forma que rodearan el pabellón y el mismo suelo de cemento hiciera las veces de pista de baile. Pusieron margaritas en jarrones amarillos y los usaron de centros de mesa, y ataron globos amarillos a las sillas.

También adornaron con margaritas la iglesia. Fern era la dama de honor, y Rita la había dejado elegir el vestido en el tono de amarillo que más le gustara. Fern encontró una pajarita amarilla a conjunto para Bailey y el chico la acompañó al altar en la silla de ruedas. Fern llevaba un alegre ramo de flores; Bailey tenía una margarita en la chaqueta negra del traje.

Becker también iba de negro y llevaba una rosa amarilla en la solapa de la chaqueta que iba a conjunto con las rosas del ramo de Rita. Llevaba el pelo peinado hacia atrás, apartado de la cara de pómulos marcados. A Fern le recordó a Ambrose, y se acordó de su pelo, que le llegaba hasta los hombros como a un joven Adonis. Ambrose ya no tenía el pelo largo y, además, ya no estaba allí.

Ella seguía pensando en él más de lo que debería. Ya llevaba un año en Irak; de hecho, hacía ya dieciocho meses desde que se había ido para hacer la instrucción básica. Marley Davis, la novia de Jesse, fue a la ceremonia y le contó a Fern que a los chicos les quedaban solo seis meses de servicio. Marley dijo que Jesse le había pedido que se casara con él cuando regresara a casa; ella parecía entusiasmada con la idea. Jesse júnior tenía el mismo tiempo que el bebé de Rita, Tyler, pero, a diferencia de este, que era clavado a su madre, Jesse era igual que su padre: tenía la piel oscura y el pelo negro y muy rizado; era una réplica más pequeña de su padre. Era un bebé adorable, feliz y sano, y ya llevaba a su joven madre de cabeza.

Cuando Rita caminó hasta el altar y recitó ante Becker Garth los votos matrimoniales, y él los repitió, ambos asustados y adorables, Fern sintió que la esperanza que sentía por su amiga le invadía el corazón. Puede que saliera bien, puede que

Becker la quisiera tanto como decía. Y puede que el amor bastara, que las promesas que estaba haciendo lo inspiraran y se convirtiera en una persona mejor.

No había mucha esperanza en los ojos de Bailey, sentado al lado de Fern, en primera fila, con la silla aparcada al final del largo banco de la iglesia. Tenía la cara tan rígida como el asiento de madera; al fin y al cabo, él también era amigo de Rita y también se preocupaba, como Fern. Bailey había estado apagado desde que Rita había dado la noticia. Fern sabía que sentía algo por Rita, pero pensaba que había superado esos sentimientos, como ella había superado lo de Ambrose Young. Quizá eso era lo que le pasaba a Bailey... Fern no había superado nada, pero Rita ahora era madre y estaba atada a Becker de una manera permanente y definitiva. Sin embargo, los sentimientos siempre salen a la superficie cuando piensas que ya han desaparecido para siempre.

—Hasta que la muerte nos separe —prometió Rita. Parecía insegura, pero, aun así, estaba guapa.

Cuando Becker besó sus labios sonrientes, sellando el trato, Bailey cerró los ojos y Fern le cogió la mano.

12

Construir un escondite

Rita solo tardó en desaparecer de vista tres meses. Cuando se la veía en público con su marido, ella desviaba la mirada, y otras veces llevaba gafas de sol, aunque estuviera lloviendo. Fern la llamaba con regularidad y se pasaba por su dúplex de vez en cuando, pero a Rita parecían incomodarla sus visitas. Un día, Fern habría jurado que había visto a Rita entrar en el garaje justo antes de llegar a su casa, pero Rita no abrió la puerta cuando su amiga llamó.

Las cosas fueron a mejor cuando Becker consiguió un trabajo por el que tenía que irse unos cuantos días seguidos por viajes de negocios. Rita incluso llamó a Fern para felicitarle el cumpleaños y fueron a comer juntas. Pidieron enchiladas en el restaurante de Luisa O'Toole, y Rita sonreía ampliamente y, cuando Fern le preguntó con gentileza si estaba bien, ella le aseguró que todo iba bien.

Según Rita, todo iba de maravilla, perfecto. Pero Fern no la creía.

Fern no le contó a Bailey que estaba asustada por Rita porque no quería preocuparlo. Además, ¿qué podía hacer él? Ella veía a Becker de vez en cuando en la tienda y, a pesar de que era educado y siempre la saludaba con una sonrisa, no le caía bien; él parecía saberlo. Siempre iba perfectamente peinado, no llevaba ni un solo pelo oscuro fuera de sitio, la cara siempre recién afeitada, la ropa impecable y a la moda. Pero todo eso era solo el envoltorio, y a Fern le recordaba a la analogía del aceite que su padre le había contado a Elliott Young hacía ya mucho tiempo. Por aquel entonces, ella no debía tener más de catorce años, pero todavía se acordaba.

Elliott Young no se parecía en nada a su hijo. Era bajito, como mucho medía un metro setenta y seis. El pelo rubio se le había ido cayendo hasta que se acabó por afeitar la cabeza. Tenía los ojos de un color azul claro, la nariz chata y siempre tenía una sonrisa en los labios. Aquel día no sonreía y tenía unas ojeras muy oscuras bajo los ojos, como si hiciera tiempo que no dormía bien.

—Hola, señor Young —dijo Fern con tono de pregunta.

—Hola, Fern. ¿Está tu padre? —Elliott no se movió ni lo más mínimo para entrar en casa, a pesar de que Fern había abierto la puerta completamente para que pasase.

—¿Papá? —gritó la niña en dirección al despacho de su padre—. Elliott Young ha venido a verte.

—Que pase, Fern —respondió Joshua Taylor desde un rincón de la habitación.

—Por favor, señor Young, entre —dijo Fern.

Elliott se metió las manos en los bolsillos y siguió a Fern hasta el despacho de su padre. Hay muchas iglesias y confesiones religiosas en Pensilvania. Hay quien dice que es un estado en el que Dios todavía tiene mucho apoyo. Hay muchos católicos, muchos metodistas, muchos presbiterianos, muchos baptistas, y muchos de todo, pero en Hannah Lake, Joshua Taylor llevaba su pequeña iglesia con tanto cuidado y compromiso con la comunidad que no le importaba cómo se denominara cada uno, él era el pastor de todo el mundo. No pasaba nada si no estabas cada domingo en la iglesia. Él predicaba la biblia, transmitía un mensaje sencillo, hacía los sermones universales y había trabajado durante cuarenta años con el propósito de amar y servir. Todo lo demás le daba igual. Todos le llamaban pastor Joshua, fuese su pastor o no, y muy a menudo, cuando alguien hacía examen de conciencia, acababa en la iglesia del pastor Joshua.

—Elliott. —Joshua Taylor se levantó del escritorio mientras Fern conducía a Elliott Young a la habitación—. ¿Cómo estás? Hacía mucho que no te veía. ¿En qué puedo ayudarte?

Fern salió de la habitación, cerró las puertas francesas a sus espaldas y, aunque le hubiese encantado escuchar el resto de la conversación, se dirigió a la cocina. Las malas lenguas decían que Elliott, el padre de Ambrose, y Lily Young se iban a separar y que la madre del chico se iba de la ciudad. Fern se preguntaba si eso quería decir que Ambrose también se iría.

Aunque Fern sabía que estaba mal y que no debería hacerlo, entró en la despensa a hurtadillas y se sentó en un saco de harina. El constructor de la casa debía de haber escatimado en la pared que separaba la despensa de la pequeña habitación que el padre de Fern usaba como despacho, porque desde ahí se oía casi tan bien como si se encontrara dentro del cuarto donde estaba su padre. De hecho, si Fern se metía a presión en la esquina, no solo oía perfectamente lo que decían, sino que también veía por un rincón que las tablas de yeso no acababan de tapar. Su madre estaba en el supermercado, así que podía escuchar sin que nadie la pillase, y si su madre llegara de repente a casa, podría ponerse a barrer y fingir que estaba haciendo las tareas domésticas.

—... nunca ha sido feliz. Creo que lo ha intentado, pero estos últimos años... se ha estado escondiendo —decía Elliott—. Yo la quiero con locura y pensaba que, si seguía queriéndola, ella me acabaría correspondiendo. Pensaba que mi amor bastaba para los dos, para los tres.

—¿Ya ha decidido que se va? —preguntó el padre de Fern con suavidad.

—Sí. Quiere llevarse a Ambrose. Yo no le he dicho nada, pero eso es lo que más me duele. Quiero al niño y si se lo lleva... no seré capaz de sobrevivir. No soy lo suficientemente fuerte. —Elliott Young lloraba desconsolado.

A Fern se le llenaron los ojos de lágrimas de compasión.

—Sé que no es mi hijo biológico, pero es mi hijo, pastor. ¡Es mi hijo!

—¿Ambrose lo sabe?

—No lo sabe todo, pero tiene catorce años, ya no es un niño. Sabe lo suficiente.

—¿Sabe Lily que quieres que el niño se quede aunque ella se vaya?

—Legalmente es mi hijo. Lo adopté, le di mi apellido. Tengo los mismos derechos que cualquier padre. No creo que ella se opusiera si el niño quisiera quedarse, pero no le he dicho nada a Brosey. Supongo que sigo esperando que Lily cambie de opinión.

—Habla con tu hijo, cuéntale lo que pasa. Explícale los hechos, sin echarle la culpa a nadie y sin juzgar. Cuéntale que su madre se va y dile que lo quieres y que es tu hijo, y que eso no va a cambiar pase lo que pase. No dejes ni por un minuto que piense que tiene que tomar una decisión basada en la sangre. Dile que puede irse con su madre, si es lo que quiere, pero que tú lo quieres y te gustaría que se quedara contigo.

Elliott y Joshua pasaron unos minutos en silencio. Fern se preguntaba si eso es todo de lo que tenían que hablar, pero entonces Joshua Taylor preguntó con delicadeza:

—¿Eso es todo, Elliott? ¿Hay algo más de lo que quieras hablar?

—Pienso que si fuera diferente, si me pareciera más a él, nada de esto estaría pasando. Sé que no soy el hombre más atractivo del mundo y que soy más bien feo, pero hago ejercicio y me mantengo en forma, visto bien y llevo colonia... —Elliott parecía avergonzado y se le fue apagando la voz.

—Si te parecieras más, ¿a quién?

—Al padre de Ambrose. Parece que Lily no puede olvidarlo. No se portó bien con ella, pastor, fue egoísta y cruel. La rechazó cuando se enteró de que estaba embarazada y le dijo que no quería saber nada de ella. Pero es atractivo, lo he visto en fotos. Es igualito a Brosey. —A Elliott se le quebró la voz cuando dijo el nombre de su hijo.

—He llegado a pensar que la belleza frena el amor —dijo el padre de Fern, meditando.

—¿Por qué?

—Porque a veces nos enamoramos de un rostro y no de lo que se esconde tras él. Mi madre, cuando cocinaba, apartaba el aceite de la carne que había cocinado y lo guardaba en una lata en el armario. Durante un tiempo usó una lata en la que antes solíamos guardar galletas, de esas largas, recubiertas de praliné, que llevan crema de avellanas en el interior, de las caras. Cogí la lata en varias ocasiones, pensando que había descubierto dónde escondía mi madre las galletas, pero cuando abría la tapa descubría que estaba llena de la grasa apestosa de la carne.

Elliott rio. Había entendido lo que quería decirle.

—La caja de galleta no importaba llegados a ese punto, ¿verdad?

—Exacto. Hacía que quisiera galletas, pero era publicidad engañosa, una máscara. Pienso que, a veces, un rostro bonito también puede ser como la publicidad engañosa, y muchos de nosotros no nos paramos a ver qué hay debajo de la máscara. Qué gracia, esto me recuerda a un sermón que di hace unas semanas. ¿Lo escuchaste?

—Lo siento, pero trabajo por las noches en la pastelería, ya sabe. A veces el domingo por la mañana estoy demasiado cansado —dijo Elliott. Era evidente, incluso a través de la pared de la despensa, que se sentía mal por no ir a la iglesia.

—No pasa nada, Elliott —contestó Joshua entre risas—, no paso lista. Solo quería saber si ya lo habías oído para no aburrirte.

Fern oyó como su padre pasaba páginas y sonrió levemente. Siempre lo relacionaba todo con las escrituras.

—Isaías, capítulo cincuenta y tres, versículo segundo: «Subirá cual renuevo delante de él, y como raíz de tierra seca; no hay parecer en él, ni hermosura; verlo hemos, mas sin atractivo para que le deseemos».

—Recuerdo ese versículo —dijo Elliott en voz baja—. Siempre me sorprendió que Jesús no fuera atractivo. ¿Por qué no lo hizo Dios bello por fuera como lo era por dentro?

—Por el mismo motivo que hizo que naciera en un humilde pesebre, en una familia pobre. Si hubiera sido atractivo o hubiera tenido poder, la gente le habría hecho caso solo por eso, no habrían ido con él por los motivos correctos.

—Tiene sentido —respondió Elliott.

Fern estaba de acuerdo y asintió, sentada en el saco de harina en un rincón de la despensa. Ella también pensaba que lo que había dicho tenía sentido. «¿Cómo podía ser que se hubiera perdido este sermón en concreto?», se preguntó. Quizá había sido ese día, hacía unas semanas, que se había llevado la novela romántica y la había escondido entre las páginas del himnario. Sintió una punzada de remordimiento. Su padre era muy sabio, debería prestarle más atención.

—Tu cara está bien, Elliott —dijo Joshua con amabilidad—. Tú estás bien. Eres un hombre bueno y tienes un corazón gigante. Y Dios se fija en el corazón, ¿no?

—Sí —Parecía que iba a ponerse a llorar otra vez—, así es. Gracias, pastor.

Elliott Young se fue, pero Fern se quedó en la despensa, aferrada a las rodillas con las manos. Luego subió a la habitación y se puso a escribir una historia de amor sobre una chica ciega que buscaba a su alma gemela, un príncipe feo con el corazón de oro.

Irak

—Me gustaría ver a una tía que no llevara una carpa en la cabeza. Aunque fuera solo una vez. Y ojalá fuera rubia o, incluso mejor, ¡pelirroja! —se quejó Beans una tarde, después de hacer guardia en un puesto de control solitario durante horas. Solo había mujeres cubiertas con burkas y niños que pasaban por el control para que se sintieran útiles. Era irónico que Beans deseara ver a una rubia teniendo en cuenta que era hispano. Pero era estadounidense. Estados Unidos tenía la población más diversa del mundo, y en aquel momento no les habría ido mal un poco de diversidad.

—A mí no me daría pena no ver un burka nunca más —respondió Grant mientras se limpiaba el sudor y el polvo de la nariz y entrecerraba los ojos por el sol, deseando tomarse un descanso.

—He oído que algunos tíos, especialmente en lugares como Afganistán, no ven a sus mujeres hasta que están casados. Imaginad: «¡Sorpresa, cariño!». —Jesse pestañeaba y hacía muecas—. «¿Qué pasa? ¿No te gusto?» —dijo en un tono de voz agudo, y exageró la mueca incluso más.

—Y entonces, ¿cómo saben con quién se casan? —preguntó Paulie, desconcertado.

—Por la letra —dijo Beans muy serio.

Ambrose puso los ojos en blanco, supo que Beans se lo estaba inventando por la manera en la que abrió los agujeros de la nariz.

—¿En serio? —dijo Grant, sorprendido. Se había tragado la mentira al cien por cien. Él no tenía la culpa; la inocencia era algo que iba de la mano de su carácter simpático.

—Sí, tío. Se escriben cartas durante un año más o menos, y entonces, en la ceremonia, ella firma con su nombre y promete que siempre llevará el burka delante de los demás hombres. Él reconoce la letra y así sabe que es ella la que está bajo el velo.

Grant frunció el ceño y dijo:

—Nunca había oído nada igual. ¿Solo por la letra?

Jesse había entendido lo que estaban haciendo e intentó no reír:

—Claro; mira, si Ambrose y Fern hubieran vivido en Irak, él nunca se habría dado cuenta de que Fern era la que escribía las cartas, y no Rita. Fern podría haberlo engañado para que se casaran. En la ceremonia, Ambrose habría visto la letra y habría dicho: «Sí, es Rita, de acuerdo».

Los amigos de Ambrose rieron a carcajadas, hasta Paulie, que ya se había dado cuenta de que era solo una trampa para volver a meterse con Ambrose por lo de Fern.

Ambrose suspiró, pero sus labios esbozaron una sonrisa. La broma había sido divertida. Beans reía tanto que jadeaba y rieron todavía más cuando él y Jesse recrearon el momento en el que Ambrose le apartaba el velo a la novia y se encontraba a Fern en lugar del pelo rubio y los pechos grandes de Rita.

Ambrose se preguntaba qué pensarían sus amigos si supieran que había besado a Fern, que la había besado de verdad, siendo consciente de que era ella, sin tretas ni burkas. Se preguntó distraídamente si el burka era tan mala idea. A lo mejor los hombres tomaban mejores decisiones si no se dejaban distraer por el envoltorio, por la máscara. Y tal vez por ese mismo motivo los hombres también deberían llevarlos. El envoltorio de Ambrose siempre lo había ayudado.

Se preguntó si Fern lo habría querido si tuviera un envoltorio diferente. Sabía que Rita no se habría interesado por él, no porque no fuera buena chica, sino porque no tenían nada en común. Era solo atracción física por ambas partes.

Con Fern había posibilidades de mucho más, o eso le hicieron pensar las cartas. El periodo de servicio se acababa en dos meses, y decidió que cuando llegara a casa lo averiguaría. Y tendría que aguantar que sus amigos se lo recordaran una y otra vez, que lo atormentaran con eso hasta al fin de sus días. Suspiró y examinó por enésima vez el arma que llevaba, deseando que el día acabara.

13

Vivir

Era solo una patrulla rutinaria: cinco vehículos del ejército iban por la parte sur de la ciudad. Ambrose conducía el último todoterreno blindado, Paulie iba en el asiento del copiloto, a su lado. Grant iba al volante del vehículo de delante, Jesse a su lado y Beans, en la torreta. Iban en los dos últimos vehículos de un convoy de cinco.

Hacían una patrulla rutinaria de una hora, luego volverían a la base. Iban por las calles derruidas y asediadas de Bagdad, siguiendo la ruta asignada. Paulie iba cantando la canción que había compuesto sobre Oz: «Irak no tiene munchkins, solo tiene arena. Suerte que tengo manos porque no está mi nena...».

De repente, un grupo de niños y niñas de varias edades se puso a correr por el lado de la carretera, chillando y pasándose el dedo por la garganta. Iban descalzos, tenían las extremidades oscuras y delgadas, la ropa desteñida bajo el calor sofocante. Corrían y gritaban. Había por lo menos seis.

—¿Qué hacen? —refunfuñó Ambrose confundido—. ¿Están haciendo lo que parece que están haciendo? ¿Tanto nos odian que quieren que nos rajen el cuello? ¡Si son solo niños!

—No creo que sea eso —dijo Paulie, que se giró y vio como los niños se quedaban atrás mientras el convoy seguía su camino—. Creo que nos estaban advirtiendo. —Paulie había dejado de cantar y tenía la cara paralizada y una expresión contemplativa.

Ambrose miró por el retrovisor. Los niños se habían detenido y estaban de pie en la carretera, inmóviles. Se iban haciendo cada vez más pequeños a medida que el convoy seguía avanzando, pero se quedaron en la calle, mirando. Ambrose se concentró otra vez en la carretera que tenían delante. Ya no había nada más aparte del convoy, todo había desaparecido. No había ni un alma. Girarían en la siguiente calle, darían la vuelta a la manzana y se dirigirían a la base.

—Brosey... ¿lo notas?

Paulie tenía la cabeza inclinada, como si escuchara a lo lejos algo que Ambrose no oía y que tampoco notaba. Ambrose se acordó de la mirada de su amigo cuando fueron a escondidas al monumento conmemorativo del vuelo 93 y Paulie había hecho la misma pregunta. La noche que habían ido al lugar del accidente había sido una noche muy tranquila, demasiado, como si el mundo hubiera agachado la cabeza para guardar unos minutos de silencio y nunca la hubiera vuelto a levantar. Todo estaba demasiado tranquilo. A Ambrose se le erizó el vello de la nuca.

Entonces, del infierno se levantó una áspera mano hacia la carretera y creó llamas e hizo que trozos de metal salieran volando de debajo de las ruedas del vehículo que había delante del suyo, en el que iban Grant, Jesse y Beans, tres chicos, tres amigos, tres soldados de Hannah Lake, Pensilvania. Y eso fue lo último que Ambrose Young recordaba, el único capítulo de su vida anterior.

El lunes por la mañana, cuando sonó el teléfono, los Taylor se miraron los unos a los otros, adormilados. Fern había pasado la noche escribiendo y quería volver a la cama una vez se hubiera acabado los cereales. Joshua y Rachel se iban un par de días a la Universidad de Loch Haven para un simposio y querían salir pronto. Fern se moría de ganas de tener la casa para ella sola unos cuantos días.

—Son las seis y media. ¿Quién será? —dijo Rachel, desconcertada.

Como era la casa del pastor de la ciudad, las llamadas a horas intempestivas no eran inusuales, pero solían llamar desde la medianoche hasta las tres de la madrugada. Normalmente la gente estaba muy cansada a las seis y media de la mañana para meterse en líos o para molestar al pastor.

Fern dio un salto, cogió el receptor del teléfono y dijo un «hola» muy alegre. La curiosidad sacaba lo mejor de ella.

Una voz que sonaba a asunto oficial preguntó por el pastor Taylor, y Fern pasó el teléfono a su padre, encogida de hombros.

—Preguntan por ti —dijo.

—Hola, soy Joshua Taylor, ¿en qué puedo ayudarlo? —saludó el padre de Fern enérgicamente. Se había puesto de pie y se había apartado a un lado para no tener que tirar del cable elástico y rizado por encima de la mesa. Los Taylor no habían invertido su dinero en un sofisticado teléfono inalámbrico.

Escuchó durante diez segundos y se volvió a sentar.

—Dios mío —se lamentó. Cerró los ojos como si fuera un niño que intenta esconderse.

Rachel y Fern se miraron alarmadas; ya nadie se acordaba del desayuno.

—¿Todos? ¿Cómo ha sido?

Silencio otra vez.

—Claro. Sí. Sí. Allí estaré.

Joshua Taylor se volvió a poner de pie, se dirigió a la pared donde estaba el teléfono y colgó el auricular con una rotundidad que hizo que el corazón de Fern se estremeciera. Cuando se giró hacia la mesa, Joshua tenía la cara de un color gris enfermizo y una mirada sombría.

—Era Peter Gary, un capellán del ejército que se encarga de la asistencia a las víctimas. Connor O'Toole, Paul Kimball, Grant Nielson y Jesse Jordan fallecieron ayer en Irak por la explosión de una bomba en una cuneta.

—¡No! Dios mío, Joshua —dijo Rachel con voz estridente y tapándose la boca, como si quisiera tragarse las palabras, que habían resonado en la cocina.

—¿Han muerto? —gritó Fern con incredulidad.

—Sí, cariño, han muerto. —Joshua miró a su única hija e intentó alcanzarla con una mano temblorosa. Quería tocarla, consolarla, tirarse al suelo de rodillas y rezar por los padres que habían perdido a sus hijos, por los mismos padres a los que tendría que comunicarles la noticia en menos de una hora—. Se han puesto en contacto conmigo porque soy el representante local del clero. Quieren que vaya con los oficiales del ejército a decírselo a las familias. Vendrá a recogerme un coche en media hora. Tengo que cambiarme —añadió con impotencia, mirándose los vaqueros y la camiseta que llevaba, su favorita, en la que ponía: «¿Qué haría Jesús?».

—¡Pero si iban a regresar a casa el mes que viene! Ayer mismo vi a Jamie Kimball en el centro comercial, cuenta los días que faltan para que vuelvan —protestó Fern como si las noticias no pudieran ser ciertas por ese motivo—. ¡Y Marley! Marley está organizando la boda, ¡se va a casar con Jesse!

—Nos han dejado, cariño.

Las lágrimas empezaron a caerle por el rostro; el *shock* se había convertido en devastación. Los ojos del pastor reflejaban dolor, Rachel lloraba en silencio, y Fern se sentó sin decir nada, aturdida e incapaz de sentir algo aparte de la obvia incredulidad. De repente, alzó la vista, horrorizada. Tenía una pregunta:

—Papá, ¿y Ambrose Young?

—No he caído en preguntar, Fern. No han dicho nada de él. Seguro que está bien.

Fern se encogió de hombros, aliviada, e inmediatamente sintió remordimientos por haberle dado más importancia a la vida de Ambrose que a la de los demás. Pero al menos él estaba vivo. Estaba bien.

Media hora más tarde, un Ford Taurus negro se detuvo delante de la casa de los Taylor. Tres oficiales uniformados salieron del coche portador de malas noticias y se dirigieron hacia la puerta. Joshua Taylor, que se había duchado y puesto el atuendo más respetuoso que tenía, les abrió la puerta en traje y corbata. Rachel y Fern merodeaban en la cocina y escuchaban la conversación tan irreal que tenía lugar en la habitación contigua.

Un hombre, que Fern asumió que era el capellán que había llamado a su padre, dio instrucciones al pastor sobre cómo proceder, le dio toda la información de la que disponían y le pidió consejo sobre a quién debían contárselo primero o sobre quién iba a necesitar más apoyo, y le preguntó si alguno de los chicos tenía familia fuera de la ciudad a la que tuvieran que reunir. Los cuatro hombres se fueron en el coche quince minutos más tarde.

Jamie Kimball fue la primera en recibir las noticias de que su hijo había fallecido. A continuación, fue la familia de Grant Nielson la que tuvo que oír que su hijo de veinte años, el hermano mayor, el chico que tenía tan buenas notas y nunca había faltado al instituto, regresaría a casa en un ataúd. Luego comunicaron la noticia a los padres de Jesse Jordan, que tuvieron que acompañar a los oficiales a casa de su nietecito para contarle a Marley que no iba a haber boda en otoño (una tarea nada envidiable). Luisa O'Toole salió corriendo y gritando de casa cuando el suboficial que hablaba español con fluidez le dio el pésame. Seamus O'Toole lloró y se aferró al pastor.

La noticia se extendió como la pólvora. Los que salían a correr por la mañana y los que paseaban a sus perros vieron el coche negro y a los hombres uniformados que iban dentro, y los cotilleos y especulaciones escapaban de las bocas y entraban en los oídos antes de que la verdad, que iba a un ritmo más lento, devastara a la ciudad. Elliott Young estaba en la pastelería cuando oyó el rumor de que Paul Kimball y Grant Nielson habían muerto y de que el coche negro todavía estaba aparcado delante de la casa de los O'Toole. Se escondió en la cámara frigorífica de la tienda durante media hora, rezando por la vida de su hijo, rezando por que los hombres de uniforme no lo encontraran... si no lo encontraban no podían decirle que su hijo también había fallecido.

Sin embargo, lo encontraron. El señor Morgan, el propietario del supermercado, abrió la puerta de la cámara frigorífica para decirle que los oficiales estaban allí. Elliott Young temblaba de frío y de miedo cuando le contaron las noticias. Estaba vivo, aunque herido de gravedad. Lo habían llevado en avión hasta la base aérea de Ramstein, en Alemania, y tendría que permanecer allí hasta que estuviera lo suficientemente estable para llevarlo de vuelta a Estados Unidos. Si sobrevivía, claro.

El papel principal del pastor y su familia en la comunidad es el de amar y servir. Esa era la filosofía del pastor Taylor, así que eso hizo. Rachel y Fern se esforzaron al máximo para hacer lo mismo. Todos los ciudadanos estaban en un estado de *shock* y de luto proporcionales a la tragedia. Se había declarado el estado de emergencia, y no parecía que el alivio estuviera a la vuelta de la esquina. No habría ayudas federales para reconstruir nada porque habían muerto, era permanente, no había nada que hacer.

Un avión devolvió los cuerpos de los chicos a sus familias. Se organizaron los funerales, que se hicieron cuatro días seguidos. Fueron cuatro días de duelo inimaginable. Los municipios de alrededor echaron una mano y recaudaron unos cuantos miles de dólares para hacer un monumento conmemorativo. No enterrarían a los chicos en el cementerio de la ciudad, sino en una pequeña colina que daba al instituto. Al principio, Luisa O'Toole había protestado porque quería que su hijo fuera enterrado en un remoto pueblo fronterizo de México, donde estaban enterrados los abuelos del chico, pero, por una vez, Seamus O'Toole le plantó cara a su mujer e insistió en que su hijo tenía que ser enterrado en el país por el que había muerto en servicio, en la ciudad que lloraba su muerte, al lado de sus amigos que habían perdido la vida con él.

Llevaron a Ambrose Young al hospital Walter Reed, y Elliott Young cerró su negocio para estar a su lado. Sin embargo, los vecinos echaron una mano; abrieron la pastelería por él y se encargaron de que estuviera abierta los días que él se ausentaba. Todos sabían que Elliott no podía permitirse perder las ventas ni las ganancias.

El nombre de Ambrose volvía a estar en las marquesinas, pero esta vez solo ponía «Rezad por Ambrose». Y rezaron por él cada vez que lo operaban para reconstruir el rostro dañado. Las malas voces decían que tenía la cara completamente desfigurada. Otros decían que se había quedado ciego, otros que no podía hablar. No podría volver a luchar nunca más. Qué desperdicio, qué tragedia.

Al cabo de un tiempo quitaron los carteles que pedían las oraciones y las banderas de las ventanas, y la vida se reanudó en Hannah Lake. Los vecinos estaban destrozados, tenían el corazón roto. Luisa O'Toole boicoteaba la pastelería porque afirmaba que Ambrose tenía la culpa de que su hijo hubiera muerto, de que todos hubieran muerto. La mujer escupía cada vez que oía el nombre del chico. La gente chasqueaba la lengua y se aclaraba la garganta porque, aunque no lo admitieran, algunos estaban de acuerdo con ella. En el fondo se preguntaban por qué no se había quedado en casa. Por qué no se habían quedado todos en casa.

Elliott Young acabó volviendo al trabajo después de hipotecar su casa y vender todo lo que tenía de valor. A diferencia de los demás, él todavía tenía a su hijo, así que no se quejaba de las dificultades económicas. La madre de Ambrose y Elliott se turnaban para estar con el chico, que, seis meses después de haber despegado en dirección a Irak, regresó a Hannah Lake.

No se habló de otra cosa durante semanas, y la curiosidad cada vez era mayor. Se propuso hacer una cabalgata o algún tipo de ceremonia para celebrar el regreso de Ambrose, pero Elliott siempre ponía excusas y se disculpaba. Ambrose no tenía ganas de ningún tipo de celebración, y la gente, a regañadientes, lo acabó aceptando. Esperaron un tiempo para volver a empezar a hacer preguntas. Siguieron pasando los meses. Nadie veía al chico. Volvieron a surgir rumores sobre sus heridas, y la gente se preguntaba qué tipo de vida podría llevar si de verdad su rostro había quedado tan desfigurado como decían. Otros se preguntaban si no habría sido mejor que hubiera muerto con sus amigos. El entrenador Sheen y Bailey fueron a verle en muchas ocasiones, pero nunca los dejaron entrar.

Fern estaba de duelo por el chico al que siempre había amado. Se preguntaba qué se sentiría al ser guapo y que te robaran la belleza. Seguro que era más difícil que si nunca habías sido guapo. Angie siempre decía que la enfermedad de Bailey era compasiva por una razón: robaba la independencia de la persona poco a poco, cuando era solo un niño, y, por tanto, Bailey nunca había sido independiente del todo. No tenía nada que ver con las personas que se quedan paralizadas en un accidente de coche y quedan confinados a una silla de ruedas cuando ya son adultos y ya saben perfectamente lo que han perdido, lo que se siente al ser independiente.

Ambrose era consciente de lo que significaba estar sano, ser perfecto, ser Hércules. Qué cruel debía ser caer desde la cima. La vida le había dado a Ambrose otra cara, y Fern se preguntaba si él sería capaz de aceptarlo algún día.

14
Resolver un misterio

Volver a casa después del trabajo en bicicleta era una acción instintiva, como caminar por el pasillo de casa en la oscuridad. Fern lo había hecho miles de veces. Volvía a casa, en torno a la medianoche, sin prestar atención ni a las casas ni a las calles por las que pasaba, con la mente en un lugar completamente diferente. Trabajaba de gerente nocturna en el supermercado Jolley, donde había empezado a trabajar el segundo año de instituto. Por aquel entonces se encargaba de poner la compra de los clientes en bolsas y de fregar el suelo, pero trabajó mucho hasta conseguir un ascenso a cajera y, finalmente, el año pasado, el señor Morgan le había dado un cargo, un pequeño aumento y las llaves de la tienda para que se encargara de cerrarla cinco noches a la semana.

Probablemente pedaleaba demasiado deprisa. Ahora lo admitía, pero no se esperaba que un oso pardo gigante que corría sobre las patas traseras se le cruzara al girar la esquina de la calle de su casa. Ella aulló y giró violentamente el manillar de la bicicleta hacia la izquierda para evitar la colisión. La bicicleta chocó contra el bordillo, cayó en el césped y golpeó una boca de incendios. Fern salió disparada por encima del manillar y cayó en el césped muy bien cuidado de la casa de los Wallace. Se quedó en el suelo un minuto, jadeando para recuperar el aire que le había abandonado el pecho violentamente. Pero tan pronto como se acordó del oso, se puso de pie, hizo un gesto de dolor y se giró para coger la bicicleta.

—¿Estás bien? —dijo el oso, detrás de ella.

Fern volvió a chillar y se dio la vuelta. Estaba a pocos metros de Ambrose Young. Sintió como si el corazón le cayera hasta los pies y luego volviera a su lugar. Él le sujetaba la bicicleta, que estaba destrozada después del golpe con la boca de incendios. Llevaba una sudadera negra y ceñida, cuya capucha le cubría hasta la frente y ocultaba su cara mientras hablaba con Fern. Las farolas creaban sombras que le escondían el rostro, pero era él, no cabía la menor duda. No parecía herido. Seguía siendo un chico enorme y todavía tenía los hombros, las piernas y los brazos imponentemente musculados, por lo menos por lo que se apreciaba. Llevaba unos pantalones de punto negros y ajustados y zapatillas negras de correr, que evidentemente era lo que estaba haciendo cuando Fern lo confundió con un oso.

—Creo que sí —respondió ella sin aliento. No se podía creer lo que estaba viendo. Ambrose estaba delante de ella, sano, fuerte, vivo—. ¿Y tú? Casi te atropello. Iba despistada, lo siento mucho.

El chico dirigió la mirada a la cara de ella y luego la apartó. Giró la cara hacia un lado, como si tuviera prisa por irse.

—Fuimos al instituto juntos, ¿no? —preguntó tranquilamente. Cambió el peso del cuerpo de un pie al otro, como hacen los atletas cuando se preparan para una competición. Parecía nervioso, agitado.

Fern sintió una punzada de dolor, el dolor que se siente cuando la persona de la que has estado enamorada toda la vida dice que le resultas familiar, pero no se acuerda de ti.

—Ambrose, soy yo. ¿Fern? —respondió Fern con vacilación—. La prima de Bailey, la sobrina del entrenador Sheen... La amiga de Rita.

La mirada de Ambrose volvió a posarse en la cara de la chica, y esta vez no la apartó, sino que se quedó contemplándola de reojo. Todavía tenía un lado de la cara oculto en las sombras. Fern se preguntaba si tenía el cuello lesionado y le dolía al girarlo.

—¿Fern? —repitió él, vacilante.

—Eh, sí. —Esta vez fue Fern la que apartó la mirada. Se preguntaba si él estaba pensando también en las cartas de amor y el beso del lago.

—Pareces diferente —dijo sin rodeos el chico.

—Gracias, qué alivio —contestó Fern con honestidad.

Ambrose, sorprendido, torció los labios ligeramente. Fern le devolvió la sonrisa.

—Se ha doblado un poco el cuadro. Súbete a ver si puedes llegar a casa. —Ambrose le acercó la bicicleta, y Fern la cogió por el manillar. Por un momento, la luz de la farola le dio directamente en la cara. Fern sintió cómo se le abrían los ojos y el aliento se le atascó en la garganta. Ambrose debió de darse cuenta de cómo ella tomaba aire, porque la miró a los ojos y se apartó. Se dio la vuelta y se puso a correr rápidamente, dando zancadas suaves por la carretera. La parte de atrás de su ropa se mezcló con la oscuridad que lo ocultó en la noche casi inmediatamente. Fern, que se había quedado inmovilizada en el sitio, lo observó irse. Ella no era la única que parecía diferente.

Agosto de 2004

—*¿Por qué no puedo mirarme al espejo, papá?*
　—*Porque ahora parece peor de lo que verdaderamente es.*
　—*¿Tú me has visto la cara sin el vendaje?*
　—*Sí —susurró Elliott.*
　—*¿Y mamá?*
　—*No.*
　—*No quiere mirarme ni siquiera cuando llevo el vendaje.*
　—*Le duele.*
　—*No, tiene miedo.*

Elliott miró a su hijo, que tenía la cara vendada. Ambrose no se había visto con las vendas e intentaba imaginarse desde los ojos de su padre. No había mucho que ver, Ambrose tenía tapado hasta el ojo derecho. El ojo izquierdo parecía foráneo en ese mar blanco, como una momia de Halloween con partes desmontables. También parecía una momia cuando hablaba, tenía la boca inmovilizada por el alambre quirúrgico, de manera que solo podía balbucear entre dientes. Elliott entendía lo que decía si prestaba atención.

　—*No le das miedo, Ambrose —dijo Elliott con suavidad. Intentó sonreír.*

—Sí que le doy miedo. No hay nada que le dé más miedo que las personas feas.

Ambrose cerró el ojo para dejar de ver la cara demacrada de su padre y la habitación en la que estaba. Cuando no sufría por el dolor, estaba confuso por la niebla que creaban los analgésicos. La niebla lo aliviaba, pero a la vez lo asustaba, porque entre la niebla se encontraba la realidad, y la realidad era un monstruo con ojos rojos y brillantes y brazos largos que lo llevaba al amplio agujero negro que tenía por cuerpo. Ese agujero había devorado a sus amigos. Creía recordar sus gritos y el olor a carne quemada, pero se preguntaba si eso era solo su mente, que intentaba rellenar los vacíos entre el entonces y el ahora. Habían cambiado tantas cosas que su vida era igual de irreconocible que su cara.

—¿Qué es lo que te da más miedo, hijo? —le preguntó su padre.

Ambrose quería reír. No le tenía miedo a nada, ya no.

—No hay nada que me dé miedo, papá. Antes me asustaba ir al infierno, pero ahora que estoy aquí, el infierno no me parece tan malo. —Ambrose arrastraba las palabras y sentía que se estaba desvaneciendo, pero tenía que preguntar otra cosa más—. ¿Y mi ojo derecho?... No tiene solución, ¿verdad? No volveré a ver.

—No, cariño, el doctor dice que no.

—Bueno, supongo que eso es una buena noticia. —Ambrose sabía que lo que estaba diciendo no tenía sentido, pero ya estaba demasiado drogado para intentar explicar lo que quería decir. En el fondo pensaba que era justo que, si sus amigos habían perdido la vida, él también perdiera algo.

—El oído tampoco, ¿no?

—No. —La voz de Elliott sonó lejana.

Ambrose durmió un rato y cuando se despertó su padre ya no estaba en la silla al lado de la cama. No se iba muy a menudo, debía estar buscando algo para comer o quizá durmiendo. La pequeña ventana de la habitación del hospital daba a la noche oscura. Debía de ser tarde. El hospital dormía, a pesar de que nunca había un silencio absoluto en la planta en la que él se encontraba. Ambrose hizo fuerza con los brazos y se enderezó, y, antes de tener tiempo de reconsiderarlo, empezó a quitarse las largas capas de venda que le cubría la cara. Daba vueltas, las quitaba una detrás de otra y las dejaba en su regazo, donde se formó un montón de vendas manchadas con medicamentos. Cuando se quitó la última, se levantó de la cama y se agarró al gotero, que llevaba los antibióticos, los fluidos y los analgésicos con los que lo medicaban. Ya se había levantado un par de veces y sabía que podía caminar. Tenía el cuerpo prácticamente ileso, solo tenía un poco de metralla en el hombro derecho y en el muslo, pero no se había roto ni un hueso.

En la habitación no había ningún espejo, y en el baño tampoco, pero la ventana y la persiana veneciana servirían. Ambrose alargó el brazo y levantó la persiana con el brazo izquierdo mientras se sujetaba con el derecho a la varilla de metal. Dejó al descubierto el cristal para mirarse a la cara por primera vez. Al principio no veía nada aparte de la luz tenue de las farolas de la calle; la habitación estaba muy oscura y su imagen no se reflejaba en el cristal.

Entonces Elliott entró por la puerta y vio a su hijo, de pie frente a la ventana, con la mano en la varilla de la persiana, como si quisiera arrancarla de la pared.

—¿Ambrose? —Alzó la voz, consternado. Y entonces encendió la luz.

Ambrose tenía la mirada fija en la ventana; Elliott se quedó petrificado al darse cuenta de lo que había hecho.

Tres caras miraron al chico desde el cristal. Ambrose se fijo en la cara de su padre primero, después en una máscara de desesperación que había detrás de su hombro derecho y entonces vio su cara, demacrada e hinchada, pero, aun así, identificable. Sin embargo, fundida con la parte reconocible de su cara, había también una cara a la que le faltaban partes, una cara irregular, deforme y con la piel destrozada, con puntos de sutura como los del monstruo de Frankenstein. El rostro de alguien a quien Ambrose no conocía.

Cuando Fern le contó a Bailey que había visto a Ambrose, el chico abrió los ojos, emocionado.

—¿Dices que estaba corriendo? ¡Eso es bueno! Que yo sepa, no ha querido ver a nadie. Está progresando. ¿Qué aspecto tenía?

—Al principio no noté nada diferente —respondió Fern con honestidad.

Bailey abrió más los ojos, pensativo.

—¿Pero...? —presionó.

—Tenía uno de los lados de la cara lleno de cicatrices —dijo suavemente—. Lo vi solo un momento, y entonces se dio la vuelta y siguió corriendo.

Bailey asintió y dijo:

—Pero estaba corriendo, eso son buenas noticias.

Sin embargo, fueran o no buenas noticias, pasaron un par de meses, y Fern no volvió a ver a Ambrose. Siempre iba con los ojos bien abiertos cuando volvía del trabajo y esperaba encontrarlo corriendo por las calles oscuras, pero eso no sucedió.

Por eso, una noche quedó muy sorprendida cuando se quedó a trabajar hasta más tarde en la tienda y lo vio detrás de las puertas batientes de la pastelería. Seguro que él también la había visto, porque se escondió inmediatamente, y Fern, boquiabierta, se quedó en el pasillo.

Ambrose había trabajado en la pastelería con su padre durante el instituto, al fin y al cabo, era un negocio familiar. Lo había creado el abuelo de Elliott hacía casi ochenta años, cuando se había convertido en socio de John Jolley, el dueño original del único supermercado de la ciudad.

A Fern siempre le había gustado la contradicción: Ambrose Young, grande y fuerte, trabajando en una cocina. Cuando estaban en el instituto, había trabajado durante los veranos y los fines de semana que no tenía lucha libre. Pero el turno de noche, que era cuando se horneaba, era el tipo de trabajo en el que podría pasar las horas sin que lo vieran si eso era lo que quería. Trabajaba desde las diez de la noche, que era cuando cerraba la tienda, hasta las seis de la mañana, una hora antes de que la pastelería volviera a abrir. Evidentemente, el horario le iba bien. Fern se preguntó cuánto tiempo había pasado desde que había vuelto a la pastelería y cuántas noches no se lo había encontrado por muy poco o no se había dado cuenta de que él estaba allí.

La siguiente noche ya estaban apagadas las cajas registradoras, pero Fern no conseguía cuadrar los libros. A medianoche, cuando ya estaba acabando, un olor a comida deliciosa flotó desde la pastelería al pequeño despacho donde ella trabajaba. Cerró la sesión en el ordenador, se movió con lentitud por el pasillo y se colocó de tal manera que veía a través de las puertas batientes que daban a la cocina. Ambrose llevaba una camiseta blanca y unos tejanos, ambos tapados parcialmente por un delantal blanco con un estampado que decía «Pastelería Young» en letras rojas. Elliott Young había llevado el mismo delantal desde que Fern tenía memoria, pero a Ambrose le quedaba completamente diferente.

Fern vio que no le había vuelto a crecer el pelo. Ella esperaba ver que llevaba el pelo a la altura de los hombros, pero por lo que veía no tenía pelo. Llevaba la cabeza cubierta por un pañuelo rojo atado en la parte posterior de la cabeza, como si acabara de bajarse de una moto y se hubiera puesto a hacer pastel de chocolate. Fern no pudo contener la risa al imaginarse a un motero haciendo pasteles de chocolate y cuando se dio cuenta de que la risa sonaba demasiado fuerte, se agazapó. Ambrose se giró, y ella le vio el perfil derecho, que antes solo había visto durante un instante en la oscuridad. Fern se escondió deprisa en la esquina por miedo a que él la oyera y malinterpretara su risa, pero al cabo de un minuto no pudo resistir la tentación de volver a acercarse para mirarlo mientras trabajaba.

Ambrose tenía el volumen de la radio tan fuerte que se oía por encima de la música enlatada que sonaba todos los días y a todas horas en el establecimiento. Movía la boca al ritmo de la letra, y Fern se quedó mirando sus labios, fascinada. Tenía la piel del lado derecho rugosa, como la arena cuando sopla el viento y crea pequeñas ondas en la superficie. Donde no había ondas había pequeñas manchas rojas, y en el lado derecho de la cara y el cuello tenía marcas negras, como si algún gracioso le hubiera pintado las mejillas con un rotulador mientras dormía. Fern vio que el chico se rascaba, como si le molestaran las manchas que le arruinaban la piel.

Tenía una cicatriz larga y gruesa que iba desde la comisura de la boca hasta la frente y desaparecía bajo el pañuelo de la cabeza. Tenía el ojo derecho vidrioso y fijo, y una cicatriz le cubría el párpado en vertical, desde más arriba de la ceja hasta la altura de la nariz y se cruzaba con la que le salía de la comisura de la boca.

Ambrose seguía imponiendo, era alto y tenía una postura erguida, y todavía tenía los hombros y los largos brazos musculados. Pero estaba más delgado, incluso más de lo que había estado durante la temporada de lucha libre, cuando los chicos estaban tan flacos que no tenían apenas mejillas y los ojos se les hundían en las caras. Cuando Fern lo había visto por primera vez, él estaba corriendo. Se preguntó si quizá intentaba volver a ponerse en forma, y si era así… ¿por qué? A Fern no le gustaba el ejercicio físico y por eso le costaba imaginarlo corriendo por gusto (aunque sabía que era una posibilidad). Su idea de ejercicio era poner la radio y bailar por la habitación, sacudiendo su pequeño cuerpo hasta que sudaba. A ella eso le había funcionado, porque no estaba gorda.

Fern desearía ser capaz de acercarse a él y de hablarle, pero no sabía cómo. No sabía si Ambrose quería que lo hiciera, así que lo observó a escondidas antes de irse a casa durante unos meses más.

15

Ser amigo de un monstruo

Había una pequeña pizarra blanca delante de la puerta de la pastelería, en el pasillo que llevaba al despacho del señor Morgan y a la sala de personal. Llevaba mucho tiempo allí, pero, por lo que Fern recordaba, nunca habían escrito en ella. Quizá Elliott Young pensó que sería un buen lugar para escribir horarios o recordatorios, pero nunca llegó a hacerlo. Fern decidió que era perfecto. No podría escribir nada demasiado sugerente... aunque, después de todo, eso tampoco era de su estilo. Si escribía un mensaje en la pizarra sobre las ocho, después de que cerraran la pastelería, pero antes de que Ambrose llegara para preparar la comida en la cocina, sería el único que vería lo que había escrito en ella. Y Ambrose podría borrarlo si no quería que nadie más lo viera.

La cuestión era escribir algo que le hiciera sonreír, algo que supiera que era para él, pero que nadie más pudiera entender y que no hiciera a Fern quedar como una idiota. Tardó dos días en decidir las palabras que quería poner. Se le ocurrieron muchas opciones, desde escribirle «¡Hola, qué bien que ya hayas vuelto!» a «Me da lo mismo que tu cara no sea perfecta, quiero tener hijos contigo». No le gustaba ninguna de las dos, y entonces, de repente, supo lo que tenía que escribir.

Escribió en la pizarra con letras grandes y negras «¿Cometas o globos?» y enganchó al lado un globo rojo, el color favorito del chico. Sabría que era ella. Tiempo atrás se habían hecho millones de preguntas como estas. De hecho, Ambrose le había hecho esa misma pregunta: «¿Cometas o globos?». Fern eligió las cometas porque, si ella fuera una, podría volar pero siempre tendría a alguien que la sujetara. Ambrose respondió que preferiría los globos: «Me gusta la idea de irme volando y dejar que el viento me lleve. Creo que no quiero que nadie me coja». Fern se preguntó si su respuesta seguiría siendo la misma que entonces.

Cuando Ambrose se dio cuenta de que ella era la que escribía las cartas, no Rita, dejaron de escribirse, y lo que más extrañaba Fern eran las preguntas que se mandaban. Gracias a las respuestas de Ambrose, a veces una simple palabra o una frase, había podido empezar a conocerlo y ella se había dejado conocer también. Ella, no Rita.

Fern miró durante dos días la pizarra, pero las palabras siguieron ahí, sin que nadie les hiciera caso, sin respuesta alguna. Así que las borró y lo volvió a intentar y escribió: «¿Shakespeare o Eminem?». Tuvo que hacer memoria para acordarse de esa.

Cuando se escribían las cartas, ella pensaba que Ambrose compartiría con ella la fascinación secreta que sentía por la habilidad de rimar del rapero blanco, pero él había respondido, para sorpresa de Fern, Shakespeare. Entonces Ambrose le envió algunos de los sonetos de Shakespeare y le había dicho que el autor habría sido un rapero fantástico. Ella descubrió también que Ambrose era mucho más que un rostro bonito, era un deportista con alma de poeta. Los héroes de las novelas de Fern no se parecían a él en absolutamente nada.

Al día siguiente, la pizarra siguió sin respuesta. Nada. Segundo *strike*. Tendría que ser más directa. Borró «¿Shakespeare o Eminem?» y escribió «¿Esconderte o buscar?». Ambrose había hecho esa pregunta primero, hacía tiempo. Ella había rodeado «buscar»... ¿No era eso acaso lo que hacía, buscarlo?

Fern se preguntó si debía elegir otra pregunta, ya que él, evidentemente, se estaba escondiendo, pero quizá consiguiera una respuesta. Al día siguiente, cuando llegó a las tres de la tarde, miró a la pizarra al pasar, sin esperar nada, y se detuvo de golpe. Ambrose había borrado la pregunta y había escrito otra.

«¿Sordera o ceguera?».

Ella le había hecho esa pregunta antes. Por aquel entonces, Ambrose había elegido sordera y Fern había estado de acuerdo, pero había hecho una lista de todas sus canciones favoritas a modo de respuesta, para que él viera a todo lo que tendría que renunciar a cambio de la visión. La lista de canciones de Fern había dado pie a preguntas del tipo «¿Música *country* o *rock*? ¿*Rock* o pop? ¿Canciones de bandas sonoras o un tiro en la cabeza?». Ambrose había dicho que prefería el disparo en la cabeza, y la respuesta propició nuevas preguntas sobre cómo morir, pero Fern no iba a hacer ninguna de esas preguntas en la situación actual.

Fern rodeó «sordera», igual que la otra vez. Al día siguiente, al mirar la pizarra, vio que Ambrose había marcado las dos palabras. Fern se había preguntado si estaba ciego del ojo derecho, y ahora ya lo sabía. ¿Estaba también sordo del oído derecho? Ella sabía que no estaba totalmente sordo porque la había oído cuando hablaron la noche que casi lo había atropellado con la bicicleta. Debajo de las palabras rodeadas había una nueva pregunta. Ambrose había escrito «¿Izquierda o derecha?».

Nunca antes habían hecho esa pregunta, pero Fern sospechaba que Ambrose se refería a su cara. ¿Perfil derecho o izquierdo? Ella rodeó las dos opciones, como él había hecho con «ceguera» y «sordera».

Al día siguiente no había nada en la pizarra, lo habían borrado.

Dos días después, Fern decidió que había que usar una nueva táctica. Escribió con letra muy cuidada:

No siente amor bastante
quien muda de inmediato si ve que hay mudanzas
o tiende a distanciarse de quien está distante.
¡Oh, no! Amor es faro por siempre inalterable,
que ve las tempestades y nunca se intimida.

Shakespeare. Ambrose sabría por qué lo había escrito. Él dijo que era uno de sus sonetos favoritos. Que lo interpretara como quisiera. Puede que se quejara o pusiera los ojos en blanco, preocupado por si ella lo seguía como un perrito faldero;

puede que entendiera lo que intentaba decir. La gente a la que siempre le había importado Ambrose seguía preocupándose por él, y su amor o afecto no iba a cambiar porque ahora tuviera un aspecto diferente. A lo mejor le hacía sentir bien saber que algunas cosas seguían igual.

Cuando Fern acabó su turno esa noche cerró la tienda sin haber visto a Ambrose. Al llegar a trabajar al día siguiente, vio que habían limpiado la pizarra. Sintió cómo la vergüenza se apoderaba de su pecho, pero se calmó. No lo hacía para sí misma, lo hacía para que Ambrose supiera que tenía gente que se preocupaba por él, así que Fern volvió a intentarlo y escribió la continuación del soneto 116, que era también el favorito de ella desde que *lady* Jezabel lo había incluido en una carta a Jack Cavendish en una de las primeras novelas que había escrito, *La dama y el pirata*. Esta vez lo escribió con un rotulador rojo y lo escribió en cursiva, lo mejor que pudo:

Con él no juega el tiempo por más que a la mejilla
y al labio joven siegue su falce más severa;
tras horas y semanas amor nunca varía,
pues hasta el fin del tiempo resiste y persevera.

«Los que no saben expresar su amor no aman».

Al día siguiente, Fern se había encontrado estas palabras de *Los dos caballeros de Verona* en la pizarra en letras de imprenta.

Fern estuvo todo el día pensando en lo que Ambrose había escrito. Evidentemente, él no se había sentido bienvenido, y Fern se preguntaba por qué. Habían querido hacer una cabalgata en su honor, y el entrenador Sheen y Bailey lo habían ido a ver y no les había dejado entrar. A lo mejor la gente quería verlo, pero estaban asustados. El suceso había sacudido a la ciudad y puede que fuera muy doloroso. Ambrose no había visto la devastación que se apoderó de Hannah Lake cuando llegó la noticia. Un tornado de dolor había azotado las calles y había destrozado a las familias y a los amigos. Puede que nadie estuviera con él cuando pasaba por su peor momento porque todos lo estaban pasando mal.

Fern se pasó la pausa de media hora que tenía para comer buscando la respuesta adecuada. ¿Lo decía por ella? Seguro que hubiera preferido no verla. La posibilidad de que se refiriera a ella le dio la valentía que necesitaba para contestar de manera directa. Ambrose podía dudar que la gente de la ciudad se preocupara por él, pero nunca podría decir que a ella no le importaba. La respuesta fue un poco exagerada, pero seguía siendo Shakespeare.

> Duda de que arda el lucero,
> o el sol salga por oriente
> duda si la verdad miente,
> mas no dudes que te quiero.

¿Qué respondería él?

«¿Por qué he nacido yo para esta hiriente mofa?».

—Shakespeare nunca dijo eso —comentó Fern para ella misma con el ceño fruncido mientras miraba la frívola respuesta.

Sin embargo, cuando introdujo la frase en el buscador de internet, descubrió que sí que lo había dicho. La cita era de *Sueño de una noche de verano*. Menuda sorpresa. Esto no era en absoluto lo que tenía en mente cuando había empezado a escribir mensajes. Se puso firme y lo volvió a intentar. Esperaba que él lo entendiera.

> Nuestras dudas son traidoras
> y nos hacen perder el beneficio
> por miedo de atrevernos.

Lo observó aquella noche mientras se preguntaba si respondería en cuanto viera el mensaje. Miró la pizarra antes de irse y, efectivamente, había contestado.

«¿Ingenua o estúpida?».

Fern sintió cómo se le llenaban los ojos de lágrimas que le cayeron por las mejillas. Se enderezó y, con la barbilla bien alta, se dirigió a la caja registradora, cogió el bolso de debajo del mostrador y salió de la tienda. Puede que Ambrose siguiera escondiéndose, pero ella ya se había cansado de buscarlo.

Ambrose vio a Fern marcharse y se sintió como un capullo. La había hecho llorar cuando ella solo intentaba ser amable. Él lo sabía, pero no quería que lo hiciera, no quería que lo alentaran y no quería tener que buscar frases de Shakespeare para escribir en la maldita pizarra. Lo mejor era que la apartara de su lado y punto.

Se rascó la mejilla. La metralla que todavía tenía enterrada bajo la piel lo ponía de los nervios. Le picaba y notaba como los trocitos intentaban salir. Los doctores le habían dicho que parte de la metralla, la que tenía incrustada muy al fondo del brazo y el hombro derechos y otros pedazos que tenía en el cráneo nunca saldrían. No le molestaba no poder pasar por un detector de metales sin que pitara, pero sí que le fastidiaban los trozos de metralla que tenía en la cara y los que notaba, y le costaba mucho no tocarlos.

Volvió a pensar en Fern. Le preocupaba dejar que se acercara mucho y que luego también le costara no tocarla a ella, y estaba seguro de que ella no quería que lo hiciera. Ambrose había empezado a trabajar en la pastelería a jornada completa hacía un mes. Llevaba tiempo trabajando algunas mañanas con su padre, pero solo hacía un mes que había comenzado a hacer el turno de noche, el más importante para la pastelería. Hacía pasteles, galletas, rosquillas, bollos y pan. Su padre le había enseñado a lo largo de los años, y Ambrose sabía hacerlo. El trabajo era reconfortante y tranquilo. Seguro. Elliott se encargaba de decorar los pasteles y los pedidos especiales, y cuando su hijo llegaba a las cuatro, trabajaban una o dos horas juntos hasta que abrían la pastelería. Entonces, Ambrose se escabullía cuando el cielo todavía estaba oscuro y se iba a casa sin que nadie lo viera, justo como a él le gustaba.

Durante un tiempo, nadie supo que estaba trabajando en la pastelería otra vez, pero Fern se encargaba de cerrar el supermercado cinco noches a la semana, y Ambrose y ella estaban solos en el establecimiento una hora o dos cuando él llegaba. De vez en cuando, venía algún cliente a última hora a por un cartón de leche o para hacer la compra, pero desde las nueve hasta las once la tienda era un lugar tranquilo. Al cabo de un tiempo, a pesar de los intentos de Ambrose por esconderse, Fern lo vio en la cocina.

Él la había estado observando a ella desde mucho antes de que ella se diera cuenta de que él estaba allí. Fern era una chica discreta, al contrario que su pelo, una corona alborotada de color fuego que enmarcaba su rostro tímido. Le había crecido la melena desde la última vez que Ambrose la había visto, los rizos le colgaban hasta la mitad de la espalda. Y ya no llevaba gafas. El cambio de aspecto lo había confundido aquella noche que habían chocado con la bicicleta. Ambrose había evitado mirarla directamente a la cara para que ella hiciera lo mismo.

Sus ojos eran de un color marrón claro y tenía una nariz pequeña y salpicada de pecas. Tenía la boca desproporcionada en comparación con el resto de la cara. Cuando iban al instituto llevaba aparato y el labio superior tenía un aspecto gracioso, como si fuera el pico de un pato que le sobresalía por encima de los dientes. Ahora tenía una boca sensual, los dientes rectos y blancos y una sonrisa ancha y sin pretensiones. Era una belleza discreta, modesta, y Fern no se había dado cuenta de que, en un punto entre la rareza y la madurez, se había convertido en una chica atractiva. Y el hecho de que no supiera que lo era la hacía incluso más atractiva.

Ambrose la había observado todas las noches, colocándose en un lugar desde donde podía contemplarla con discreción. En varias ocasiones se había preguntado cómo la había rechazado tan fácilmente. Esos momentos hacían que echara de menos el rostro que veía antes cuando se miraba al espejo, una cara que había subestimado. Más de una vez, la cara le había ayudado con alguna que otra chica que le había llamado la atención. Era un rostro que atraía a las chicas y que había atraído a Fern, pero ya nunca volvería a tenerlo y se sentía perdido sin él. Así que se limitaba a contemplar.

Fern siempre tenía una bolsa de papel al lado de la caja registradora, se pasaba la larga melena rizada por encima del hombro izquierdo y retorcía mechones de pelo mientras leía. Como era tarde, había muy pocos clientes y había ratos en los que no tenía nada que hacer aparte de pasar páginas y jugar con el pelo.

Ahora le escribía notas haciendo juegos de palabras y usando citas de Shakespeare, como había hecho en el último año de instituto, cuando se hizo pasar por Rita. Ambrose se había enfadado muchísimo cuando se enteró, pero ella había sido muy dulce con él y se había mostrado profundamente arrepentida al disculparse. Era fácil darse cuenta de que la chica estaba enamorada de él, y es difícil seguir enfadado con alguien que te quiere. Ahora estaba haciendo lo mismo de las cartas, aunque él no pensaba ni por un momento que a ella pudiera gustarle. A Fern le gustaba el Ambrose antiguo, ¿acaso lo había mirado? ¿Se había fijado en él? La noche que casi lo atropella con la bicicleta no se veía nada. Ambrose oyó claramente como a Fern se le había escapado un grito ahogado al verle el rostro. ¿Qué es lo que quería ahora? El hecho de pensar en ello lo volvió a poner de mal humor. Pero antes de que acabara la noche volvió a sentirse como un gilipollas, así que se dirigió a la pizarra y escribió:

«¿Gilipollas o capullo?».

Pensó que quizá su padre se opondría a que escribiera «gilipollas» en la pizarra de la pastelería, pero no había otra palabra para expresarlo. Shakespeare no era suficiente esta vez; además, no sabía si los personajes de Shakespeare habían pedido perdón alguna vez a alguna pelirroja guapa con un corazón demasiado bueno para su propio bien. Se fue a casa amargado y eso hizo que le doliera el estómago y que las pastas que se había comido le cayeran como piedras en la barriga. Cuando a la noche siguiente llegó al trabajo, vio que habían limpiado la pizarra y que no habían escrito ningún mensaje. Bien. Eso lo alivió. Más o menos.

16

Besar a Rita

Ambrose miraba a través de la apertura que separaba la vitrina y el mostrador delantero de la zona de trabajo de la cocina para intentar ver a Fern, mientras se preguntaba si la chica había decidido que no valía la pena perder el tiempo con él. Como las últimas noches Fern ya se había ido cuando él había llegado al trabajo, empezó a llegar cada vez antes para verla aunque fuera desde detrás del escaparate de la pastelería antes de que se fuera. Le decía a Elliott que había que hacer cosas en la pastelería, aunque su padre nunca se preguntó el porqué. Probablemente estaba contento de ver que Ambrose salía de casa y de su habitación, a pesar de que nunca lo admitiría. Eso era lo que el doctor le había dicho a Ambrose que debía hacer.

La psicóloga que el ejército le había proporcionado le dijo a Ambrose que tenía que adaptarse a la «nueva realidad» y «asumir lo que le había pasado» para «encontrar nuevas ocupaciones y conexiones». El trabajo era un buen comienzo. Ambrose no quería admitir que trabajar lo había ayudado, y también había empezado a correr y a levantar pesas. El ejercicio era lo único que le hacía sentir algo aparte de desesperanza, y por eso hacía mucho ejercicio. Ambrose se preguntaba si espiar contaba como «nueva ocupación».

Se sentía como un acosador espiando a Fern, pero lo hacía de todos modos. Esa noche Fern barría el suelo mientras cantaba *The Wind Beneath my Wings* y usaba el palo de la escoba de micrófono. Ambrose odiaba esa canción, pero sonreía mientras la miraba balancearse de un lado a otro y cantar desafinando, aunque no resultaba desagradable. Movió el montón de polvo hasta que se colocó justo enfrente del mostrador de la pastelería y lo vio de pleno. Entonces se detuvo y lo miró mientras sonaban las últimas palabras de la canción en la tienda vacía. Ella le sonrió, indecisa, como si no la hubiera hecho llorar hacía solo unas cuantas noches, y Ambrose sintió el instinto de luchar o huir que había adquirido recientemente y que lo invadía cada vez que alguien lo miraba directamente.

Fern había subido el volumen de la música, que resonaba fuera de la tienda hasta tal punto que parecía más una pista de patinaje que un supermercado. Las canciones eran una mezcla benigna de canciones tranquilas que inducían el coma en los clientes que iban por los pasillos comprando cosas que probablemente no necesitaban. A Ambrose le apetecía escuchar Def Leppard, con sus gemidos a pleno pulmón y estribillos enérgicos.

De repente, Fern soltó la escoba y corrió hacia la entrada; Ambrose salió de la cocina y rodeó el mostrador, asustado de que hubiera pasado algo. Fern abrió las puertas automáticas y apartó una hacia un lado para que Bailey Sheen pudiera entrar en la silla de ruedas. Una vez dentro, Fern volvió a cerrar las puertas mientras charlaba con Bailey.

Ambrose intentó no sonreír, de verdad que lo intentó, pero Bailey llevaba una linterna en la cabeza. Era enorme y tenía unas bandas elásticas que se sujetaban a la cabeza del chico como si fuera uno de esos viejos aparatos para los dientes. Era la típica linterna de cabeza que imaginaba que debían llevar los mineros cuando se adentraban en las minas. Iluminaba tanto que Ambrose hizo un gesto de dolor, se tapó el ojo bueno y se giró.

—¿Qué narices llevas puesto, Sheen?

Fern, sorprendida de que se hubiera atrevido a salir de los confines de la pastelería, lo miró.

Bailey pasó junto a Fern y se dirigió a Ambrose. No actuó sorprendido por verlo ahí y, a pesar de que lo miraba fijamente a la cara, no reaccionó ante su cambio de apariencia. Bailey puso los ojos en blanco y frunció el ceño al intentar mirar el foco que llevaba en la frente.

—Ayúdame a quitármelo, tío. Mi madre me obliga a ponerme este cacharro cuando salgo por la noche porque cree que si no lo llevo me atropellarán. No puedo quitármelo yo solo.

Ambrose hizo una mueca por la fuerte luz blanca y azulada que emitía, le quitó la linterna de la cabeza y la apagó. A Bailey se le quedó el pelo de punta y Fern se lo arregló distraídamente cuando pasó por detrás de la silla de ruedas. Era un gesto afectuoso, incluso maternal. Le colocó el pelo bien, como si lo hubiera hecho mil veces antes, y Ambrose se dio cuenta de que probablemente era así. Fern y Bailey eran amigos desde que Ambrose tenía memoria y, evidentemente, Fern se había acostumbrado a hacer por Bailey, sin que él se lo pidiera o incluso sin darse cuenta de que lo hacía, lo que él no podía hacer por sí mismo.

—¿Qué haces aquí? —le preguntó a Bailey. A Ambrose le sorprendía que el chico se paseara a las once de la noche en silla de ruedas.

—Es noche de karaoke, guapo.

—¿Noche de karaoke?

—Sí. Hace tiempo que no lo hacemos y algunos productos se han quejado. Al parecer, las zanahorias han fundado un club de fans de Bailey Sheen. Esta noche se la dedicamos a los fans. Fern tiene muchos seguidores en la sección de congelados.

—¿Karaoke? ¿Aquí? —Ambrose no esbozó ni una sonrisa... aunque quería hacerlo.

—Sí. Somos los reyes del lugar cuando está cerrado. Controlamos el sistema de sonido, usamos la megafonía como micrófono, ponemos nuestros CD y le damos caña al supermercado. Es genial. Deberías apuntarte, pero es mi deber advertirte de que soy fantástico y me cuesta soltar el micro.

Fern soltó una risita y miró a Ambrose con optimismo. Ambrose no iba a cantar en el karaoke, de ninguna manera. Ni siquiera para contentar a Fern Taylor, cosa que, sorprendentemente, quería hacer.

Ambrose tartamudeó algo sobre unos pasteles que tenía en el horno y volvió a toda prisa a la cocina. Pocos minutos después empezaron a sonar las canciones del karaoke y se oía a Bailey haciendo una imitación muy mala de Neil Diamond. Ambrose los escuchaba mientras seguía trabajando porque, en realidad, no tenía otra opción. Tenían la música muy alta, y era cierto que a Bailey le costaba soltar el micrófono. Fern participaba en contadas ocasiones, y al cantar sonaba como una profesora de jardín de infancia que intenta ser una estrella del pop. Su voz suave contrastaba con las canciones que elegía. Cuando Fern empezó a cantar la canción *Like a Virgin* de Madonna, Ambrose no pudo evitar reírse en voz alta. Sin embargo, cuando se dio cuenta de lo que había hecho, se detuvo en seco, sorprendido al sentir el estruendo de la risa que le nacía en el pecho y le salía por la boca. Hizo memoria y repasó los hechos del año anterior, desde el día en que un agujero negro se había tragado su vida. No recordaba haber reído desde entonces, había pasado un año entero sin reír; por eso no era de extrañar que la sensación le resultara parecida a intentar cambiar de marchas en un camión de más de cincuenta años.

A continuación cantaron el maravilloso dueto *Summer Nights* de *Grease*. Por los altavoces resonaban los «*Wella, wella, wella, uh*» del estribillo mientras las Pink Ladies pedían que les contarán más cosas, y Bailey y Fern cantaban sus partes con entusiasmo. Bailey gruñía en las partes sugerentes, y Fern cantaba entre risas, equivocándose e inventándose la letra a medida que cantaba. Ambrose se pasó la siguiente hora riendo y pasando un buen rato. Se preguntaba si Bailey y Fern se habían planteado alguna vez dedicarse al humor, porque eran muy graciosos. Justo cuando Ambrose acababa de preparar una tanda de bollos de canela oyó su nombre resonar en la tienda.

—Ambrose Young, sé que se te da bien cantar. ¿Por qué no vienes y dejas de hacer como que no te vemos ahí agazapado, espiándonos? Porque te estamos viendo, no eres tan discreto como crees. Y sé que quieres cantar esta canción que viene a continuación. ¡Mira, es de los Righteous Brothers! Tienes que cantarla, yo no le haré justicia, ¡venga! Fern se muere ganas de volver a oírte cantar desde que bordaste el himno nacional en aquella asamblea.

«¿De verdad?», pensó Ambrose, complacido.

—¡AAAMMMMBBBRRROOOSE YOUUUNG! —bramó Bailey, que, evidentemente, disfrutaba demasiado usando el sistema de megafonía.

Ambrose lo ignoró. No iba a cantar. Bailey lo llamó varias veces más, cambiando de táctica hasta que, finalmente, se distrajo con una de las canciones. Ambrose siguió trabajando mientras escuchaba a Bailey decirle, en palabras de los Righteous Brothers, que había dejado de sentir el amor.

Era cierto. Había dejado de sentirlo hacía un año, en Irak. El sentimiento del amor había muerto allí.

El ojo izquierdo de Rita estaba tan hinchado que ni siquiera podía abrirlo y tenía el labio tumefacto y partido por el centro. Fern estaba sentada a su lado, sujetándole el hielo en la cara mientras se preguntaba cuántas veces más le habría pasado lo mismo y se lo habría ocultado a sus amigos.

—He llamado a la *poli*. Barry, el tío de Becker, ha venido y se lo ha llevado, pero no creo que lo acusen de nada —dijo Rita de forma sombría. Tenía el pelo rubio de un tono apagado, y la fatiga le había creado sombras y surcos en la cara que no tendrían que estar allí. Parecía tener cuarenta años.

—¿Quieres venirte a mi casa? Mis padres dejaran que Ty y tú os quedéis tanto tiempo como queráis. —Por desgracia, Rita ya había ido a casa de los Taylor antes y siempre había acabado volviendo con Becker.

—No pienso marcharme esta vez. Que se vaya él, yo no he hecho nada —contestó Rita, que levantó el labio inferior a modo de desafío. Sin embargo, sus ojos llenos de lágrimas contradecían sus valientes palabras.

—Pero… es peligroso —contestó Fern con suavidad.

—Será bueno un tiempo. Estará súper arrepentido y se comportará mejor que nunca. Y yo empezaré a hacer planes; he estado ahorrando. Mi madre y yo cogeremos al pequeño Ty y nos largaremos. Pronto. Y a Becker que le den.

Ty lloriqueaba mientras dormía y escondía la cara en el pecho de su madre. Para tener dos años era pequeño. Eso era bueno, porque Rita lo llevaba en brazos a todas partes, como si tuviera miedo de dejarlo en el suelo.

—Tengo solo veintiún años, Fern. ¿Cómo me las he apañado para meterme en un lío como este? ¿Cómo he podido elegir tan mal?

No era la primera vez que Fern se alegraba de haberse desarrollado más tarde y de haber podido pasar desapercibida por ser pequeña y del montón. Era como si la reputación de patito feo le hubiera servido de campo de fuerza y hubiera mantenido el mundo exterior a raya; eso le había permitido crecer, encontrar su identidad y darse cuenta de que había cosas más importantes que la apariencia.

Como Rita no esperaba que Fern contestara, siguió hablando:

—¿Sabes que soñaba con Bailey y con que encontrarían una cura para que pudiera caminar? Entonces nos casaríamos y viviríamos felices y comeríamos perdices. Mi madre se dejó la piel cuidando de mi padre después de que tuviera el accidente, y él no era feliz. Padecía mucho dolor, y eso le hacía ser cruel. Yo sabía que no era tan fuerte, así que a pesar de que quería a Bailey, sabía que no era lo bastante fuerte como para quererlo si no podía caminar. Y rezaba porque se curara mágicamente. Un día lo besé, ¿lo sabías?

Fern abrió la boca sorprendida y dijo:

—¿En serio?

—Sí. Quería comprobar si había química.

—¿Y la hubo?

—Bueno... sí. A ver, él no tenía ni idea de lo que hacía, y yo lo pillé por sorpresa, creo. Hubo química. La necesaria para que me planteara que los besos podrían ser suficiente. Quizá estar con alguien que me quisiera y a quien yo quisiera podría haber sido suficiente. Pero me asusté. No fui lo suficientemente fuerte, Fern.

—Espera, ¿cuándo pasó esto? —preguntó Fern, que tomó una bocanada de aire.

—El penúltimo año de instituto, durante las vacaciones de Navidad. Estábamos viendo *pelis* en casa de Bailey, ¿te acuerdas? Te empezaste a encontrar mal y te fuiste a casa antes de que la *peli* acabara. El padre de Bailey lo había ayudado a salir de la silla y lo había sentado en el sofá. Estábamos riendo y hablando y... le cogí la mano. Y antes de irme a casa... lo besé.

Fern estaba anonadada. Bailey nunca se lo había contado, no había dicho ni una palabra. La cabeza le daba vueltas una y otra vez, como un ratón que corre en una rueda sin parar y nunca llega a ningún lugar.

—¿Solo os besasteis esa vez? —preguntó Fern.

—Sí. Después del beso me fui a casa y, después de las vacaciones de Navidad, cuando vi a Bailey, él hizo como si no hubiera pasado nada. Pensaba que lo había estropeado todo. Pensé que querría que fuera su novia; yo, en cierto modo, sí que quería serlo. Pero tuve miedo.

—¿Miedo de qué?

—Miedo de hacerle daño y de hacerle promesas que no podría cumplir.

Fern asintió. Lo entendía, pero estaba dolida por Bailey. Conociendo a Bailey, sabía que el beso habría sido algo muy importante para él. Lo había mantenido en secreto para proteger a Rita, quizá, o para protegerse a sí mismo.

—Entonces apareció Becker. Era muy pesado, y mayor, y supongo que... me dejé llevar.

—¿Y nunca habéis vuelto a hablar del tema?

—La noche antes de mi boda, Bailey me llamó y me pidió que no me casara.

—¿En serio? —preguntó Fern. Cuántas sorpresas en una sola noche.

—Sí. Pero yo le dije que era demasiado tarde. Además, Bailey es demasiado bueno para mí.

—No digas tonterías, Rita —espetó Fern sin pensar.

Rita se sacudió, como si Fern le hubiera dado una bofetada.

—Lo siento, pero eso es una excusa para tomar el camino fácil —añadió Fern sin rodeos.

—Ah, ¿sí? —contestó Rita—. Mira quién fue a hablar. Llevas toda la vida enamorada de Ambrose Young. Y ahora que ha regresado y tiene la cara y la vida hechas un desastre no veo que estés ensuciándote las manos.

Fern no supo qué decirle. Rita se equivocaba. La cara de Ambrose no era el motivo por el que no se acercaba a él. Pero ¿acaso importaba cuál fuera el motivo?

—Lo siento, Fern —dijo Rita en un suspiro, con lágrimas en los ojos—. Tienes razón, son tonterías. Mi vida es una mierda, pero intentaré cambiarla. Mejoraré, ya verás. Se acabaron las malas decisiones, Ty se merece algo mejor. Es solo que me gustaría... me gustaría que las cosas fueran diferentes entre Bailey y yo, ¿sabes?

Fern empezó a asentir, pero luego se lo pensó mejor y negó con la cabeza.

—Si Bailey no hubiera nacido con distrofia muscular no sería Bailey, el Bailey inteligente y sensible que entiende tantas cosas que nosotras no podemos entender. Quizá si Bailey hubiera sido un chico sano y hubiera luchado en el equipo de su padre como todos los demás chicos que conocemos no te habrías ni fijado en él. Bailey es especial, en gran parte, porque su vida lo ha convertido en alguien extraordinario... Puede que su físico no sea extraordinario, pero su corazón sí lo es. Bailey es como el *David* de Miguel Ángel por dentro, y cuando yo lo miro, y cuando tú lo miras, eso es lo que vemos.

17

Rebelarse

Dos días más tarde, Becker Garth entró en el supermercado como si su mujer no tuviera moretones y el olor de su camisa no hiciera evidente que había estado detenido en comisaria. Al parecer, sus contactos en el cuerpo de policía de Hannah Lake le habían sido muy útiles. Cuando llegó pavoneándose a la caja registradora en la que estaba Fern, le sonrió con descaro.

—Qué guapa estás hoy, Fern. —Bajó la mirada al pecho de la chica, luego le guiñó un ojo e hizo una pompa con el chicle que masticaba.

Fern siempre había pensado que Becker era un chico atractivo, pero la belleza no era suficiente para ocultar que, por dentro, solo era escoria, basura. A veces la basura se filtraba hasta la superficie y rezumaba por los bordes, como pasaba en ese instante.

Becker no esperaba que Fern respondiera, así que siguió caminando y dijo con la cabeza girada hacia atrás:

—Me ha dicho Rita que te pasaste por casa. Muchas gracias por el dinero; tenía que comprar cerveza. —Le enseñó a Fern el billete de veinte dólares que le había dejado a Rita sobre la encimera y lo agitó en el aire. Becker se dirigió al pasillo donde estaban las bebidas alcohólicas y desapareció.

Fern se enfureció. No tendía a enfadarse o a tener arrebatos, pero no pudo evitarlo. Se sorprendió de lo firme que sonó su voz cuando habló por megafonía:

—Atención, clientes, hoy tenemos unas ofertas estupendas en el supermercado Jolley. Los plátanos están de oferta, a solo setenta céntimos el kilo. Diez tetrabriks de zumo por solo un dólar. Además, en la panadería podréis encontrar doce galletas de azúcar por tres dólares con noventa y nueve. —Fern calló por un momento y apretó los dientes. No pudo reprimirse y añadió—: También me gustaría avisarles de que hay un gilipollas en el pasillo diez. Les aseguro que nunca han visto un espécimen tan gilipollas como este. Pega a su mujer y le dice que es fea y gorda a pesar de que es la mujer más guapa de la ciudad. Además, le gusta hacer llorar a su bebé y no es capaz de conseguir un trabajo estable. ¿Que por qué? ¡Lo han adivinado! Porque Becker Garth es un cabro...

—¡Serás zorra! —gritó Becker, que se acercaba por el pasillo diez con un *pack* de cerveza bajo el brazo y los ojos llenos de ira.

Fern puso el teléfono de la megafonía delante de ella, como si pudiera protegerla del hombre al que acababa de insultar públicamente. Los clientes no entendían qué ocurría. Algunos se reían de la exhibición audaz de la chica, otros fruncían el ceño, confundidos. Becker tiró el *pack* de cerveza, y algunas latas salieron disparadas de la caja y llenaron el suelo de espuma blanca. Becker corrió hacia Fern y le arrebató el teléfono de las manos de tal manera que el cable se soltó y pasó rápido como un látigo al lado de la cara de la chica. Fern se agachó de forma instintiva. Tenía la certeza de que Becker iba a usar el teléfono como si fuera un *nunchacku* para golpear todo lo que se le cruzara por el camino.

De repente, Ambrose estaba allí. Sujetó a Becker por el brazo y la espalda de la camiseta y retorció la tela entre las manos hasta que levantó a Becker del suelo. Las piernas le colgaban con impotencia y sacaba la lengua porque la camiseta lo asfixiaba. Entonces Ambrose lo lanzó, lo tiró como si pesara lo mismo que un niño. Becker aterrizó sobre las manos y los pies, se retorció como un gato al tocar el suelo, se levantó como si lo hubieran lanzado a tres metros de distancia y sacó pecho, como si fuera un gallo rodeado de gallinas.

—Ambrose Young, estas hecho una mierda, tío. Más vale que salgas corriendo antes de que la gente te confunda con un ogro y empiecen a seguirte con horcas. —Becker escupió y se colocó bien la camiseta mientras daba saltitos como un boxeador que está listo para entrar al *ring*.

Ambrose parecía un pirata. Llevaba la cabeza cubierta por un pañuelo rojo que se ponía siempre que trabajaba en la pastelería, cuando nadie lo veía. Todavía tenía el delantal atado alrededor del torso esbelto y tenía las manos cerradas en puños a ambos lados del cuerpo. Miraba fijamente a Becker. Fern quería saltar por encima del mostrador y tirar a Becker al suelo, pero había sido su impulsividad la que había armado el escándalo, y no quería complicarle más la vida a Ambrose.

Fern vio que los clientes, petrificados, miraban el rostro de Ambrose y se dio cuenta de que seguramente no lo habían visto desde que se había ido a Irak hacía dos años y medio. Como era normal en un pueblo tan pequeño, después de la tragedia habían corrido muchos rumores, exagerados, y habían dicho que tenía heridas espantosas, incluso grotescas. Pero las caras que no reflejaban asco, sino sorpresa y pena.

Jamie Kimball, la madre de Paul Kimball, que hacía cola en otra de las cajas registradoras, le miraba la mejilla llena de cicatrices con cara afligida. ¿Es que no había visto a Ambrose desde que había regresado? ¿No habían ido a visitarlo los padres de los chicos fallecidos? A lo mejor él no los había dejado entrar. Quizá era demasiado duro para ambas partes.

—Vete, Becker —murmuró Ambrose en el silencio del supermercado.

La versión instrumental de la canción *What a Wonderful World* sonaba para los clientes de la tienda, como si no hubiera problemas en Hannah Lake, aunque era evidente que sí los había.

—Si no te vas, te daré una paliza como la que te di en noveno. Pero esta vez te dejaré los dos ojos morados y no se te caerá solo un diente. Que mi cara no te confunda: tengo los puños en perfectas condiciones.

Becker escupió y se dio la vuelta. Miró a Fern, le apuntó a la cara con el dedo y le advirtió:

—Eres una zorra, Fern. No te acerques a Rita. Si te veo por mi casa, llamaré a la policía. —Becker dirigió su veneno a la chica e ignoró a Ambrose. Intentaba conservar la dignidad metiéndose con el oponente más débil, como siempre hacía.

Ambrose se abalanzó sobre él, lo volvió a coger por la camisa y lo empujó hacia las puertas automáticas de la parte delantera de la tienda. Las puertas se abrieron y Ambrose susurró a Becker al oído:

—Como vuelvas a llamar zorra a Fern o a amenazarla, te arrancaré la lengua y se la daré al chucho que tienes muerto de hambre y atado en el jardín. El que ladra cada vez que me ve. Y si le tocas un solo pelo a Fern o le levantas la mano a tu mujer o a tu hijo, te aseguro que te encontraré y te haré mucho daño. —Ambrose empujó a Becker, que cayó en el asfalto que había delante del supermercado.

Dos horas más tarde, cuando la tienda estaba vacía, ya no había rastro de las cervezas en el suelo y las puertas estaban cerradas, Fern se dirigió a la pastelería. El olor a levadura del pan, el cálido aroma de la mantequilla derretida y la fragancia del dulce azúcar del glaseado le dieron la bienvenida cuando entró por la puerta batiente que separaba a Ambrose del resto del mundo. El chico se sobresaltó al verla, pero continuó amasando y extendiendo el montón de masa gigante sobre la superficie enharinada y se colocó de tal manera que Fern le viera el perfil izquierdo, su perfil atractivo. Había una radio en un rincón por la que sonaba música *rock* de los ochenta, y la canción *Is This Love?* de Whitesnake les preguntaba si aquello era amor. Fern pensaba que quizá sí.

Los músculos de los brazos de Ambrose se tensaban y relajaban mientras hacía un círculo con la masa y la cortaba con un molde de galletas enorme. Fern lo observó moverse con ritmo tranquilo y seguro y decidió que le gustaba la vista de un hombre en la cocina.

—Gracias —dijo ella al fin.

Ambrose alzó la vista unos segundos y se encogió de hombros. Dijo algo ininteligible.

—¿De verdad le pegaste en noveno? Él era un alumno de último curso.

Volvió a refunfuñar.

—Era una mala persona... si es que se le puede llamar persona. Puede que el problema sea que no ha madurado todavía. Supongo que solo podemos esperar que sea mejor persona cuando madure —añadió Fern.

—Ya es hora de que tenga dos dedos de frente, que ya es mayorcito. La edad no es una excusa. Los chicos de dieciocho años ya son lo bastante adultos para luchar por su país; luchar y morir por él. Así que un desgraciado de veinticinco años como el asqueroso de Becker no puede excusarse en eso.

—¿Lo has hecho por Rita?

—¿Qué? —Miró a Fern, sorprendido.

—Bueno... antes te gustaba, ¿no? ¿Lo has echado de la tienda por eso?

—Lo he hecho porque alguien tenía que hacerlo —dijo Ambrose en pocas palabras. Por lo menos ya no farfullaba—. Y no me ha gustado que se encarara contigo. —Ambrose volvió a mirarla a los ojos un instante y se giró para sacar una bandeja enorme de galletas del horno—. Claro que tú le has provocado... solo un poco.

¿Estaba sonriendo? Sí. Fern le devolvió la sonrisa, encantada. Los labios de Ambrose se torcieron hacia un lado un segundo antes de volver a amasar otra vez.

Cuando Ambrose sonrió, el lado de la boca dañado por la explosión no se levantó tanto y eso hacía que tuviera una sonrisa torcida. Fern pensó que era adorable, pero, a juzgar por la frecuencia con la que Ambrose sonreía, seguro que él no pensaba lo mismo.

—Sí que lo he provocado. Creo que nunca antes había provocado a nadie. Ha sido... divertido —contestó Fern con un tono serio y honesto.

Ambrose se echó a reír y soltó el rodillo. La miró mientras sacudía la cabeza; esta vez no bajó la mirada ni se giró.

—¿Que nunca has provocado a nadie? Me suena haberte visto haciéndole muecas a Bailey Sheen cuando él tenía que hacer las estadísticas en un torneo de lucha muy importante. Tú le estabas haciendo reír, y el entrenador Sheen lo regañó, cosa muy poco habitual. Creo que eso cuenta como provocación.

—¡Ya me acuerdo de ese torneo! Bailey y yo jugábamos a un juego que nos habíamos inventado. ¿Nos viste?

—Sí, parecía que os lo estabais pasando bien... Deseaba poder cambiarme por uno de vosotros... solo por una tarde. Estaba celoso.

—¿Celoso? ¿De qué?

—El entrenador de Iowa estaba en el torneo y estaba tan nervioso que me encontraba mal. Vomité entre combate y combate.

—¿Estabas nervioso? Pero si ganaste todos los combates, nunca te he visto perder. ¿Por qué ibas tú a ponerte nervioso?

—Ser el campeón invicto implica mucha presión. No quería decepcionar a nadie. —Se encogió de hombros—. Bueno, háblame del juego. —Ambrose cambió de tema para no ser el centro de la conversación.

Fern se guardó la información que le había dado para examinarla detenidamente más tarde.

—Es un juego al que juego con Bailey. Es como el juego de adivinar *pelis* haciendo mímica, pero como Bailey no puede jugar, por razones obvias, inventamos un juego que se llama Muecas. Es una tontería, pero muy divertido. Consiste en comunicarse únicamente con expresiones faciales. Mira, te enseño. Yo pongo una cara y tú me dices qué siento.

Fern abrió la boca y los ojos de forma exagerada.

—¿Sorpresa?

Fern asintió y sonrió, luego abrió las aletas de la nariz y arrugó la frente a la vez que torcía la boca con repulsión.

—¿Algo huele mal?

Fern soltó una risita y volvió a cambiar la expresión. Ahora le temblaba el labio inferior y hacía pucheros. Se le llenaron los ojos de lágrimas.

—Madre mía, ¡se te da muy bien! —Ambrose reía a carcajadas y estaba tan distraído mirando a Fern que se olvidó completamente de la masa.

—¿Quieres probar? —Fern también reía y se enjugaba las lágrimas que había fabricado para hacer la mueca triste.

—No, no creo que mi cara quiera colaborar —dijo Ambrose en voz baja. No había ni rastro de vergüenza en su voz, ni de actitud defensiva.

Fern simplemente respondió en voz baja:

—Vale.

Pasaron unos minutos más juntos y luego Fern volvió a darle las gracias y le dio las buenas noches. A pesar del escándalo con Becker Garth, había sido una buena noche. Ambrose y ella habían hablado, hasta se habían reído juntos. Fern sintió como en su corazón se avivaba la esperanza.

Al día siguiente, cuando Fern llegó al trabajo vio que había una cita en la pizarra.

«Dios os ha dado una cara y os hacéis otra».

Hamlet otra vez. A Ambrose parecían gustarle los personajes atormentados.

Quizá era porque él mismo era también un personaje atormentado, pero Fern había conseguido hacerlo reír. Sonrió al recordar el día que Bailey y ella inventaron el juego Muecas.

2001

—Fern, ¿por qué tienes esa cara? —preguntó Bailey.

—¿Qué cara?

—La cara que pones cuando no consigues resolver algo. Bajas las cejas y arrugas la frente. Estás frunciendo el ceño.

Fern relajó la cara al darse cuenta de que estaba haciendo exactamente lo que Bailey había descrito.

—Estaba pensando en una historia que estoy escribiendo. No sé cómo acabarla. ¿Qué crees que quiere decir esta mueca? —Fern extendió los dientes inferiores hacia delante y se puso bizca.

—Pareces un dibujo animado que ha sufrido una muerte cerebral —respondió Bailey entre risas.

—¿Y esta? —Fern frunció los labios, levantó las cejas e hizo un gesto de dolor.

—Te has comido algo súper ácido —exclamó Bailey—. Déjame a mí. —Bailey pensó un minuto y luego relajó la boca y abrió los ojos a más no poder. Le colgaba la lengua por un lado, como si fuera un perro grande.

—Acabas de ver algo delicioso —adivinó Fern.

—Tienes que decir algo más concreto —dijo él. Volvió a hacer la mueca.

—Eh... Has visto una copa de helado. —*Fern lo volvió a intentar.*

Bailey metió la lengua en la boca y sonrió con descaro.

—No. Es la cara que pones cada vez que ves a Ambrose Young.

Fern golpeó a Bailey con el oso de peluche que había ganado en la feria del colegio en cuarto. Al muñeco se le rompió un brazo y el relleno raído voló en todas direcciones. Fern soltó el muñeco.

—Ah, ¿sí? ¿Y tú qué? Esta es la cara que pones cuando ves a Rita. —*Fern bajó una ceja y sonrió con superioridad. Intentaba imitar la cara de Rhett Butler en* Lo que el viento se llevó.

—¿Pongo cara de estar estreñido cuando veo a Rita? —*preguntó, asombrado.*

Fern bufó y se le escapó la risa por la nariz. Cogió un pañuelo para limpiarse.

—No te culpo por que te guste Ambrose —dijo Bailey, serio de repente—. Es el tío más guay que conozco. Si pudiera ser cualquier persona del mundo, sería él. ¿Quién serías tú?

Fern se encogió de hombros. Se preguntaba, como siempre había hecho, qué se sentía al ser guapa.

—No me importaría tener el aspecto de Rita —contestó con sinceridad—. Pero creo que me gustaría seguir siendo yo en el interior. ¿Tú también?

Bailey pensó unos instantes y contestó:

—Sí, soy estupendo. Aunque Ambrose también. No me importaría ser él.

—Yo solo me cambiaría la cara —respondió Fern.

—Pues es la cara que te ha dado Dios —intervino Rachel Taylor desde la cocina.

Fern puso los ojos en blanco. Su madre tenía un oído muy agudo; a pesar de tener sesenta y dos años, no se le escapaba una.

—Pues si pudiera, me haría otra, para que Ambrose no fuera demasiado guapo para siquiera mirarme —añadió la niña.

Por aquel entonces, Fern no tenía intención de citar a Shakespeare, pero era cierto que Ambrose era demasiado guapo para fijarse en ella.

Fern se preguntaba por qué Ambrose usaba las citas que usaba hasta que vio la vitrina de la pastelería. Chilló como una niña pequeña que ve en persona a su cantante de pop favorito y luego empezó a reír. Había montones de galletas de azúcar con glaseados de colores pastel. Cada galleta tenía garabateada con glaseado negro una mueca diferente: ceños fruncidos, sonrisas, caras enfadadas... Eran emoticonos comestibles.

Fern compró unas cuantas de sus favoritas y se preguntó cómo podría comérselas y mucho menos dejar que otro lo hiciera. Quería guardarlas para siempre para recordar la noche que hizo reír a Ambrose Young. Quizá tener una cara rara no era tan malo después de todo.

Fern encontró un rotulador y escribió en la pizarra, debajo del mensaje de Ambrose: «¿Hacer galletas o hacer muecas?». Rodeó «galletas» para que Ambrose supiera que había visto su gesto. A continuación, añadió una carita sonriente.

18

Comer tortitas cada día

A la noche siguiente, cuando Ambrose llegó al trabajo había otro mensaje en la pizarra: «¿Tortitas o gofres?».
Ambrose señaló las tortitas. Una hora más tarde, Fern estaba en la puerta de la panadería. El pelo alborotado le caía por la espalda y llevaba una camiseta rosa pálido, vaqueros blancos y sandalias. Se había quitado el uniforme azul del supermercado Jolley y se había puesto un poco de brillo de labios. Ambrose se preguntó si sería de los de sabores y desvió la mirada.
—Hola. Eh... A mí también me gustan las tortitas. —Fern se estremeció como si hubiera dicho algo muy embarazoso o estúpido.
Ambrose se dio cuenta de que a la chica todavía le daba un poco de miedo hablar con él, y no podía culparla. No había sido especialmente amable y daba un poco de miedo.
—No trabajas mañana por la noche, ¿verdad? ¿Los sábados y domingos por la noche no trabaja la señora Luebke? —preguntó de golpe como si hubiera ensayado el discurso.
Él asintió y esperó.
—¿Quieres venir conmigo y con Bailey a comer tortitas? A veces vamos a Larry's a medianoche. Comer tortitas cuando ya ha pasado la hora de irse a dormir nos hace sentirnos mayores. —Fern le lanzó una sonrisa encantadora, de esas que no pueden ensayarse porque solo salen de forma natural, y Ambrose se dio cuenta de que tenía un hoyuelo en la mejilla derecha. No podía apartar la mirada de ese pequeño hueco en la piel blanca, que desapareció cuando su sonrisa se apagó.

—Eh, claro —respondió Ambrose rápidamente al darse cuenta de que estaba tardando demasiado en contestar. Se arrepintió enseguida de sus palabras: no quería ir a Larry's. Alguien podría verlo y sería incómodo.

El hoyuelo había vuelto. Fern sonrió y se balanceó.

—Vale. Eh… Te recojo a medianoche, ¿de acuerdo? Tenemos que ir con la furgoneta de la madre de Bailey porque… bueno… por la silla de ruedas. Vale, adiós. —Fern se volvió y se marchó dando un traspié; Ambrose le sonrió mientras se marchaba. Era sumamente adorable. Se sintió como si tuviera trece años y tuviera su primera cita en la bolera.

Había algo muy reconfortante en comer tortitas a medianoche. El olor a mantequilla caliente, sirope de arce y arándanos golpeó a Ambrose como si fuera un viento huracanado y el chico gimió ante el placer de comer comida basura a esas horas. Casi era suficiente para hacer desaparecer su temor a las miradas curiosas y a la gente que fingía que su aspecto no tenía nada de malo. Bailey los guio al interior del tranquilo comedor y se dirigió rápidamente a una mesa que había en un rincón a la que podía acceder con la silla de ruedas. Fern iba justo detrás, y Ambrose iba el último; no quería mirar a la derecha, ni a la izquierda, ni contar cuántos clientes había en el local. Por lo menos las mesas que había a su alrededor estaban vacías. Fern se detuvo para que Ambrose escogiera su asiento, y él, agradecido, se sentó en un banco que le permitía mostrar solo el lado izquierdo de la cara. Fern se sentó frente a él y dio unos saltitos en el asiento, igual que hace un niño cuando se sienta en algo con muelles. Ambrose tenía las piernas muy largas y se chocaban con las de ella bajo la mesa. Al notar el calor de sus delgadas pantorrillas contra las de él, se agitó. Ella no se apartó.

Bailey maniobró con la silla hasta colocarse al extremo de la mesa. Le llegaba a la altura del pecho, lo cual, según él, era perfecto. Fern le apoyó los brazos con cuidado encima de la mesa, para que cuando llegara la comida pudiera inclinarse hacia delante, apoyarse en el borde y acercársela a la boca. Ella pidió por los dos: estaba claro que Bailey confiaba en que ella supiera lo que quería.

La camarera parecía tomárselo con calma. Ambrose se dio cuenta de que formaban un trío peculiar. Era casi medianoche y el restaurante estaba casi vacío, tal y como Fern había prometido, pero veía su reflejo en las ventanas que rodeaban la mesa y eran un cuadro de lo más gracioso.

Ambrose se había cubierto la cabeza con un gorro de lana negro y llevaba una camiseta de manga corta, también negra. Eso, unido al tamaño y a la cara llena de cicatrices, hacía que diera todavía más miedo y, si no lo acompañaran un chico en silla de ruedas y una pelirroja con coletas, parecería un personaje salido de una película de miedo.

La silla de ruedas de Bailey quedaba más baja que los bancos de la mesa y hacía que pareciera pequeño y jorobado, y aparentase mucho menos de los veintiún años que tenía. Llevaba un suéter del equipo de los Hoosiers y una gorra de béisbol puesta del revés le cubría el pelo castaño claro. Fern llevaba el pelo recogido en dos coletas que le caían por los hombros y se le rizaban a la altura del pecho. Llevaba una camiseta de color amarillo ceñida en la que ponía que no era bajita, solo compacta. Ambrose se sorprendió a sí mismo estando de acuerdo con la camiseta, y por un momento se imaginó lo divertido que sería besarla cuando reía y estrechar su cuerpo pequeño entre los brazos. Se parecía a Mary Anne de *La isla de Gilligan,* solo que con el pelo pelirrojo. Era una combinación interesante. Ambrose se abofeteó mentalmente y se deshizo de esa idea. Estaban comiendo tortitas con Bailey, no era una cita. Al final no habría beso de despedida. Ni ahora, ni nunca.

—Espero que no tarden mucho en traer la comida, me muero de hambre —suspiró Fern, que sonrió alegremente cuando la camarera se marchó tras haberles tomado nota. La tenue lámpara que oscilaba sobre sus cabezas no le iba a permitir ocultar nada a Fern, que estaba sentada justo delante, pero no había nada que pudiera hacer al respecto. Podía pasarse el resto de la comida mirando por la ventana, para mostrarle su mejilla buena, pero él también tenía hambre… y estaba harto de darle tanta importancia.

Ambrose no había estado en Larry's desde la noche de después de haber ganado el campeonato el último año de instituto. Aquella noche la había pasado rodeado de amigos y habían comido hasta reventar. Todo luchador sabe que nada sienta tan bien como comer sin temor a la báscula. La temporada había finalizado oficialmente y la mayoría ya no tendría que volver a pesarse. Pronto les golpearía la realidad de que todo había terminado, pero aquella noche lo celebraron. Igual que Bailey, él tampoco necesitaba leer la carta.

Cuando les sirvieron las tortitas, Ambrose hizo un gesto silencioso a sus amigos a modo de brindis y dejó que el sirope bautizara su recuerdo. La mantequilla y el sirope se derramaron por el lateral y él los recogió con la cuchara y volvió a colocarlos sobre la pila de tortitas, solo para verlos perder la forma y volver a caer en cascada una vez más. Comió sin contribuir a la conversación, aunque Bailey ya hablaba por los tres, y Fern se conformaba con continuar la conversación cuando el chico tragaba. Bailey se manejaba bastante bien comiendo sin ayuda, aunque de vez en cuando se le resbalaban los brazos y Fern se los tenía que volver a apoyar en la mesa. Cuando acabó, Fern lo ayudó a colocar las manos en el reposabrazos de la silla. Bailey le comunicó que había otro problema.

—Fern, me pica muchísimo la nariz. —Bailey intentaba mover la nariz para aliviar el malestar.

La chica le levantó el brazo a Bailey, sujetándole el codo, y le acercó la mano a la nariz para que pudiera rascársela a su voluntad. Luego le volvió a colocar la mano en el regazo.

Vio que Ambrose los miraba y le dio una explicación innecesaria:

—Si se la rasco yo, nunca le rasco donde quiere. Es mejor que le ayude a hacerlo él mismo.

—Sí. Ya lo dicen: «Dale un pez a un hombre, y comerá hoy. Dale una caña y enséñale a pescar, y comerá el resto de su vida» —dijo Bailey—. Creo que tenía sirope en los dedos, ¡tengo la nariz pegajosa!

Bailey rio y Fern puso los ojos en blanco. Mojó la punta de su servilleta en el vaso de agua y limpió la nariz a su primo dando toquecitos.

—¿Mejor?

Bailey arrugó la nariz, en busca de restos de sirope.

—Creo que ya está. Llevo años intentando lamerme la nariz con la lengua, Ambrose, pero no he tenido la suerte de nacer con una lengua especialmente larga.

Bailey le enseñó a Ambrose lo cerca que estaba de meterse la punta de la lengua en la fosa nasal izquierda. Ambrose sonrió ante los intentos de Bailey y porque bizqueaba al mirarse la nariz atentamente.

—Ambrose, ¿vienes con nosotros mañana? Vamos a ir a la sesión doble del autocine de Seely. Fern se encargará de traer las sillas plegables y algo para picar, y yo me llevaré a mí mismo. ¿Qué me dices?

En Seely había un viejo autocine que seguía siendo la atracción principal en verano. Muchos se hacían un par de horas en coche solo para disfrutar de una película tumbados en la parte de atrás de sus camionetas o sentados en los asientos delanteros de sus coches.

Todo estaría oscuro y nadie lo vería. Sería… divertido. Casi oía a sus colegas reírse de él por juntarse con Bailey y Fern. ¡Cómo caen los poderosos!

Ambrose no era capaz de prestarle atención a la pantalla. El sonido era de mala calidad y el altavoz le quedaba más cerca del oído malo, por lo que le resultaba difícil oír lo que decían. Debería haberlo mencionado cuando colocaron las sillas, pero quiso sentarse a la derecha de Fern para que ella estuviera a su lado izquierdo y no había dicho nada. Fern estaba sentada entre Bailey y él y se aseguraba de que Bailey tuviera todo lo que necesitara: le aguantaba la bebida para que bebiera con la pajita y se encargaba de que siempre tuviera palomitas. Al final, Ambrose dejó de prestar atención a la película y se centró en lo bien que se sentía al estar en el exterior: el viento despeinaba el cabello de Fern, el olor a palomitas flotaba a su alrededor, se respiraba el verano en el aire. El verano anterior lo había pasado en el hospital. Y el anterior, en Irak, pero no quería pensar en eso, no en ese momento. Apartó a un lado ese pensamiento y se centró en la pareja que tenía al lado.

Bailey y Fern se lo pasaban en grande, se reían y escuchaban con atención. A Ambrose le sorprendía su inocencia y su manera de apreciar hasta las cosas más pequeñas. Hubo un momento en que Fern rio tan fuerte que resopló por la nariz y su risa sonó como un rebuzno. Bailey se rio de ella a carcajadas y se pasó el resto de la película resoplando de vez en cuando para burlarse de ella. Esta se volvía hacia Ambrose y ponía los ojos en blanco, como si necesitara apoyo moral para combatir al lunático que tenía sentado a su izquierda.

Casi al final de la primera sesión empezaron a llegar las nubes, así que se canceló la segunda sesión debido a la tormenta inminente. Cuando empezó a tronar y las primeras gotas comenzaron a caer con fuerza sobre el parabrisas, Fern se apresuró a recoger las sillas y la basura, y a subir a Bailey por la rampa de acceso al vehículo.

Justo después de la medianoche, pararon en una gasolinera de las afueras de Hannah Lake y, antes de que Ambrose se ofreciera, Fern salió de la furgoneta, cerró la puerta bajo la lluvia torrencial y corrió hacia el interior para pagar la gasolina. Era muy eficiente, y Ambrose se preguntaba si Fern creía que debía cuidar de él del mismo modo que cuidaba de Bailey. La idea lo repugnaba. ¿Era esa la imagen que daba?

—Fern tiene el síndrome de la chica fea —dijo Bailey de repente—. También conocido como SCF.

—Fern no es fea —respondió Ambrose, que se distrajo momentáneamente de sus pensamientos deprimentes y frunció el ceño de tal manera que las cejas parecieron taparle los ojos.

—Ya no, pero antes lo era —contestó Bailey sin rodeos—. Tenía los dientes torcidos y llevaba aquellas gafas con los cristales gruesos. Siempre tan delgada y pálida... No era nada atractiva.

Ambrose lanzó una mirada llena de disgusto al primo de Fern con la cabeza girada y Bailey lo sorprendió riéndose.

—No puedes pegar a un hombre en silla de ruedas, Ambrose. Era broma, solo quería saber qué decías. No estaba tan mal. Sin embargo, ha crecido pensando que era fea y no se da cuenta de que hace mucho tiempo que dejó de serlo. Ahora es preciosa.

Y es igual de hermosa por dentro, es un efecto secundario del síndrome. Verás, las chicas feas tienen que desarrollar su personalidad y su inteligencia porque no pueden apañárselas con su aspecto, como tú y yo, es decir, la gente guapa. —Bailey sonrió con picardía y movió las cejas—. Fern no tiene ni idea de lo guapa que es, y eso es lo que la hace todavía mejor. Asegúrate de conquistarla antes de que se dé cuenta de lo atractiva que es, Brosey.

Ambrose le lanzó una mirada amenazadora a Bailey. No quería que lo manipularan, ni siquiera Bailey Sheen. Salió de la furgoneta sin responder al comentario de Bailey y rodeó el vehículo hasta colocarse junto al depósito, ya que no quería que Fern echara gasolina bajo la lluvia mientras él permanecía sentado en el asiento del acompañante. Era principios de junio y la lluvia no era fría, pero caía con fuerza y lo empapó al instante. Fern salió corriendo de la gasolinera y lo vio esperando junto a los surtidores.

—Ya lo hago yo, Ambrose. ¡Vuelve al coche! ¡Te estás empapando! —chilló ella, mientras se dirigía a él esquivando los charcos.

Ambrose vio aparecer la cantidad en el monitor del surtidor de gasolina, retiró la tapa del depósito e introdujo la boquilla. Fern se quedó a un lado. La lluvia le caía por la cara, pero no quería que se mojara solo. Por desgracia, con la enfermedad de Bailey, estaba acostumbrada a encargarse del trabajo duro. Sin embargo, él no era Bailey.

—Entra en la furgoneta, Fern. Sé echar gasolina —gruñó él. La camiseta se le pegaba al cuerpo, y Ambrose estaba disfrutando de las vistas. Apretó los dientes y sujetó la manguera con más fuerza. Parecía que cada vez que estaba con ella pasaba todo el tiempo evitando mirarla.

Una camioneta vieja se detuvo al otro lado del surtidor y Ambrose agachó la cabeza instintivamente. Oyó un portazo y, tras él, una voz familiar.

—¿Ambrose Young? ¿Eres tú?

Ambrose se volvió a regañadientes.

—¡Eres tú! ¡Vaya! ¿Qué tal estás, chaval? —Era Seamus O'Toole, el padre de Beans.

—Señor O'Toole. —Ambrose inclinó la cabeza formalmente y extendió la mano con la que no estaba echando gasolina.

Seamus O'Toole le estrechó la mano, recorrió con la mirada el rostro de Ambrose y se estremeció ligeramente por lo que vio. Después de todo, la cara de Ambrose también había sufrido el efecto de la bomba que acabó con la vida de su hijo. Le temblaron los labios y soltó la mano de Ambrose. Se dio la vuelta, se acercó al vehículo y le habló a la mujer que estaba sentada en el asiento del copiloto. La manguera emitió un chasquido, indicando que el depósito estaba lleno, y Ambrose deseó darse la vuelta y echar a correr mientras Seamus estaba de espaldas.

Luisa O'Toole salió del coche y se acercó a Ambrose, que había dejado la manguera en su sitio y esperaba con las manos en los bolsillos. Era una mujer pequeña, un par de centímetros más bajita que Fern: debía de medir como máximo un metro y medio. Beans había heredado la estatura de ella. También había algo de él en los rasgos delicados de la mujer. Ambrose sintió nauseas. Debería haberse quedado en casa. Luisa era tan intensa como dócil su marido. Beans decía que su madre era el motivo por el cual su padre bebía cada noche: el alcohol era la única manera de lidiar con ella.

Luisa pasó junto al surtidor, se detuvo frente a Ambrose y alzó el rostro hacia la lluvia para mirarlo a los ojos. No dijo nada, ni Ambrose tampoco. Fern y Seamus los observaban sin saber muy bien qué decir o qué hacer.

—Es culpa tuya —dijo Luisa al final, con la voz quebrada y un marcado acento mexicano—. La culpa es tuya. Le dije que no fuera. Y fue, por ti. Y ahora está muerto.

Seamus balbuceó y se disculpó, llevándose a su mujer del brazo. Sin embargo, ella se soltó y se volvió hacia la camioneta, sin mirar a Ambrose mientras se subía y cerraba la puerta tras ella con firmeza.

—Es solo que está triste, chaval. Lo echa de menos. No lo dice en serio —dijo Seamus con suavidad. Pero ambos sabían que mentía. Le dio unas palmaditas a Ambrose en la mano e inclinó la cabeza hacia Fern, luego regresó a la camioneta y se alejó sin echar gasolina.

Ambrose se quedó quieto, con la camiseta empapada y el gorro de lana negro pegado a la cabeza. Se lo quitó y lo lanzó hacia el otro lado del aparcamiento, porque era lo único que podía hacer para desfogarse. Se dio la vuelta y comenzó a andar para alejarse de Fern y de la terrible escena que acababa de suceder.

Fern corrió tras él, resbalándose y patinando, mientras le pedía que esperara. Pero él siguió andando y la ignoró; necesitaba escapar. Sabía que no iría tras él; Bailey esperaba en la furgoneta junto a los surtidores y era incapaz de volver a casa por sí mismo.

19
Terminar un puzle de mil piezas

Ambrose llevaba andando casi media hora. Se dirigía a casa, dándole la espalda a la lluvia, dejando que le cayera por la parte trasera de la camiseta y le mojara los vaqueros. Los pies le chapoteaban dentro de las botas a cada paso. Desearía no haber tirado el gorro. De vez en cuando, la luz de una farola le iluminaba la cabeza calva y hacía que se sintiera expuesto y vulnerable, incapaz de taparse. La cabeza le preocupaba más incluso que el rostro, lo hacía sentirse todavía más como un bicho raro que las marcas y las cicatrices. Por eso, cuando las luces de los coches parecían acercarse y reducir hasta detenerse, las ignoraba, con la esperanza de que su aspecto los ahuyentara e hiciera que se lo pensaran dos veces antes de molestarlo o, peor aún, ofrecerse a llevarlo en coche.

—¡Ambrose! —Era Fern, y parecía asustada y molesta—. ¿Ambrose? He llevado a Bailey a casa. Por favor, entra en el coche. Te llevaré donde quieras, ¿vale?

Había cambiado de coche después de llevar a Bailey a casa. Conducía el sedán viejo de su padre. Ambrose lo había visto aparcado delante de la iglesia desde que tenía memoria.

—¿Ambrose? No pienso dejarte aquí. ¡Te seguiré toda la noche si hace falta!

Ambrose suspiró y la miró. Se había inclinado sobre el asiento para mirar desde la ventanilla del copiloto mientras lo seguía lentamente. Tenía la cara pálida y la camiseta todavía se le pegaba a los pechos. No había perdido ni un segundo en cambiarse la ropa mojada antes de ir a buscarlo.

Algo en él debió darle a entender que había ganado, porque redujo la velocidad hasta detenerse y desbloqueó las puertas mientras él llevaba la mano hacia el tirador. El calor que irradiaba la calefacción lo envolvió como si fuera una manta eléctrica y lo hizo temblar. Fern se inclinó hacia él y le frotó los brazos con rapidez, como si fuera Bailey y lo hubiera rescatado de una ventisca, como si ella no estuviera empapada también. Aparcó el coche y se inclinó para coger algo de los asientos traseros.

—Toma, ¡tápate con esto! —dijo, y dejó caer una toalla en su regazo—. La he cogido cuando he cambiado de coche.

—Fern, déjalo. Estoy bien.

—¡No estás bien! ¡No debería haberte dicho todo eso! ¡La odio! ¡Voy a ir a tirar piedras a su casa y le romperé las ventanas! —A Fern se le quebró la voz y él se dio cuenta de que estaba a punto de llorar.

—Perdió a su hijo, Fern —contestó Ambrose con suavidad.

Al decir la verdad, su propia ira pareció desvanecerse. Cogió la toalla que le ofreció Fern y la usó para secarle el pelo tal y como él solía secarse su propia melena, envolviéndolo y estrujando para que la toalla absorbiera la humedad. Ella se quedó quieta; era obvio que no estaba acostumbrada a que un hombre le tocara el pelo. Ambrose siguió a lo suyo. Fern permaneció sentada en silencio, con la cabeza inclinada hacia él, y le dejó continuar.

—No he visto a nadie. Ni a la familia de Grant, ni a la de Jesse. No he visto a Marley ni al hijo de Jesse. La madre de Paulie me mandó una cesta cuando estaba en el hospital, pero no podía abrir la boca, así que regalé casi todo lo que había dentro. También me mandó una postal. Decía que esperaba que me recuperara pronto. Creo que es como Paulie. Dulce. Compasiva. Tampoco la he visto desde que volví, a pesar de que trabaja en la pastelería. Hoy ha sido la primera vez que he tenido contacto con alguna de las familias, y ha ido tal y como me esperaba. Y francamente, es lo que me merezco.

Fern no se lo discutió. A él le pareció que quería hacerlo, pero entonces suspiró y le rodeó las muñecas con las manos para apartarle las manos del pelo.

—¿Por qué fuiste, Ambrose? ¿No obtuviste una beca? Quiero decir, comprendo el patriotismo y querer servir a tu país, pero... ¿no querías dedicarte a la lucha libre?

Nunca le había contado aquello a nadie, nunca había verbalizado cómo se sentía por aquel entonces. Decidió comenzar por el principio.

—Estábamos en el fondo del auditorio... Beans, Grant, Jesse, Paulie y yo. Estuvieron riéndose y haciendo bromas durante toda la presentación a costa del reclutador del ejército. No por faltarle al respeto, no. Era sobre todo porque sabían que nada que les pudiera deparar el ejército sería peor que los entrenamientos de lucha libre del entrenador Sheen. Todo luchador sabe que no hay nada peor que estar hambriento, cansado, tener agujetas y que al final de un duro entrenamiento te digan que tienes que dar vueltas a la pista. Y saber que si no te dejas la piel decepcionarás a tus compañeros porque el entrenador pondrá a todo el mundo a correr otra vez si ve que no te esfuerzas. Alistarse en el ejército no podía ser peor que una temporada de lucha libre. De ninguna manera.

»Alistarnos no nos dio miedo, no del modo en que asusta a muchos otros. Para mí, era la oportunidad perfecta para huir, para pasar un poco más de tiempo con los chicos. No quería ir a la universidad, al menos no tan pronto. Sentía que toda la ciudad dependía de mí y que, si la cagaba o no me iba bien en la Universidad Estatal de Pensilvania, decepcionaría a todo el mundo. Me gustaba la idea de ser otro tipo de héroe. Siempre había querido ser un soldado, solo que nunca se lo había dicho a nadie. Pensé que después del 11S era lo correcto, así que convencí a los chicos para que se alistaran.

»Beans fue el más fácil de convencer. Después, él convenció a los demás. Paulie fue el último en alistarse. Durante cuatro años había hecho lo que nosotros queríamos, se había dedicado a la lucha libre. Verás, la lucha libre nunca fue su pasión, pero se le daba muy bien y no tenía padre, así que el entrenador Sheen era el padre que nunca había tenido. Él quería ser músico e irse de gira por el mundo con su guitarra. Pero era un buen amigo y nos quería, así que al final vino con nosotros, como hacía siempre.

A Ambrose le tembló la voz y se frotó la mejilla con fuerza, como si quisiera borrar el final de su historia, cambiar lo que sucedió después.

—Así que fuimos todos. Mi padre lloró y me dio mucha vergüenza. Jesse se emborrachó la noche antes de irnos para la instrucción básica y dejó embarazada a Marley. Nunca conoció a su hijo. Tendría que ir a ver a Marley, pero no puedo. Grant fue el único que pareció tomárselo en serio. Me dijo que nunca había rezado tanto como la noche antes de irnos a Irak, y Grant rezaba mucho. Por eso ya nunca rezo, porque si Grant rezó tanto y aun así murió, no voy a perder el tiempo.

—Dios te salvó la vida —dijo Fern; después de todo, era hija de un pastor.

—¿Crees que Dios me salvó la vida? —replicó Ambrose con cara de incredulidad—. ¿Cómo crees que se siente la madre de Paul Kimball al oír eso? ¿O los padres de Grant? ¿O la novia de Jesse, o cómo se sentirá su hijo cuando sea lo suficientemente mayor para darse cuenta de que nunca conocerá a su padre? Ya sabemos cómo se siente Luisa O'Toole al respecto. Si Dios me salvó la vida, ¿por qué no salvó las suyas? ¿Es mi vida mucho más valiosa? Vale, yo soy especial… ¿Acaso ellos no lo eran?

—Claro que lo eran —protestó Fern, alzando la voz ante la vehemencia del chico.

—¿No lo entiendes, Fern? Es mucho más sencillo de comprender si Dios no tuvo nada que ver. Si no tuvo nada que ver, entonces puedo aceptar que la vida es así. Que nadie es especial, pero tampoco nadie deja de serlo. ¿Entiendes lo que quiero decir? Puedo aceptar eso. Lo que no puedo aceptar es que haya respuesta a algunas plegarias y no a otras. Eso me cabrea, me irrita… ¡Incluso me desespera! Y no puedo vivir así.

Fern asintió y permitió que el discurso calara en el interior empañado del coche. No discutió con él, pero tras una pausa decidió intervenir.

—Mi padre siempre cita un pasaje de la biblia, que le da la respuesta cuando no entiende algo. La he oído tantas veces en mi vida que casi se ha convertido en un mantra —dijo Fern—. «Porque mis pensamientos no son vuestros pensamientos, ni vuestros caminos mis caminos —dijo Jehová—. Como son más altos los cielos que la tierra, así son mis caminos más altos que vuestros caminos, y mis pensamientos, más que vuestros pensamientos».

—¿Y eso qué quiere decir, Fern? —suspiró Ambrose, pero parecía haberse calmado.

—Supongo que quiere decir que no lo entendemos todo y que nunca podremos entenderlo. Tal vez aquí no obtendremos todas las respuestas. No porque no las haya, sino porque no las entenderíamos si las obtuviéramos.

Ambrose arqueó las cejas y esperó.

—Tal vez haya un propósito mayor, un cuadro del que solo somos una pequeña parte. Como en uno de esos puzles de mil piezas, ¿sabes? No hay forma de saber el aspecto que tendrá el puzle al final con solo mirar una de las piezas. Y no tenemos la imagen del exterior de la caja como referencia.

Fern sonrió con indecisión, dubitativa, preguntándose si lo que decía tenía sentido. Cuando Ambrose se quedó callado, continuó.

—Quizá cada uno de nosotros representa una pieza del puzle. Encajamos unos con otros y creamos esta experiencia a la que llamamos vida. Ninguno sabemos cuál es nuestro papel o de qué manera acabará todo. Tal vez los milagros que presenciamos son solo la punta del iceberg. Y tal vez no reconozcamos las bendiciones que surgen como consecuencia de las cosas más horribles.

—Eres una chica muy rara, Fern Taylor —dijo Ambrose con suavidad, y la miró a los ojos, con su ojo derecho ciego y con el izquierdo tratando de ver más allá de la superficie—. He visto los libros que lees. Esos que tienen en portada a chicas con las tetas casi al aire y chicos con la camiseta rota. Lees novelas románticas indecentes y citas las escrituras. Creo que no te entiendo del todo.

—La biblia me reconforta y las novelas románticas me dan esperanza.

—Ah, ¿sí? ¿Esperanza?

—Esperanza de que en un futuro cercano haré mucho más con Ambrose Young que citar la biblia. —Fern se ruborizó intensamente y se miró las manos.

Ambrose no supo qué decir. Después de un silencio incómodo, Fern puso el coche en marcha y se incorporaron a la carretera mojada.

Ambrose pensó en lo que Bailey había dicho, en que Fern padecía el síndrome de la chica fea. SCF. Tal vez Fern solo le tiraba los tejos porque era feo y ella creía, debido a su SCF, que no podía aspirar a más. O tal vez él había desarrollado el síndrome del chico feo y estaba dispuesto a recoger las migajas que cualquier chica guapa le lanzara. No obstante, Fern no le había lanzado migajas. Le había lanzado una galleta entera y estaba esperando a que él diera un mordisco.

—¿Por qué? —susurró con la vista al frente.

—¿Por qué qué? —Su voz era suave, pero él notó que estaba un poco avergonzada. Era evidente que no estaba acostumbrada a lanzarles galletas a los hombres, fueran feos o no.

—¿Por qué te comportas como si fuera el Ambrose de antes? Te comportas como si quisieras que te besara. Como si nada hubiera cambiado desde el instituto.

—Hay cosas que no han cambiado —contestó Fern en voz baja.

—¡Para tu información, Fern Taylor —rugió Ambrose mientras daba un golpe con la mano al salpicadero que hizo saltar a Fern—, todo ha cambiado! ¡Tú eres preciosa, yo soy espantoso, tú no me necesitas, pero yo a ti sí!

—Actúas como si la belleza fuera lo único que nos hace merecedores de ser amados —saltó Fern—. ¡No estaba... enamorada de ti solo porque fueras guapo!

Había hablado de amor, en voz alta, aunque había vacilado.

Dio un volantazo frente a la casa de Ambrose y quiso aparcar el coche antes de que se hubiera detenido del todo, lo que hizo que el coche diera una sacudida y chirriara.

Ambrose sacudió la cabeza como si no la creyera. Buscó el tirador de la puerta y Fern explotó. La ira la empujó a decir cosas que nunca habría dicho de no haber estado enfadada. Cogió a Ambrose del brazo y lo obligó a mirarla.

—He estado enamorada de ti desde que me ayudaste a enterrar aquella araña en mi jardín y cantamos la canción de la araña como si estuviéramos cantando un himno religioso. Te he querido desde que citaste a Hamlet como si lo entendieras, desde que dijiste que preferías las norias antes que las montañas rusas porque la vida no debería vivirse a toda velocidad, sino con expectación y apreciándola. Leí y volví a leer las cartas que le enviaste a Rita porque sentía como si hubieras abierto una puerta a tu alma y con cada palabra me abrieras tu corazón. No eran para mí, pero no me importaba. Amaba cada palabra, cada idea y te amaba a ti... muchísimo.

Ambrose había estado aguantando la respiración y emitió una especie de silbido cuando suspiró, con la mirada fija en Fern. Ella continuó, en un susurro:

—Cuando nos enteramos... de lo de la explosión en Irak... ¿Sabías que primero llamaron a mi padre? Fue con los oficiales del ejército a comunicárselo a las familias.

Ambrose negó con la cabeza. No lo sabía. Nunca había querido pensar en ese día, el día en que se lo habían comunicado a las familias.

—Y yo solo podía pensar en ti. —Fern intentaba contener las lágrimas y su tristeza hizo que el dolor se aferrara al pecho de Ambrose—. Se me partió el corazón por los demás... en especial por Paulie. Pero solo pensaba en ti. Al principio no sabíamos qué te había ocurrido. Me prometí a mí misma que, si volvías a casa, no me daría miedo decirte lo que sentía. Pero todavía me da miedo. Porque no puedo hacer que tú también me quieras.

Ambrose se acercó a ella y la estrechó entre sus brazos. Fue un abrazo incómodo, porque la palanca de cambios se interponía entre ellos, pero Fern apoyó la cabeza en su hombro, y Ambrose le acarició el pelo, sorprendido porque sentaba mejor consolar a alguien que ser consolado. Elliott y su madre, y también el personal del hospital, habían cuidado de él y lo habían consolado durante largos meses. Sin embargo, desde el ataque, nunca había consolado a nadie, nunca había ofrecido un hombro en el que llorar ni había intentado aliviar el dolor de los demás.

Al cabo de un rato, Fern se apartó y se secó los ojos. Ambrose no había dicho nada, no había revelado sus sentimientos ni respondido a su declaración de amor. Esperaba que ella no estuviera esperándolo. No tenía ni idea de cómo se sentía. En ese momento, estaba hecho un lío y no podía decir algo que no sintiera de verdad solo para que todo fuera más sencillo. Pero le asombraba su valentía y, más allá de su confusión y desesperación, la creía. Creía que lo quería, y eso lo hacía sentirse humilde. Tal vez algún día, cuando ya no estuviera hecho un lío, este momento lo ataría a ella. O, tal vez, el amor que Fern sentía por él lo liberaría.

20

Tener una mascota

Curiosamente, la confesión de Fern trajo la paz a la relación. Ambrose ya no intentaba ocultar el rostro constantemente ni esconderse en la cocina. Sonreía más a menudo y también reía. Fern descubrió que era un bromista. Algunas noches, después de que la tienda cerrara, incluso iba a buscarla. Un día se la encontró en la caja registradora, inmersa en una escena de amor.

Fern empezó a leer novelas románticas a los trece años. Todo comenzó cuando conoció a Gilbert Blythe del libro *Ana la de las de las tejas verdes* y quedó prendada de él. Quería volver a enamorarse una y otra vez. Entonces descubrió la editorial Harlequin. Si su madre hubiera sabido cuántas novelas prohibidas había leído el verano antes de empezar octavo curso, le habría dado algo y se habría desmayado encima de su infusión de poleo menta. A partir de ese verano, Fern tuvo un millón de novios literarios.

Ambrose le quitó el libro a Fern de las manos y lo abrió por donde ella estaba leyendo. Ella, avergonzada, lo agarró por el brazo. No quería que viera qué había captado su atención de tal manera. Él se puso el libro delante de la cara y la atrapó con el otro brazo, inmovilizándola como si fuera una niña de cinco años. Era imposible mover a Ambrose, que era fuerte como un toro, y los intentos de Fern por liberarse y recuperar el libro fueron inútiles, así que se dio por vencida y bajó la cabeza a modo de protesta. Contuvo la respiración, y eso provocó que el calor que irradiaban sus mejillas se le extendiera por toda la cara. Fern esperaba que el chico se echara a reír, pero en lugar de eso leyó en silencio durante unos minutos.

Ambrose, desconcertado, dijo:

—Vaya, qué interesante. —Aflojó el brazo un poco.

Fern se agachó y consiguió soltarse. Se llevó un mechón de pelo detrás de la oreja y evitó mirar a Ambrose a la cara:

—¿Qué te parece interesante? —preguntó con despreocupación, como si no se hubiera muerto de vergüenza hacía solo unos segundos.

—¿Lees cosas de estas muy a menudo? —Ambrose respondió con otra pregunta.

—¡Oye! No lo juzgues hasta que no lo pruebes —protestó Fern dócilmente. Se encogió de hombros, como si no se estuviera muriendo de vergüenza.

—A eso me refiero. —Ambrose clavó uno de sus largos dedos en el costado de Fern.

Fern se retorció y le golpeó la mano.

—Tú no has probado nada de esto, ¿no? —continuó.

Fern miró fijamente a los ojos del chico y abrió la boca para tomar aire.

—¿Fern? —insistió Ambrose, que tenía los ojos clavados en los de ella.

—¿Que si he probado qué? —musitó Fern.

—Déjame ver. —Ambrose pasó unas cuantas páginas—. ¿Qué tal esto de aquí? —Empezó a leer lentamente.

El corazón de Fern empezó a latir a toda velocidad cuando oyó la voz de Ambrose retumbar en su pecho.

—«La recostó sobre los cojines y le pasó los dedos por la piel desnuda a la vez que recorría con los ojos el camino que había hecho con la mano. Los pechos de ella se alzaron por la febril anticipación...».

Fern dio un golpe desesperado al libro, que se deslizó por el suelo y, después de pasar por debajo de varias cajas registradoras, acabó detrás de un carrito.

—¿Has probado esto?

Ambrose tenía una expresión muy seria y las comisuras de la boca hacia abajo. Estaba consternado. Sin embargo, le brillaba el ojo sano, y Fern supo que se reía de ella por dentro.

—¡Claro que sí! —fanfarroneó ella—. Muchísimas veces. Es... maravilloso, a mí me encanta. —Cogió un pulverizador y un paño de debajo del mostrador y empezó a rociar con el líquido y a pasar el trapo por encima de su zona de trabajo, que estaba impoluta.

Ambrose se acercó y le susurró al oído:

—¿Con quién?

Los rizos que se habían escapado de la coleta de Fern le hicieron cosquillas en las mejillas. Fern dejó de frotar y alzó la mirada, furiosa. Sus caras estaban solo a unos centímetros de distancia.

—Ambrose, ¡para ya! Esto me da mucha vergüenza.

—Lo sé, Fern —respondió, riendo entre dientes y mostrando su adorable media sonrisa—. No puedo evitarlo, ¡eres monísima!

Tan pronto como Ambrose pronunció esas las palabras, se enderezó y se dio media vuelta; parecía que el comentario coqueto lo hubiera sorprendido. Ahora él también estaba avergonzado. La música enlatada cambió y empezó a sonar un tema de Barry Manilow. Fern deseaba no haberle reñido. Debería haberlo dejado que se metiera con ella, se había mostrado tan desenfadado y juvenil... Ahora volvía a estar rígido y a darle la espalda para esconder la cara. Sin mediar ni una palabra más, Ambrose se dirigió a la pastelería.

—Ambrose, no te vayas —gritó Fern—, lo siento. Tienes razón, no he hecho ninguna de esas cosas. Tú has sido el único chico al que he besado, y estabas pedo, así que puedes meterte conmigo tanto como quieras.

Ambrose se detuvo y se giró un poco. Reflexionó sobre lo que le acababa de decir y preguntó:

—¿Cómo puede ser que una chica como tú... una chica a la que le encantan las novelas románticas y escribe cartas de amor geniales...? —A Fern se le paró el corazón—. ¿Cómo puede ser que hayas pasado por el instituto sin que te besaran?

Fern tragó saliva. El corazón le dio un vuelco y empezó a latir otra vez. Ambrose la miraba con atención. Esperaba a que respondiera.

—Bueno, no es tan difícil cuando eres pelirroja, tienes la estatura de una cría de doce años y llevas gafas y aparato en los dientes hasta el último curso. —Fern confesó la verdad con un tono irónico. Se daba por satisfecha con tal de que la desolación desapareciera de los ojos del chico.

Ambrose volvió a sonreír y relajó un poco el cuerpo.

—¿Así que el beso del lago fue tu primer beso? —preguntó él con vacilación.

—Sí. Mi primer beso fue con el único e inigualable Ambrose Young. —Fern sonrió y arqueó las cejas.

Sin embargo, al chico no le hizo ninguna gracia. No sonrió, sino que miró a Fern a la cara y le dijo:

—¿Te estás burlando de mí, Fern?

Fern sacudió la cabeza, desesperada, y se preguntó por qué siempre tenía que cagarla.

—¡No! Solo... solo era una broma. Quería hacerte reír otra vez.

—Supongo que es gracioso —dijo Ambrose—. El único e inigualable Ambrose Young, sí. Es algo de lo que presumir. Un beso de un capullo deforme al que la mitad del pueblo no se atreve a mirar. —Ambrose se dio la vuelta y entró en la pastelería sin mirar atrás. Barry Manilow lloraba por una chica llamada Mandy, y Fern quiso llorar con él.

Fern cerró la tienda a medianoche como hacía cada día de lunes a viernes. Nunca había tenido motivos para estar nerviosa o para replantearse su idea de cerrar la tienda a medianoche y volver a casa en bicicleta, que estaba atada junto a la puerta de empleados. Ni siquiera miraba de reojo cuando empujaba la pesada puerta de salida y la cerraba. Ya pensaba en el camino de vuelta y en el manuscrito que la esperaba en casa.

—¿Fern? —dijo una voz a su izquierda.

Fern no pudo reaccionar antes de que la empujaran contra la pared del lateral del edificio. Se golpeó la cabeza contra el muro e hizo un gesto de dolor a la vez que intentaba ver la cara del asaltante.

La parte delantera del aparcamiento del supermercado estaba muy poco iluminada, pero la entrada de empleados no estaba iluminada en absoluto. Fern nunca había pensado en poner una queja al respecto. La tenue luna tampoco aportaba mucha luz al entorno, sin embargo, identificó los hombros anchos de Ambrose y su cara sombría.

—¿Ambrose?

El chico tomó la cabeza de Fern entre las manos y le pasó los dedos por la zona que se había golpeado, en un intento de aliviarle el dolor que le había causado al empujarla contra la pared. Fern apretaba la cabeza, que apenas llegaba al hombro del chico, contra sus manos y alzaba la barbilla para intentar discernir la expresión de la cara que tenía delante. Pero la oscuridad escondía los propósitos del chico, y Fern se preguntó por un momento si era peligroso y si sus heridas eran más profundas de lo que parecían. El pensamiento no tuvo tiempo de cuajar porque Ambrose inclinó la cabeza y la besó.

Fern estaba conmocionada y sorprendida, y, por un momento, el miedo desapareció. Enseguida notó la sensación del roce de la boca de Ambrose contra la suya. Hizo una lista: el tacto de la barba incipiente en la mejilla izquierda, el sonido que hacía al exhalar, el calor de sus labios suaves y el toque de canela y azúcar, como si hubiera probado alguno de los dulces que había horneado. Estaba indeciso; la dulzura que lo caracterizaba no se correspondía con la agresividad que mostraba. Quizá pensó que ella lo apartaría, pero no lo hizo. Ambrose suspiró y le hizo cosquillas en los labios. Relajó las manos, que sujetaban la cabeza de Fern, las bajó hasta sus hombros y la acercó a él para besarla con firmeza.

Algo se desató en la parte baja del vientre de Fern, un tenue calor que se abría paso por las extremidades aturdidas de la chica y sus puños cerrados. Reconoció la sensación enseguida. Era deseo, anhelo. ¿Lujuria? Nunca antes había sentido lujuria, aunque había leído bastante al respecto. Sin embargo, vivirla en sus propias carnes era una experiencia completamente diferente. Fern alargó los brazos, tomó la cara de Ambrose entre las manos y la sujetó cerca de la suya con la esperanza de que no recobrara la cordura pronto. La chica se dio cuenta del contraste entre las dos mejillas, pero las ondulaciones y bultos que tenía en el lado derecho no tenían ninguna importancia cuando la besaba.

Se detuvo de golpe, apartó la cara de las manos de Fern y la cogió por las muñecas con sus grandes manos, como si la hubiera esposado. Fern buscó su cara en la oscuridad.

—Hala. Este ha sido mucho mejor que el primero —murmuró. Todavía tenía las manos alrededor de las de ella.

Fern estaba mareada por el contacto, embriagada por las sensaciones y sin palabras. Ambrose le soltó las muñecas, dio un paso atrás y se fue hacia la entrada de la pastelería sin ni siquiera despedirse de ella. Fern lo observó marcharse y vio cerrarse la puerta batiente a su espalda. Sintió que el corazón le daba un vuelco, como si fuera un cachorro que añora a su dueño cuando se va. Un beso nunca sería suficiente.

A la medianoche del día siguiente, Bailey entró en la pastelería como si fuera suya. Fern lo había dejado entrar, evidentemente, pero la chica no lo acompañaba. Ambrose se intentó convencer de que no estaba decepcionado. Bailey llevaba un gato, que corría al lado de la silla de ruedas como si fuera copropietario del lugar.

—No pueden entrar animales, Sheen.

—Voy en silla de ruedas, tío. ¿Me estás diciendo que no puedo llevar a mi gato lazarillo conmigo? Bueno, en realidad puede ser tu gato lazarillo, ya que estás ciego. Una de las ventajas de dar lástima es que suelo conseguir lo que quiero. ¿Has oído eso, Dan Gable? Te ha llamado animal. A por él, chico, ataca.

El gato, que olisqueaba una de las estanterías de metal, ignoró a Bailey.

—¿Tu gato se llama Dan Gable?

—Sí, Dan Gable Sheen. Lo tengo desde los trece años. Mi madre nos llevó a Fern y a mí a una granja y cada uno elegimos uno de una camada. Yo llamé al mío Dan Gable, y Fern llamó al suyo Nora Roberts.

—¿Nora Roberts?

—Sí. Una escritora. A Fern le encanta. Desgraciadamente, Nora Roberts se quedó preñada y murió en el parto.

—¿La escritora?

—¡No! La gata. Fern siempre ha tenido muy mala suerte con los animales. Los agobia con amor y cuidados, y ellos se lo agradecen estirando la pata. Tiene que aprender a hacerse la difícil.

A Ambrose le gustaba eso de ella, que no fingía. Pero no se lo iba a decir a Bailey.

—Estoy intentando que Dan Gable aprenda unos cuantos movimientos de lucha libre en honor a su tocayo. Por ahora solo sabe tirarse al suelo, pero bueno, es un movimiento básico, y ya es más de lo que yo puedo hacer —dijo Bailey entre risas.

Dan Gable era un luchador que había ganado una medalla de oro en las Olimpiadas, en las que no cedió ni un solo punto. Se graduó en la Universidad de Iowa con solo una derrota, fue entrenador de los Hawkeyes de Iowa y era una leyenda del deporte. Ambrose no creía que el luchador se sintiera especialmente halagado porque le hubieran puesto su nombre a un gato.

Dan Gable, el gato, se restregó contra la pierna de Ambrose, pero se detuvo al instante cuando Bailey se dio unos golpecitos en las rodillas con las yemas de los dedos. Entonces saltó al regazo de Bailey, que lo premió con caricias y halagos.

—Dicen que los animales son terapéuticos. La verdad es que la idea era que tuviera un perro, ya sabes, el mejor amigo del hombre. Un perro que me quisiera solo a mí, el niño que no puede caminar. Música triste, por favor. Pero mi madre dijo que no. Cuando se lo pregunté, se sentó a la mesa de la cocina y se echó a llorar.

—¿Por qué? —preguntó Ambrose, sorprendido. Por lo que él sabía, Angie Sheen era una madre buenísima. No parecía propio de ella negarle un perro a su hijo, que no podía caminar, que necesitaba un fiel compañero... Daba como para imaginárselo en un escenario rural, con luz tenue, una mañana de Navidad.

—¿Sabes que no puedo ni limpiarme el culo? —contestó Bailey, que miraba a Ambrose directamente a los ojos. No sonreía.

—Eh... Vale —respondió, incómodo.

—¿Sabes que si me inclino demasiado para coger algo no puedo volver a levantarme? Una vez estuve colgando hacia delante hasta que mi madre me encontró, media hora más tarde, cuando volvió de hacer unos recados, y me volvió a sentar.

Ambrose no dijo nada.

—¿Sabes que mi madre, que apenas pesa cincuenta y cinco kilos, tiene que cogerme por las axilas y moverme a la silla que tenemos en la ducha? Me lava, me viste, me cepilla los dientes, me peina... Lo hace todo. Por la noche, mi padre y ella se turnan para venir a darme la vuelta por la noche porque no puedo girarme y si paso mucho rato sobre un costado, me duele. Lo han hecho desde que tenía catorce años, todas las noches.

Ambrose sintió un nudo en la garganta. Bailey siguió hablando.

—Así que, cuando dije que quería un perrito se le rompió el corazón. No podía cuidar de nadie más, así que llegamos a un acuerdo. Los gatos no conllevan tanto trabajo. Tiene comida y una caja de arena en el garaje. Normalmente es Fern la que se encarga de alimentar a Dan Gable y de cambiarle la arena. Creo que cuando adoptamos a los gatos hizo un trato con mi madre. Nunca he conseguido sonsacárselo a ninguna de las dos.

—Joder. —Ambrose se pasó las manos por la calva. Estaba conmovido y consternado. No sabía qué decir.

—¿Cuándo vas a volver a luchar, Brosey? —Bailey usó el apodo por el que lo llamaban sus amigos. Ambrose pensó que lo había hecho a propósito—. Quiero volver a verte luchar. Tener un gato que se llame Dan Gable no es suficiente. —El gato maulló y se bajó del regazo de Bailey, como si el comentario lo hubiera ofendido.

—Hala, ya ha abandonado al tullido —dijo Bailey en tono dramático.

—No veo por el ojo derecho ni oigo por ese lado, Bailey. No veo si alguien viene por mi derecha. Joder, me inmovilizarían las piernas tan rápido que ni me enteraría de quién me ha golpeado. Además, la perdida del oído ha hecho que tenga un equilibrio de mierda. Y la verdad es que no me hace ilusión la idea de un estadio lleno de gente mirándome fijamente.

—¿Entonces qué vas a hacer? ¿Quedarte haciendo magdalenas?

Ambrose miró a Bailey. Este le devolvió la mirada.

—¿Cuánto peso levantas, Brosey?

—¿Puedes dejar de llamarme así?

Bailey parecía verdaderamente confundido.

—¿Por qué?

—Porque... bueno... llámame Ambrose.

—Bueno, ¿qué? ¿Ciento ochenta, doscientos kilos?

Ambrose tenía cara de enfadado.

—No me vas a decir que no has estado haciendo pesas, porque se nota que sí —continuó el chico—. Tienes una constitución fuerte por naturaleza, pero estás hecho polvo. Tienes un tamaño considerable y estás más fuerte.

Ambrose sacudió la cabeza y metió otra bandeja de magdalenas, sí, magdalenas, en el horno. No se podía creer que le estuviera diciendo eso un chico que no había levantado una pesa en su vida.

—¿De qué te sirve? Tienes un cuerpo fantástico, grande y fuerte. ¿Vas a quedártelo para ti solo? Tienes que compartirlo con el mundo, tío.

—Si no te conociera, pensaría que intentas ligar conmigo —dijo Ambrose.

—¿Te miras desnudo en el espejo mientras sacas músculo? Yo pienso que, al menos, tendrías que dedicarte a las *pelis* para adultos. Así por lo menos no serías un desperdicio.

—Otro que habla de cosas sobre las que no tiene ni idea —contestó Ambrose—. Fern lee novelas románticas y tú de repente te conviertes en el tío que fundó la revista *Playboy*. No creo que seáis las personas más indicadas para darme lecciones de nada.

—¿Fern te ha sermoneado? —Bailey sonó sorprendido y no parecía ofendido porque Ambrose le hubiera dicho que no tenía ni idea de nada porque estaba en una silla de ruedas.

—Bueno, me ha escrito citas inspiradoras —respondió.

—Ah, sí. Eso suena más típico de ella. ¿Y qué te ha escrito? ¿«Confía en ti mismo», «Sueña a lo grande» y «Cásate conmigo»?

Ambrose se atragantó y luego, a pesar de lo que había pasado, empezó a reír.

—Va, Bro... Ambrose —se corrigió Bailey en tono conciliador y con una expresión seria—, ¿no se te ha ni pasado por la cabeza volver a luchar? Mi padre deja la sala de lucha libre abierta al público en verano. Él te ayudaría. Es más, se mearía en los pantalones de gusto si le propusieras practicar algunos movimientos. ¿Crees que no ha sido duro para él? ¡Os adoraba! Cuando se enteró de lo que había pasado... A Jesse, Beans, Grant... A Paulie. No eran solo tuyos, también eran suyos, sus chicos. Él también los quería, yo también. —La voz de Bailey tembló con vehemencia—. ¿Lo has pensado alguna vez? No eres el único que los ha perdido.

—¿Crees que no lo sé? ¡Lo entiendo perfectamente! —respondió Ambrose, incrédulo—. Ese es el problema, Sheen. Si yo hubiera sido el único en sufrir la pérdida... si fuera el único que sufre, sería todo más fácil...

—No es solo que los perdiéramos a ellos —interrumpió Bailey—, también te hemos perdido a ti. ¿No ves que toda la gente sufre por ti?

—Sufre por la superestrella. Por Hércules. Yo no soy ese. No creo que pueda volver a luchar, Bailey. La gente quiere al chico que gana todas las peleas y tiene posibilidades de ir a las Olimpiadas. No quieren al tío calvo que no oye ni el silbato porque ha sonado por el lado equivocado.

—Te acabo de decir que no puedo ir al baño solo, que mi madre me tiene que bajar los pantalones, sonarme la nariz y ponerme desodorante. Y encima, cuando fui al instituto también tuve que depender de una persona que me ayudara, con absolutamente todo. Fue vergonzoso y frustrante, pero era necesario. A mí ya no me queda nada de orgullo, Ambrose —dijo Bailey—, nada. Pero era o mi orgullo o mi vida. Tuve que elegir, y tú tienes que hacer lo mismo. Puedes elegir el orgullo y quedarte aquí haciendo magdalenas hasta que seas viejo y gordo y no le importes a nadie, o puedes convertir el orgullo en humildad y recuperar tu vida.

21

Trepar la cuerda

Bailey dijo que nunca había ido al monumento conmemorativo en honor a Paulie, Jesse, Beans y Grant. Ambrose lo entendía, porque para llegar hasta ahí había que subir por un camino de tierra demasiado inclinado para que una silla de ruedas lo recorriera. Elliott le había dicho a su hijo que iban a pavimentar el camino, pero no lo habían hecho todavía.

Cuando Bailey le mencionó el lugar, Ambrose vio que Bailey se moría de ganas de ir, y él se dijo a sí mismo que lo llevaría. Pero todavía no, esta vez, su primera vez, tenía que ir solo. Había evitado ir desde su regreso, ahora hacía casi seis meses, pero la charla sobre las magdalenas, la humildad y la falta de orgullo que había mantenido con Bailey lo convenció de que ya era hora de empezar a dar pequeños pasos. Comenzó a subir la colina que llevaba al bonito mirador donde estaban enterrados sus cuatro amigos.

Formaban una línea recta; cuatro lápidas blancas que daban al instituto en el que habían luchado y jugado al fútbol americano, donde habían crecido hasta convertirse en personas maduras. Había un pequeño banco de piedra cerca de las tumbas para que las familias o los amigos pudieran sentarse un rato y muchos árboles al otro lado del claro. Era un buen lugar, tranquilo y apacible. Había flores y unas cuantas cartas y peluches alrededor de las tumbas. A Ambrose le alegró ver que otros habían ido al lugar a menudo, aunque esperaba que no fuera nadie hoy. Necesitaba estar un rato a solas con sus amigos.

Paulie y Grant estaban en el medio, y Beans y Jesse en los lados. Qué gracia, así había sido también cuando estaban vivos.

Paulie y Grant eran el pegamento del grupo, los que lo afianzaban; Beans y Jesse eran los protectores, los salvajes. Los que se quejaban y se metían contigo pero al final siempre estaban ahí para ayudarte y apoyarte. Ambrose se agachó al lado de cada tumba y leyó las inscripciones en las lápidas.

Connor Lorenzo «Beans» O'Toole
8-5-1984 † 2-7-2004
Mi hijo, mi corazón

Paul Austin Kimball
29-6-1984 † 2-7-2004
Amigo, hermano e hijo querido

Grant Craig Nielson
1-11-1983 † 2-7-2004
Siempre en nuestros corazones

Jesse Brooks Jordan
24-10-1983 † 2-7-2004
Padre, hijo, soldado y amigo

El banco de piedra tenía una inscripción que decía «En la batalla se encuentra la victoria». Ambrose recorrió las palabras con los dedos. El entrenador Sheen siempre decía esa frase, la gritaba desde el borde del tapiz. Para el entrenador lo que importaba no era el resultado final, sino que lucharas hasta que el silbato marcara el final del combate.

Ambrose se sentó en el banco y miró el valle que se extendía a sus pies, la ciudad en la que habían pasado todos los días de su vida hasta los años que lo cambiaron todo. Ambrose habló con sus amigos, no porque pensara que podían escuchar lo que decía, sino porque tenía que decírselo.

Les contó lo que Bailey había dicho sobre recuperar su vida. No estaba seguro de lo que eso quería decir, porque a veces no puedes recuperarla tan fácilmente. A veces está muerta y enterrada, y solo te queda empezar una nueva. Ambrose no sabía cómo sería esta nueva vida.

La cara de Fern apareció entre los pensamientos de Ambrose. Quizá ella formara parte de esta nueva vida, pero, por raro que pudiera parecer, no quería hablarles sobre el tema. Era muy pronto todavía y él quería protegerla, incluso de los fantasmas de sus mejores amigos. Se habían reído muy a menudo de la pequeña pelirroja y habían hecho muchas bromas a su costa, se habían metido con ella y se habían burlado un millón de veces. Por eso decidió no decir nada al respecto, mantenerla a salvo en un rincón cada vez más grande de su corazón en el que solo él sabía que la llevaba.

Cuando el sol se empezó a esconder detrás de los árboles, Ambrose se levantó y bajó la colina, aliviado de haber encontrado finalmente la fuerza para subirla.

La sala de entrenamiento olía a sudor, a lejía y a recuerdos. Recuerdos alegres. En las esquinas había dos cuerdas colgando. Las había trepado y se había colgado de ellas muchísimas veces. Los tapices, trozos rojos de goma con un círculo que marcaba las diferentes áreas y las líneas que definían la zona de lucha en la que se los combates tenían lugar, estaban desenrollados. El entrenador Sheen estaba fregando los tapices, algo que en treinta años de carrera habría hecho miles de veces.

—Hola, entrenador —dijo Ambrose en voz baja, recordando todas las veces que el entrenador había intentado visitarlo cuando él había regresado y Ambrose no le había dejado entrar.

El entrenador alzó la vista, sorprendido. Estaba ensimismado en sus pensamientos y, al no esperar compañía, se había asustado.

—¡Ambrose! —El rostro se le iluminó por la alegría de tal manera que Ambrose tragó saliva y se preguntó por qué lo había alejado de él durante tanto tiempo.

El entrenador dejó de limpiar, cruzó las manos en el palo de la fregona y dijo:

—¿Cómo estás, soldado?

Al oír el tratamiento, Ambrose hizo una mueca. Esa palabra venía acompañada de culpa y dolor. El orgullo de ser soldado se había desvanecido con la pérdida de sus amigos y la responsabilidad que sentía por sus muertes. Esa palabra debía usarse al dirigirse a un héroe. Él no creía merecer tal título.

Mike Sheen entrecerró los ojos y se percató de la reacción del chico ante el saludo y de cómo se le tensaron los labios, como si fuera a decir algo pero no se atreviera. El entrenador Sheen sintió como le temblaba el corazón en el pecho. Ambrose Young había sido un fenómeno, un monstruo del deporte.

Era un niño al que cualquier entrenador le gustaría haber tenido en su equipo, no por la gloria que le traería, sino por la emoción de formar parte de algo tan inspirador y por poder ser testigo de cómo se hacía historia. Ambrose Young había sido ese tipo de atleta. Quizá todavía podría volver a serlo, pero cuando Mike Sheen lo vio en la puerta, con la cara llena de cicatrices, sin pelo y con el cuerpo envejecido, no supo qué pensar.

Mike Sheen se dio cuenta de la ironía de que ya no tuviera la melena. Ambrose Young había sido un buen estudiante y un chico muy obediente en la sala de entrenamiento, excepto en lo que al pelo se refería. Siempre se había negado a cortárselo. Al entrenador le gustaba que los chicos fueran aseados y con el pelo corto al estilo militar porque eso mostraba respeto y disposición al sacrificio. Pero Ambrose le había dicho al entrenador, con tranquilidad y cuando estaban a solas, que se lo recogería en una cola para apartárselo de la cara cuando entrenara o luchara, pero que no se lo cortaría.

El entrenador le dijo que no habría problema siempre y cuando eso no supusiera un cisma. Es decir, si los demás miembros del equipo decidían dejarse el pelo largo y tomarse las normas de comportamiento a la ligera o faltar al respeto al equipo o al cuerpo técnico, lo culparía a él y se tendría que cortar el pelo. Ambrose aceptó el trato y se convirtió en el capitán del equipo. Los días que había competición iba al instituto en pantalones de vestir, camisa y corbata y se aseguraba de que el resto de los chicos vistieran igual. Siempre era el primero en llegar a los entrenamientos y el último en irse, se aplicaba a fondo y era un líder constante. El entrenador Sheen pensaba que era el mejor trato que había hecho en su vida.

Ahora el pelo de Ambrose había desaparecido. También había perdido el empeño que lo caracterizaba, la seguridad en sí mismo y el brillo de sus ojos, ya que uno estaba completamente apagado; el otro vagaba con nerviosismo por la habitación. El entrenador se preguntó si existían las segundas oportunidades. No le preocupaba su físico, sino los daños emocionales.

Ambrose, con la ropa de entrenamiento en la mano, se dirigió hacia su antiguo entrenador. Se sentía como un intruso en un lugar que había amado más que cualquier otro rincón del planeta.

—He hablado con Bailey y me ha dicho que estarías aquí.

—Aquí estoy. ¿Quieres entrenar? ¿Desoxidar el cuerpo? —Mike Sheen contuvo el aliento.

Ambrose asintió solo una vez, pero fue suficiente para que el entrenador expulsara el aire que tenía en los pulmones.

—Estupendo. Vamos a entrenar.

—Podrías apuntarte a *ballet* o a gimnasia —sugirió el entrenador cuando Ambrose perdió el equilibrio y se cayó en el tapiz por enésima vez—. Es lo que obligábamos a hacer a los jugadores de fútbol americano cuando tenían que mejorar el equilibrio. Aunque supongo que estarás horrible en un tutú y las niñas pensarán que estáis haciendo *La Bella y la Bestia*.

A Ambrose le sorprendió el comentario sobre su aspecto. Parecía que el entrenador Sheen no se mordía la lengua; Bailey era clavadito a su padre.

—La única forma de mejorar el equilibrio es seguir practicando. Es memoria muscular. Tu cuerpo sabe lo que tiene que hacer, eres tú quien duda. Joder, ponte un tapón en la oreja buena, a lo mejor te ayuda no oír nada en absoluto —continuó.

Ambrose lo intentó la noche siguiente. No oír nada de nada ayudaba un poco. La vista no era un gran impedimento. Ambrose siempre había sido un hombre de acción, un luchador de los que tenían las manos sobre el oponente en todo momento. Había algunos luchadores ciegos, y sordos, aunque, claro, también los había sin piernas. No se hacían excepciones, pero tampoco se excluía a nadie: si podías competir, eras bienvenido en el tapiz, y que ganara el mejor. La lucha libre celebraba a las personas, fueran como fueran. Los puntos débiles se convertían en ventajas. Solo tenías que dominar al oponente.

Ambrose nunca antes había tenido puntos débiles en el tapiz, al menos no tan importantes como estos. El entrenador le hacía practicar derribos a una, a dos piernas, el agarre de tobillo y todo tipo de llaves para someter al adversario hasta que tenía las piernas hechas un flan. Luego tenía que repetirlo desde el otro lado, y, después, trepar la cuerda. Una cosa era subirla cuando medías poco más de un metro sesenta y pesabas menos de sesenta kilos y otra, hacerlo cuando medías un metro noventa y pesabas noventa kilos. A Ambrose no le gustaba trepar la cuerda, pero consiguió hacerlo. Y el día siguiente también, y el siguiente.

22
Ver los fuegos artificiales

«¿Fuegos artificiales o desfiles?».

—¿Crees que Sheen querrá venir con nosotros? —le preguntó Ambrose a Fern cuando la chica salió de casa. Ambrose se había alegrado cuando la chica había rodeado las palabras «fuegos artificiales», porque los desfiles le parecían aburridos, y normalmente eran a plena luz del día y había mucha gente curiosa. Además, era la fiesta del 4 de Julio, y los vecinos de Hannah Lake podían disfrutar de una buena exhibición de fuegos artificiales en el campo de fútbol americano del instituto. Fern pareció alegrarse cuando le propuso ir.

—Bailey está en Filadelfia.

Ambrose intentó calmar el vuelco de alegría que le dio el corazón. Adoraba a Bailey, pero quería estar a solas con ella.

—¿Vamos a pie? —sugirió Fern—. Hace un buen día y el campo no está muy lejos.

Ambrose aceptó, así que atajaron por el césped y se dirigieron al instituto.

—¿Y qué hace Bailey en Filadelfia? —preguntó él cuando ya llevaban un rato caminando.

—Cada año, Bailey, Angie y Mike van a Filadelfia a pasar el 4 de Julio. Van al Museo de Arte de Filadelfia. Mike carga con Bailey y suben los setenta y dos escalones e imitan la escena de *Rocky*. Angie ayuda a Bailey a levantar los brazos y juntos gritan «¡Un año más!». A Bailey le encanta *Rocky*. ¿Te sorprende?

—En absoluto —contestó él con una sonrisa irónica.

—La primera vez que fueron de vacaciones a Filadelfia, Bailey tenía ocho años y pudo subir los escalones él solo. Tienen una foto de ese día en la salita. Bailey sale con los brazos en alto, bailando.

—La he visto —dijo Ambrose. Por fin entendía el significado de aquella foto que ocupaba un lugar tan importante en casa de los Sheen.

—Lo pasaron tan bien que decidieron volver al año siguiente. Bailey también pudo subir los escalones. Cada año se volvía más importante. Pero para cuando Bailey tenía once años, ya no podía subir, ni siquiera unos cuantos escalones, así que el tío Mike decidió subirlo en brazos.

—¿Un año más?

—Sí. Bailey desafía todos los pronósticos. La mayoría de niños con distrofia muscular de Duchenne no llegan a su edad y, si lo hacen, no tienen la apariencia de Bailey. No se les ve tan saludables. De hecho, veintiuno siempre ha sido como un grito de guerra para él, y por eso hicimos una gran fiesta por su cumpleaños. Estamos convencidos de que va a establecer un nuevo récord.

Ambrose colocó la manta en un extremo del césped, lejos del resto de gente que había ido a ver los fuegos artificiales. Fern se sentó a su lado, y al poco tiempo el cielo se empezó a llenar de colores. Ambrose se tumbó de tal manera que no tenía que forzar el cuello para ver. Fern, cohibida, hizo lo mismo. Nunca antes había estado tumbada en una manta con un chico, así que notaba el cuerpo de Ambrose a su derecha. El chico ocupaba más de la mitad de la pequeña manta. Había elegido el lado derecho, como siempre, para que ella no viera su perfil derecho. No se cogieron de la mano, ni ella apoyó la cabeza sobre su hombro, a pesar de que se moría de ganas de hacerlo.

Fern sentía que se había pasado toda la vida queriendo a Ambrose de una u otra manera, queriendo que él se fijara en ella... que la viera como era de verdad. No como la pelirroja con la nariz llena de pecas, ni la chica con las gafas que hacían que sus ojos parecieran aburridas galletas cubiertas de chocolate, ni la chica con aparato en los dientes y cuerpo masculino.

Cuando todos esos rasgos cambiaron y acabaron desapareciendo (bueno, todos excepto las pecas), Fern deseó que se diera cuenta. Que se fijara en sus ojos marrones ahora que ya no llevaba gafas. Deseó que viera como su cuerpo había crecido y había desarrollado curvas; que viera que tenía los dientes blancos y rectos. Pero Fern todavía intentaba descubrir si era guapa o fea.

El deseo que Fern sentía por Ambrose formaba parte de ella de tal manera que, cuando empezaron a sonar canciones patrióticas en el campo de futbol para acompañar los fuegos artificiales, la chica se sintió muy agradecida de que Ambrose Young estuviera tumbado a su lado, de que la conociera, de, aparentemente, gustarle, de que hubiera regresado junto a ella, a la ciudad, y de que hubiera vuelto a ser él mismo.

La gratitud hizo que Fern se emocionara y que le empezaran a caer lágrimas de los ojos, que se convirtieron en cálidos ríos que recorrían sus mejillas. No quiso enjugarse las lágrimas porque pensó que eso llamaría la atención, así que dejó que cayeran mientras veía como los coloridos fuegos artificiales zumbaban y detonaban en el aire. La cabeza le retumbaba por el ruido de las explosiones.

De repente, a Fern le preocupó que el sonido hiciera que Ambrose recordara la guerra, y deseó que estuviera concentrado en el momento, en el allí, en ella, y no en Irak. Que no estuviera pensando en las bombas y en sus amigos, que no habían regresado. A Fern le daba miedo tener que detenerlo para que no se fuera de la celebración, así que alargó el brazo y le cogió la mano. La mano de Ambrose se tensó alrededor de la de Fern.

El chico no entrelazó los dedos con los de ella como suelen hacer las parejas cuando pasean, sino que puso su mano alrededor de la de Fern como si cogiera a un pájaro herido. Vieron el espectáculo de fuegos artificiales en silencio, con las cabezas vueltas hacia la luz y conectados solo por las manos. Fern le miró el perfil con disimulo y se dio cuenta de que en la oscuridad, en los instantes entre las explosiones de luz, la cara de Ambrose seguía siendo tan bonita como siempre. Ni siquiera la suavidad de su calva le restaba fuerza a sus rasgos. De alguna manera, hacía que parecieran todavía más duros y memorables.

Con la última explosión del gran número final, las familias y las parejas empezaron a ponerse en pie y a salir del campo. Nadie se había dado cuenta de que Fern y Ambrose estaban en un rincón lejano, más allá de los límites del césped, detrás de los postes. Cuando los ocupantes y el humo de la fiesta desaparecieron, los sonidos de la noche se reanudaron: los grillos cantaban, el viento soplaba suavemente contra los árboles que rodeaban el campo... Y Fern y Ambrose se quedaron tumbados sin querer romper el silencio ni la sensación de que el mundo se había parado a su alrededor.

—Sigues siendo hermoso —dijo Fern suavemente mientras le miraba la cara.

Ambrose se quedó callado un momento sin apartarse, bufar ni negar lo que acababa de decir.

—Esa frase es un reflejo de tu belleza, no de la mía —respondió al final, y giró la cara para mirarla.

La luz de la luna acariciaba el rostro de la chica, pero era tan tenue que impedía ver de qué color eran sus ojos o su larga melena roja. Sí se distinguían con claridad sus rasgos: los charcos oscuros que tenía por ojos, la nariz pequeña, los labios suaves y las cejas, una de ellas arqueada porque no había entendido la respuesta del chico.

—¿Sabes eso que la gente dice de que la belleza está en los ojos del que mira?

—Sí.

—Siempre había pensado que lo que quería decir es que la gente tiene gustos o preferencias diferentes... ¿sabes lo que quiero decir? Hay chicos que se fijan en las piernas, a otros les gustan rubias, a algunos les gustan las chicas con el pelo largo, etcétera. Nunca me lo había planteado hasta ahora. Creo que tú ves la belleza en mí porque tú eres hermosa, no porque yo lo sea.

—¿Hermosa por dentro?

—Sí.

Fern reflexionó en silencio sobre lo que había dicho y entonces susurró:

—Entiendo perfectamente lo que dices... y lo aprecio, de verdad que sí. Pero me gustaría que, por una vez, pensaras que también soy hermosa por fuera.

Ambrose empezó a reír, pero se detuvo cuando se dio cuenta de que no lo decía de broma, que no lo hacía para coquetear. Otra vez el síndrome de la chica fea: ella no creía que él la viera guapa.

El joven no sabía cómo hacerle entender que no solo era guapa, sino mucho más que eso, así que se acercó a ella y la besó con delicadeza. No quería que volviera a ocurrir lo de la otra noche, cuando, asustado, se había dejado llevar por el impulso y le había golpeado la cabeza contra la pared al besarla. Ahora la besaba para que entendiera lo que sentía por ella. Se apartó casi inmediatamente para no dejarse llevar y perder la cabeza. Quería que Fern viera que la valoraba y no que pensara que quería arrancarle la ropa; además no estaba seguro de que ella quisiera que un capullo tan feo como él la besara. Fern era el tipo de chica que lo besaría para no herir sus sentimientos. Ese pensamiento hizo que Ambrose se desesperara.

Fern suspiró, frustrada, se sentó y se pasó las manos por el pelo, que se deslizó entre sus dedos y por su espalda. Ambrose deseaba poder tocarle la melena, enterrar la cara en los mechones densos y olerla. Sin embargo, la había hecho enfadar.

—Lo siento, Fern, no tendría que haberlo hecho.

—¿Qué es lo que sientes? —gritó ella.

Ambrose se sobresaltó y respondió:

—Siento que te haya molestado.

—¡Lo que me molesta es que te apartes! ¡Vas con mucho cuidado y es frustrante!

Ambrose quedó sorprendido por su honestidad y sonrió, halagado. Dejó de sonreír para explicarle lo que quería decir.

—Eres tan pequeña, Fern, tan delicada... y todo esto es nuevo para ti. No quiero ser demasiado brusco y no podría soportar hacerte daño. No podría. —Pensar que podía herirla era peor que pensar en separarse de ella. Se estremeció. No podría aguantarlo, ya había hecho daño a muchas personas y había perdido a muchas otras.

Fern se arrodilló delante de él. Le temblaba la barbilla y tenía los ojos abiertos por la emoción. Le cogió la cara con ambas manos y, cuando él intentó soltarse para que no notara las cicatrices, se aferró con fuerza y lo obligó a mirarla.

—Ambrose Young, he esperado toda la vida que me quisieras. Si no te quedas a mi lado, no seré capaz de creer que de verdad sientes eso por mí, y eso es peor que si nunca hubieras vuelto junto a mí para empezar. Más vale que me demuestres que lo sientes de verdad o me harás daño —dijo con firmeza.

—No quiero hacerte daño —susurró él en voz ronca.

—Pues no lo hagas —respondió Fern. Confiaba en él.

Pero hay muchas maneras de hacer daño, y Ambrose sabía que podía lastimarla de mil maneras diferentes.

El chico dejó de intentar apartar la cara y se rindió al tacto de sus manos. No había dejado que nadie lo tocara desde hacía mucho tiempo. Las manos de Fern eran pequeñas, como toda ella, pero al entrar en contacto con la piel de Ambrose hacían que en el chico se despertaran muchos sentimientos intensos que lo consumían. Ella hacía que se estremeciera, que temblara por dentro, que vibrara como las vías cuando se acerca el tren.

Fern soltó la cara de Ambrose y deslizó las manos por su cuello. Uno de los lados era suave, el otro estaba lleno bultos y cicatrices, y la piel creaba una onda en el lugar donde había recibido la explosión. Ella no solo no apartó las manos, sino que recorrió cada una de las cicatrices y memorizó todas las heridas. Se inclinó y le besó el cuello, justo por debajo de la mandíbula. Y lo volvió a hacer, esta vez en el otro lado, en el que no tenía cicatrices, para demostrarle que no lo besaba por compasión, sino porque lo deseaba. Era una caricia. El chico perdió el control.

Fern estaba tumbada boca arriba y el cuerpo de Ambrose la empujaba contra la manta. Él tenía la cara de la chica entre las manos y la besaba bruscamente, sin restricciones y sin pensar. Ambrose tomaba y ella ofrecía, abría la boca para que introdujera la lengua y la entrelazara con la suya. Él se aferraba a su cara y a su pelo, y tenía las manos en sus caderas. Ambrose sintió como Fern introducía las manos por debajo de la camiseta y le acariciaba la espalda. El chico no pudo evitar contener el aliento y apartar los labios de los de ella un instante; cerró los ojos y bajó la cabeza para recorrer con los labios el dulce cuello de la chica. El pecho de Fern subía y bajaba rápidamente, como si ella también hubiera perdido el control. Besó la cabeza de Ambrose como una madre haría con su hijo y le acarició la piel mientras intentaba volver en sí. Pero los intentos de la chica fueron inútiles. Ambrose deslizó una mano hasta envolver uno de sus pechos y acarició con el pulgar la parte inferior. Deseaba quitarle la camiseta para comprobar si su cuerpo era tan bonito como suave bajo sus manos.

Pero Fern era una chica a la que casi no habían ni besado y todavía tenía que recibir muchos más besos; se los merecía. Así que, arrepentido, el chico deslizó la mano hasta la cintura de Fern, que arqueó la espalda contra él y protestó dulcemente con un suspiro. Eso provocó que a Ambrose le hirviera la sangre y el corazón le golpeara las costillas. La volvió a besar para transmitirle que la deseaba. Los labios de Fern respondieron y se movieron con suavidad en busca de los de él, saboreándolos. Ambrose Young sintió como se enamoraba, sin poder hacer nada y sin oponer resistencia, de Fern Taylor.

—Mirad quién ha venido —gritó Bailey al entrar por la puerta de la tienda. Rita iba detrás, sujetaba a su hijo contra la cadera y sonreía. Fern gritó y corrió hacia ella, le quitó al niñito rubio de los brazos y le besuqueó toda la carita.

Al parecer, Becker no estaba y Rita conducía a casa de su madre cuando vio a Bailey de camino a la tienda. El chico había logrado convencerla de que lo que necesitaba era una sesión de karaoke y baile.

Al cabo de un momento, Bailey ya había puesto la música a tope y llevaba al hijo de Rita, Ty, en el regazo mientras paseaba por los pasillos, cosa que hacía que el pequeño chillara de alegría. Rita iba al lado, no podía dejar de sonreír al ver al niño tan feliz. Al igual que Fern, Rita había cambiado desde el instituto. Ambrose se preguntaba cómo podía ser que unos cuantos años las hubieran cambiado tanto y que, en cambio, Becker no hubiera cambiado en absoluto. Este seguía siendo un abusón, y ahora su mujer se había convertido en su principal víctima. Rita seguía siendo guapa, pero parecía derrotada e inquieta, y le resultaba incómodo mirar a Ambrose, así que este se fue a la pastelería al poco tiempo de que llegaran.

—¿Ambrose? —Fern le sonreía desde la puerta.

Ambrose le sonrió. Le gustaba cómo lo miraba, como si no le pasara nada en la cara, como si su sola presencia la hiciera feliz.

—Ven, será solo un minuto.

—No sé, estoy mejor aquí —respondió con amabilidad.

—Vamos a poner la selección de grandes éxitos Sheen-Taylor, nuestras canciones favoritas para bailar, y quiero bailar contigo.

Ambrose gruñó y rio a la vez. Eran Bailey y Fern, claro que tenían un CD de grandes éxitos. A él le encantaría bailar con ella; de hecho, le gustaría hacer todo tipo de cosas con Fern, pero prefería quedarse en la cocina y bailar donde nadie lo viese.

Fern le cogió una mano con las suyas y tiró de él con una sonrisa engatusadora al tiempo que lo sacaba de su cueva.

—La que viene a continuación es mi canción favorita.

Ambrose suspiró y dejó que se saliera con la suya. Además, quería saber cuál era su canción favorita. Quería saberlo todo sobre ella.

—Le he dicho a Bailey que si acabo muriendo antes que él... ese era su sueño cuando teníamos diez años... tendrá que encargarse de que pongan esta canción en mi funeral. Quiero que baile todo el mundo. Escucha y dime si no te sientes mejor en cuanto lo hagas.

Fern estaba expectante mientras Ambrose escuchaba atentamente. Los primeros compases de la canción resonaron por la tienda, y Bailey y Fern gritaron a la vez junto a Prince y empezaron a bailar de forma histérica. Rita empezó a reír y a gritar con alegría y se unió al instante, con Ty apoyado sobre su cadera. Ambrose no bailó, pero disfrutó del espectáculo.

Fern no tenía ritmo, y a Bailey no es que se le diera mucho mejor, aunque su falta de ritmo no era culpa suya. Movía la silla hacia adelante y hacia atrás, parodiando los movimientos de baile que la gente hacía en el baile del instituto. Subía y bajaba la cabeza al ritmo de la canción y, aunque su cuerpo indicaba todo lo contrario, tenía una expresión chulesca. Rita bailaba alrededor de la silla del chico, pero sus movimientos eran tan tímidos y cohibidos que ni disfrutaba del momento ni dejaba que los que la miraban disfrutaran. Fern movía el culo y los brazos como si fuera una gallina a la vez que aplaudía y chascaba los dedos de forma aleatoria. Sin embargo, lo hacía de una forma tan desinhibida, con tal desenfreno, y se notaba que lo estaba disfrutando tanto que, a pesar de que Ambrose se reía de ella (sí, de ella), Fern no podía evitar reír también.

Bailaba sin parar, a pesar de que sabía que se le daba mal y que con esa actuación no iba a conseguir seducir a Ambrose o hacer que la deseara. Bailaba porque lo estaba pasando bien. Y, por algún motivo, Ambrose la deseó de forma repentina y desesperada. Deseaba su alegría, su belleza, su amor por las pequeñas cosas. La deseaba tal y como era. Quería levantarla mientras bailaba y que sus pies quedaran colgando sobre el suelo y besarla hasta que fuera la pasión la que les impidiera respirar, no la risa.

—*And your kiss!* —Fern cantó las últimas palabras de la canción y adquirió una postura rara. Respiraba con dificultad y no podía parar de reír—. Es la mejor canción del mundo. —Suspiró y abrió los brazos tanto como pudo sin hacer caso a la siguiente canción del CD de grandes éxitos Sheen-Taylor.

—Ven un momento conmigo. Tengo que enseñarte una cosa de la… cocina —dijo Ambrose con firmeza mientras agarraba la mano de Fern y tiraba de ella como la chica había hecho con él hacía unos minutos. Bailey y Rita siguieron bailando después de que Prince acabara. Ahora sonaba *Under Pressure* de David Bowie.

—¿Qué? Después de esta viene una canción lenta y me gustaría muchísimo bailarla contigo —protestó Fern mientras oponía resistencia y tiraba del brazo del chico.

Ambrose la cogió y la levantó del suelo exactamente igual a como se había imaginado al verla bailar. Atravesó rápidamente y sin titubear las puertas batientes y apagó las luces de la pastelería para que el local estuviera a oscuras. Fern suspiró. Ambrose la besó y le pasó una mano por debajo del culo para anclarla a su cuerpo mientras con la otra mano la cogía por detrás de la cabeza y controlaba el ángulo del beso. Toda resistencia desapareció.

23

Ver el lado bueno

Bailey había resultado pesar más de lo que Ambrose había supuesto; además, era larguirucho y costaba agarrarlo. Ambrose lo sostuvo y caminó a paso firme por el camino que había subido tanta gente antes. Apoyaba los pies con cuidado y sin prisas. En otras ocasiones había corrido largas distancias cargando setenta kilos de peso en la espalda, así que podía llevar a Bailey a la cima de la colina y volverlo a bajar.

Iban a visitar las tumbas de los cuatro soldados caídos. Era la segunda vez que Ambrose lo hacía y la primera vez para Bailey. El camino era inclinado y estrecho, y llevar a Bailey sobre la silla de ruedas sería más difícil que llevarlo a cuestas. No obstante, era una tarea demasiado complicada para Mike Sheen o cualquier otra persona del círculo cercano de Bailey, y, por eso, el chico no había podido visitar las tumbas en las que sus amigos descansaban. Cuando Ambrose se enteró, le dijo a su amigo que él se encargaría de llevarlo a la cima y, esa tarde, sin previo aviso, se presentó en casa de Bailey para cumplir la promesa.

Angie Sheen se ofreció a dejarles a los chicos la furgoneta, pero Ambrose la rechazó, cogió a Bailey en brazos, lo sentó en el asiento del copiloto de su vieja furgoneta y le puso el cinturón bien ceñido. Bailey, incapaz de mantenerse recto sin el apoyo de la silla, empezó a caer hacia un lado hasta que Ambrose le puso un cojín entre el asiento y la puerta para que se apoyara.

Se dio cuenta de que Angie estaba un poco preocupada por dejar que Bailey fuera sin la silla de ruedas, pero les dijo adiós con la mano y una expresión sonriente. Ambrose giró con suavidad en las esquinas. El monumento conmemorativo no estaba muy lejos, pero a Bailey pareció gustarle ir en el asiento del copiloto e hizo que Ambrose encendiera la radio y bajara las ventanillas.

Cuando llegaron a la cima de la colina, Ambrose sentó a Bailey con cuidado en el banco de piedra, se sentó a su lado y apoyó al chico en su costado para asegurarse de que no se cayera.

Estuvieron sentados un rato al lado de las tumbas. Bailey leyó las inscripciones de todas las lápidas mientras Ambrose miraba al horizonte con la mente llena de recuerdos que deseaba poder borrar.

—Me gustaría que me enterraran aquí con ellos. Sé que es un monumento conmemorativo, pero me podrían enterrar al lado del banco y poner un asterisco en mi lápida.

Ambrose rio, tal y como Bailey esperaba, pero le molestó que hablara de su muerte de esa manera tan superficial.

—Aunque a mí me enterrarán en el cementerio de la ciudad. Allí están enterrados mis abuelos y otros miembros de la familia Sheen de generaciones anteriores. Yo ya he elegido mi sitio —dijo Bailey sin más, casi con resignación.

Ambrose no pudo seguir mordiéndose la lengua y dijo:

—¿Cómo lo aguantas, Bailey? ¿Tener que mirar a la muerte a la cara durante tanto tiempo?

Bailey se encogió de hombros y lo miró con curiosidad.

—Lo dices como si la muerte fuera lo peor.

—¿Y no lo es? —Ambrose no podía pensar en algo peor que perder a sus amigos.

—No, no lo creo. La muerte es fácil, vivir es lo más difícil. ¿Te acuerdas de aquella niña del condado de Clairemont a la que secuestraron hará unos diez años cuando estaba de acampada con su familia? —preguntó Bailey, mirándolo con atención—. Los padres de Fern y los míos hicieron de voluntarios en su búsqueda. Pensaban que se había caído por un arroyo o que quizá se había perdido. Pero, como había tantos campistas ese mismo fin de semana, no descartaron la posibilidad del secuestro. Al cuarto día de búsqueda, mi madre dijo que la madre de la niña rezaba porque encontraran su cadáver. No pedía que la encontraran con vida, rezaba porque su niñita hubiera muerto rápida y accidentalmente, porque la otra opción era mucho peor. Imagina saber que tu hijo está sufriendo muchísimo en algún lugar y que no puedes hacer nada al respecto.

Ambrose miró a su amigo, muy confuso.

—Te sientes culpable porque tú sigues vivo y ellos han muerto. —Bailey inclinó la cabeza hacia las lápidas—. Pero quizá Beans, Jesse, Grant y Paulie estén mirándote desde ahí arriba, negando con la cabeza y diciendo: «Pobre Brosey, ¿por qué tuvo que quedarse?».

—El señor Hildy me dijo una vez que los afortunados son los que no regresan —recordó Ambrose mientras miraba las tumbas de sus amigos—, pero no creo que ellos me estén observando desde el paraíso. Están muertos. Se han ido. Y yo estoy aquí. Eso es todo.

—Creo que en el fondo no piensas eso —respondió Bailey en voz baja.

—¿Por qué tuve que ser yo, Bailey? —respondió Ambrose en un tono demasiado alto para el lugar en el que estaban.

—¿Y por qué no, Ambrose? —El chico contestó tan rápido que Ambrose se asustó. Parecía que lo estuviera acusando de un delito—. ¿Por qué tengo que ser yo el que está en una maldita silla de ruedas?

—¿Y por qué Paulie y Grant, y Jesse y Beans? ¿Por qué les pasan cosas tan malas a la gente buena? —preguntó Ambrose.

—Porque a todo el mundo le pasan cosas malas, pero estamos tan ensimismados en nuestras gilipolleces que no nos damos cuenta de las cosas malas por las que pasa la gente.

Ambrose no supo qué responder y a Bailey pareció gustarle ver cómo peleaba durante un rato con sus pensamientos. Al final, Bailey volvió a hablar, pues no podía callárselo durante más tiempo:

—A ti te gusta Fern, ¿verdad, Brosey? —Bailey miró a su amigo, nervioso. Hablaba en un tono serio.

—Sí, me gusta —asintió Ambrose, distraído. Todavía pensaba en sus amigos.

—¿Por qué? —preguntó Bailey inmediatamente.

—¿Por qué qué? —Ambrose estaba confuso por el tono que había usado el chico.

—¿Por qué te gusta Fern?

Ambrose balbuceó. No sabía qué pretendía Bailey y le molestaba que pensara que tenía derecho a hablar del tema sin tapujos. Bailey contestó:

—Es solo que no es el tipo de chica que te gustaba antes. El otro día estuvimos hablando y me dijo que no cree ser lo suficientemente buena para ti. Dice que tú la aguantas porque, en sus propias palabras, «se te ha lanzado». Pero yo no veo a Fern lanzándose a los brazos de nadie. Siempre ha sido una chica muy tímida en lo que a tíos se refiere.

Ambrose recordó la noche de los fuegos artificiales, cuando le besó los párpados, el cuello y la boca, y le introdujo la mano por debajo de la camiseta. Entonces no se había mostrado tímida. Pensó que era mejor guardarse eso para él.

Bailey siguió hablando:

—Creo que ese es el motivo por el que a Fern le gusta tanto leer. En los libros puedes ser quien quieras, escapar de ti mismo un rato. Sabes que a Fern le encantan las novelas románticas, ¿no?

Ambrose asintió y sonrió al hacer memoria de lo avergonzada que estaba la chica cuando leyó un trozo de la novela en voz alta. Ambrose se preguntó si el motivo por el que Fern era tan apasionada y receptiva eran las novelas románticas. El simple hecho de pensar en ella hizo que la deseara, y tuvo que calmar el anhelo rápidamente.

—¿Y sabes que también escribe?

Ambrose giró rápidamente la cabeza y miró a Bailey a los ojos.

—¿En serio?

—Sí. Creo que ya va por la sexta novela. Manda los manuscritos a editoriales desde que tenía dieciséis años. Por ahora todavía no ha conseguido un contrato, pero acabará haciéndolo. Son bastante buenas, un poco sensibleras y empalagosas para mi gusto, pero así es Fern. Escribe con un seudónimo, ni siquiera sus padres lo saben.

—¿Un seudónimo? ¿Cuál?

—No. Eso se lo tendrás que sonsacar a ella. Ya va a querer matarme por haberte contado lo de las novelas.

Ambrose asintió. Estaba concentrado en cómo conseguir que Fern le revelara todos sus secretos. El deseo por la chica volvió a despertar con tanta fuerza que estuvo a punto de hacerlo gritar.

—A mí me gusta leer, pero prefiero otro tipo de libros. Las novelas románticas me parecen una tortura —añadió.

Ambrose asintió, distraído por los recuerdos de los fuegos artificiales y lo que sintió al estar tumbado al lado de Fern cuando llenaron el cielo de colores. Pensaba en su dulzura, el olor de su piel y el movimiento suave de su pelo. Ambrose sabía lo que era la tortura.

—Así que, dime, ¿qué intenciones tienes con ella? No puedo darte una paliza, pero sabré si me mientes. ¿Tiene razón? ¿Estás con ella porque está disponible?

—¡Joder, Bailey! Me recuerdas a Beans… —Ambrose hizo una mueca de dolor. Sintió como si hubiera apretado una herida recién hecha con las yemas de los dedos. El escozor lo silenció al instante.

El silencio solo alimentó el miedo de Bailey, que dijo:

—Si estás jugando con mi prima y no estás enamorado de ella, encontraré una manera de darte una paliza. —Bailey se estaba alterando.

Ambrose le puso una mano sobre el hombro para calmarlo:

—Quiero a Fern —admitió con tranquilidad. En sus ojos se veía que no mentía. Se sorprendió al oír la verdad. La quería—. Me paso el día pensando en ella y estoy muy triste cuando no está a mi lado… pero cuando está conmigo estoy igual de triste porque sé que es ella la que se está conformando. ¡Mírame, Bailey! Fern podría estar con quien quisiera. Yo no.

Bailey rio y gritó:

—¡Bua, bua! Menudo llorica. ¿Quieres darme lástima, Ambrose? Porque no me la das. Esto me recuerda al libro que acabo de leer para el curso de inglés que estoy haciendo por internet. Sobre el tío ese, Cyrano de Bergerac, que nació con una nariz enorme. ¿Y a quién le importa? Cyrano nunca consigue a la chica porque es feo. Es la gilipollez más grande que he leído en mi vida. ¿Deja que la narizota lo aleje de la chica?

—Ese tal Cyrano, ¿no era el que le escribía las cartas a un tío atractivo? Hicieron una *peli* sobre eso, ¿no?

—El mismo. ¿No te recuerda a alguien? Me suena que alguien te escribió cartas de amor haciéndose pasar por Rita. Como Cyrano. Qué ironía, ¿verdad? Fern pensaba que no era lo bastante buena para ti, y ahora tú piensas que no eres lo bastante bueno para ella. Y los dos os equivocáis... y sois muy tontos. Tontíiisimos. —Bailey alargó la palabra con asco—. Soy feo, no merezco que me amen, ¡bua, bua! —El chico imitó sus quejas con voz aguda y negó con la cabeza como si estuviera profundamente decepcionado.

Calló un momento y volvió a vociferar:

—¿Y me dices que te da miedo querer a Fern porque ya no tienes el aspecto de una estrella de cine? ¡Tío! Sí que pareces una estrella de cine... pero una de las que han pasado por una zona de guerra, no pasa nada. A las tías les va ese rollo. Yo creo que podríamos hacer un viaje por carretera los dos y decirles a las chicas que conozcamos por el camino que somos veteranos de guerra. A ti se te ha estropeado la cara y yo he acabado en la silla de ruedas por las heridas. ¿Crees que se lo tragarían? A lo mejor entonces conseguiría pillar cacho. Pero hay un problema, ¿cómo se supone que voy a tocar una teta a una chica si no puedo levantar los brazos?

Ambrose se atragantó de la risa por la falta de tacto de Bailey. Este siguió hablando:

—Me encantaría intercambiar mi cuerpo por el tuyo, como en la *peli Ponte en mi lugar*. Solo por un día. No desperdiciaría ni un segundo: llamaría a la puerta de Rita, le daría unos cuantos golpes a Becker, me la echaría al hombro como un saco de patatas y no me tomaría un respiro hasta que ninguno de los dos pudiéramos movernos. Eso es lo que yo haría.

—¿Rita? ¿Te gusta Rita?

—La quiero. Siempre la he querido. Pero está casada con un gilipollas, cosa que me reconforta de una manera egoísta. Si se hubiera casado con un tío guay, con un buen tío, estaría mucho más triste.

Ambrose se echó a reír otra vez.

—¡Tío, eres de lo que no hay! Tu sentido de la lógica no tiene precio.

—Es divertido, bueno, divertido porque es irónico. Fern siempre ha dicho que a Rita la han perseguido los chicos toda la vida y que por eso nunca ha podido tomarse el tiempo suficiente para descubrir quién es y el tipo de chico al que tendría que dejar que la pescara. Es irónico que Rita y yo seamos amigos, ya que yo nunca he podido ir detrás de ella. Quizá ese sea el lado bueno. Como nunca la he podido perseguir, nunca ha tenido que huir de mí.

Al cabo de un rato, Ambrose cogió a Bailey y lo cargó otra vez en sus brazos. Bajaron la colina en la que se encontraba el monumento conmemorativo juntos, ensimismados en sus pensamientos sobre la vida y sobre el lado bueno de las cosas.

24

Hacer desaparecer algo

El tío Sheen se sorprendió al ver a Fern y a Bailey entrar en la sala de entrenamiento el sábado por la noche. Volvió a mirarlos y puso cara de confusión. Después miró otra vez a Fern con el ceño fruncido. Cuando Ambrose la vio, sentada en una lona enrollada al lado de Bailey, sonrió, y eso hizo que Mike dejara de arrugar la frente.

Bailey tenía la atención puesta en lo que ocurría en el centro de la habitación; estaba fascinado. Fern hacía lo mismo, aunque el motivo de su fascinación era otro bien distinto. A Bailey le encantaba el olor de los tapices, el movimiento, el posible retorno del luchador; a Fern, el olor del hombre, sus movimientos, el esperado retorno del luchador. En las últimas semanas, Bailey ya había ido a unos cuantos entrenamientos de su padre y Ambrose, pero era la primera vez que Fern iba. La chica intentaba no morderse las uñas, un hábito que se había prohibido a sí misma, especialmente porque se había hecho la manicura esa misma mañana, y observaba la escena y esperaba que no pasara nada porque hubiera ido.

Ambrose estaba empapado en sudor. Llevaba una camiseta gris que estaba completamente mojada por la pechera y la espalda, y se secaba la cabeza desnuda con una toalla de mano. Mike Sheen lo desafiaba a hacer otra tanda de ejercicios, le daba ánimos y lo corregía, pero cuando Ambrose se desplomó en el tapiz al final del entrenamiento, el entrenador levantó la ceja y se mordió el labio. Había un asunto obvio que lo preocupaba.

—Necesitas un compañero, alguien a quien pegarle y que te pegue a ti. Practicar los golpes no es lo mismo. Tienes que luchar contra alguien o no podrás volver a ponerte en forma... por lo menos no lo suficiente como para luchar.

»¿Recuerdas cómo se enfadó Beans el penúltimo año de instituto porque no pudo competir hasta bien entrada la temporada? Había estado entrenando, practicando con el equipo, pero no había peleado en ningún combate y, cuando por fin peleó, la palmó. Grant lo inmovilizó en el torneo de Big East, y Grant nunca había inmovilizado a Beans antes. ¿Recuerdas lo emocionado que estaba?

Las palabras del entrenador Sheen resonaron por la habitación. La alusión a Grant, a Beans y a la muerte creó un eco que rebotó en las paredes. Ambrose se puso tenso, Bailey bajó la cabeza, y Fern se rindió y se mordió las uñas. Cuando el entrenador se dio cuenta de lo que había dicho se pasó una mano por su pelo corto. Siguió hablando como si no hubiera pasado nada:

—Traeré a unos cuantos chicos, Brose. Hay unos chicos del equipo que son más grandes y podrías entrenar con ellos. A ellos les irá bien y a ti también.

—No, no los traigas —dijo Ambrose, negando con la cabeza, en un murmullo. Se levantó y empezó a meter todo su material en la bolsa de deporte—. No he venido a eso, entrenador. No te confundas, solo echaba de menos este lugar, nada más. Echaba de menos la sala, pero no voy a luchar... nunca más.

El rostro del entrenador se volvió triste, y Bailey suspiró, sentado al lado de Fern. Ella esperó, mirando a Ambrose y cómo le temblaban las manos al desabrocharse las zapatillas. Le daba la espalda a su antiguo entrenador para no ver la reacción de este a su negativa.

—Bueno, ¿hemos acabado por hoy?

Ambrose asintió sin levantar la vista de los zapatos. Mike hizo que las llaves tintinearan en el bolsillo.

—Bailey, ¿vas a casa con Fern? —preguntó el entrenador a su hijo, que estaba abatido.

—Hemos venido a pie. Bueno, Fern ha venido a pie, yo sobre ruedas —respondió Bailey, intentando, como siempre hacía, reducir la tensión del ambiente a base de humor—. Pero prefiero volver contigo si no te importa. Has traído la furgoneta, ¿no?

—Yo llevaré a Fern a casa —dijo Ambrose, todavía mirándose los cordones.

No se había movido de donde estaba, agachado al lado de la bolsa de deporte, y no alzó la vista para mirar a las tres personas que estaban tan pendientes de él. Parecía tenso y con ganas de estar solo. Fern se preguntaba por qué querría que fuera con él, pero no dijo nada y dejó que su tío y Bailey se fueran sin ella.

—Encárgate de apagar las luces y cerrar la puerta —dijo el entrenador tranquilamente. Sujetó la puerta para que Bailey pasara en la silla de ruedas y, cuando la puerta se cerró detrás de ellos, Fern y Ambrose se quedaron solos.

Ambrose dio un trago largo a una botella de agua. La garganta se le movía mientras tragaba con ansia. Se echó un poco en la cara y en la cabeza, y se secó con la toalla, pero no hizo ademán de levantarse. Tiró de la camiseta que llevaba puesta, cogiendo la prenda por la parte de atrás del cuello con una mano, y se la pasó por encima de la cabeza, como hacían siempre los chicos. No se detuvo para que ella lo mirara, pero Fern recorrió su piel desnuda con la mirada e intentó memorizar cada detalle. El chico no lo había hecho para presumir y por eso se puso una camiseta azul casi al instante de quitarse la otra. Se calzó las zapatillas de correr y se las ató, pero seguía sentado, con los brazos alrededor de las rodillas y la cabeza inclinada hacia abajo, para no mirar hacia las luces fluorescentes del techo.

—Fern, ¿puedes apagar la luz?

Lo dijo tan flojito que Fern no estaba segura de haberlo oído bien. Aun así, se dio la vuelta y se dirigió a los interruptores, que estaban al lado derecho de la puerta. La chica esperaba que se levantara y la siguiera.

—¿No vienes? —preguntó ella, con la mano en el interruptor.

—Apaga las luces.

Fern le hizo caso, y la sala de lucha desapareció en la oscuridad. Fern se detuvo, insegura, sin saber si Ambrose quería que lo dejara solo en la oscuridad. Pero, entonces, ¿por qué había dicho que la llevaría a casa?

—¿Quieres que me vaya? Puedo ir caminando a casa... no está tan lejos.

—No, quédate, por favor.

La puerta se cerró de golpe y Fern se quedó junto a ella. No sabía cómo iba a encontrarlo. Ambrose actuaba de una forma tan extraña... parecía desolado y distante. Pero le había dicho que se quedara, y a ella le bastaba con eso. Fern empezó a caminar hacia el centro de la habitación, paso a paso.

—¿Fern? —La voz procedía de la izquierda.

Fern se puso a cuatro patas y fue gateando hacia la voz.

—¿Fern? —repitió Ambrose. Probablemente la había oído acercarse y por eso lo dijo con voz suave, como si quisiera darle la bienvenida.

Ella se detuvo y, al alargar el brazo, le tocó la rodilla. Ambrose le cogió los dedos inmediatamente, le pasó la mano por el brazo, la atrajo hacia él y la tumbó en el tapiz. Él se estiró a su lado y creó una barrera de calor en el costado derecho de su cuerpo.

Sentir su tacto a oscuras era una sensación extraña. La sala de lucha no tenía ventanas y estaba sumida en la oscuridad más absoluta. No ver hacía que los sentidos de la chica se agudizaran. Escuchó la respiración de Ambrose, erótica y casta a la vez (erótica porque Fern no sabía lo que ocurriría a continuación y casta porque el chico solo respiraba, tomaba aire y lo expulsaba. Fern notaba una cálida corriente de aire que le acariciaba la mejilla). Entonces, Ambrose bajó un poco la cara y la cálida corriente se convirtió en un fuego que le abrasó los labios y, luego, en presión cuando el chico posó la boca sobre la de ella.

Ambrose la besó como si se ahogara y Fern fuera aire, como si fuera el suelo bajo sus pies. Quizá era su forma de besar y siempre lo había hecho así, sin importar a quién besara. Puede que hubiera besado a Rita de la misma manera. Fern solo lo había besado a él, así que no tenía nada con qué compararlo, no sabía si era un buen beso o no, si era un beso hábil o todo lo contrario. Lo que sí sabía era que, cuando la besaba, Fern sentía que iba a implosionar, como cuando derrumban un edificio con una explosión controlada y el bloque cae y crea una pila de escombros ordenada y no altera nada ni a nadie a su alrededor.

El mundo a su alrededor no se derrumbaría; la habitación no ardería ni los tapices se derretirían debajo de su cuerpo, pero cuando Ambrose acabara con ella, la chica se convertiría en los restos llameantes de lo que había sido Fern Taylor y no tendría manera de volver atrás. La cambiaría de un modo inalterable, la arruinaría para el resto de la gente. Fern lo sabía a ciencia cierta, como si ya la hubieran besado mil hombres antes que él.

Gimió contra los labios de Ambrose, fue un suspiro que salió de la bestia hambrienta que aguardaba en su interior y que deseaba arrancarle la ropa al chico y clavarle las garras para asegurarse de que no iba a pasar hambre en mucho tiempo, para asegurarse de que era real y le pertenecía, aunque fuera solo en ese instante. Fern lo abrazó con fuerza y olió el sudor limpio que se mezclaba con la fragancia del algodón recién lavado de la camiseta. Chupó y besó el sudor salado de su piel y notó la diferencia entre las ondas que formaban las cicatrices de la mejilla del chico y la piel áspera del mentón. Y entonces, sin más, una duda apareció en la mente febril de la chica, como si fuera una punzante astilla de desconfianza que la devolvió a la realidad.

—¿Por qué me besas solo cuando estamos a oscuras? —susurró con los labios a poca distancia de los del chico.

Ambrose movía las manos, inquieto, le rodeaba las caderas y deslizaba los dedos hasta la cintura de la chica, acariciando los rincones que deseaba explorar. Fern se estremeció, necesitaba continuar y que él le asegurara que todo iba bien.

—¿Te da miedo que nos vean? —preguntó apoyando la cabeza sobre el pecho de Ambrose.

El pelo de la chica hizo cosquillas en la boca y el cuello del chico y cayó por encima de sus brazos. Ambrose no contestó, y Fern sintió como si un cubito de hielo le cayera por la espalda. Se apartó de él en la oscuridad.

—¿Fern? —El chico sonaba perdido.

—¿Por qué me besas solo cuando estamos a oscuras? —repitió en voz baja aunque tensa, como si intentara que los sentimientos no se le escaparan con las palabras—. ¿Te da vergüenza que te vean conmigo?

—No te beso solo a oscuras… ¿no?

—Sí… —Se quedaron en silencio. Fern oía la respiración de Ambrose, lo oía pensar—. Bueno, ¿qué? ¿Te da vergüenza?

—No, Fern. No me da vergüenza que me vean contigo, me da vergüenza que me vean. —Ambrose se atragantó. Encontró de nuevo las manos de Fern en la oscuridad.

—¿Por qué? —Sabía el motivo, pero en realidad no lo sabía. Le tocó el mentón y recorrió con los dedos sus pómulos, pasó las manos por su rostro, identificando los rasgos, y se detuvo cuando llegó a la boca. Se apartó para no volver a tentarlo.

—¿Ni siquiera yo? —dijo ella—. ¿Ni siquiera quieres que te vea yo?

—No quiero que pienses en mi aspecto cuando te beso.

—¿Es que tú piensas en mi aspecto cuando me besas?

—Sí —respondió con voz áspera—. Pienso en tu pelo largo y rojo, y en tu boca adorable, y en lo que siento al tener tu cuerpo contra el mío, y quiero tocarte. Todo el cuerpo. Y se me olvida que soy feo y que estoy muy confundido.

Fern sintió un fuego abrasador en los costados y tragó saliva con dificultad, intentando contener el calor que le subía por el cuerpo, le quemaba la garganta, le inundaba el rostro y la dejaba atónita. Había leído libros en los que los hombres le decían cosas por el estilo a las mujeres a las que deseaban, pero no sabía que la gente dijera esas cosas en la vida real. Nunca había pensado que alguien le diría eso a ella.

—Tú haces que me sienta seguro, Fern. Haces que olvide. Y cuando te beso, lo único que quiero es seguir besándote. Todo lo demás desaparece. Tú me aportas paz, y no me sentía así desde…

—¿Desde que te hiciste las cicatrices? —preguntó con tranquilidad, todavía distraída por todo lo que le había dicho sobre su boca, su pelo y su cuerpo. Fern seguía enrojecida, pero también estaba asustada, deseosa pero reluctante.

—¡Desde que murieron mis amigos, Fern! —maldijo el chico con violencia. Fue como una cruel bofetada verbal que hizo que Fern se encogiera—. ¡Desde que mis cuatro mejores amigos murieron delante de mí! Murieron y yo sobreviví. Ellos se han ido y yo sigo aquí. ¡Me merezco este rostro! —Ambrose no gritaba, pero su angustia era ensordecedora, como cuando vas en un tren que pasa por un túnel.

El eco de esas palabras hizo que a Fern le doliera la cabeza y el corazón le trastabillara en el pecho. Sus palabras injuriosas sorprendieron a la joven; la desesperación oscura y absoluta con la que hablaba, todavía más. Fern quería correr hacia la puerta y encender las luces para poner fin a esta extraña confrontación que estaban teniendo a oscuras, pero estaba desorientada y no quería chocarse contra una pared.

—Cuando estoy a oscuras contigo, me olvido de que Beans no va a entrar y nos va a interrumpir. Él siempre se traía a las chicas aquí. No pienso en que Grant no va a trepar la cuerda como si no pesara nada, ni en que Jesse no va a darlo todo para ganarme cada día porque en realidad piensa que es mejor que yo.

»Cuando he llegado hoy, casi esperaba encontrarme a Paulie durmiendo, aquí en la esquina, echando la siesta en el tapiz. Él siempre venía aquí cuando se saltaba alguna clase; si no estaba en clase, estaba aquí, dormido como un tronco. —Ambrose emitió un sollozo fuerte y profundo, que parecía que se hubiera oxidado por el tiempo, a la espera de que lo liberaran. Fern se preguntó si Ambrose había llorado antes. El sonido de su llanto era conmovedor, desesperado, desolado. Fern lloró con él.

Estiró el brazo hacia Ambrose y le tocó los labios con los dedos. Cuando se dio cuenta, volvía a estar en sus brazos, pecho contra pecho y con la mejilla húmeda sobre la de él. Sus lágrimas se mezclaban y les caían por el cuello. Se quedaron sentados un rato, consolándose mutuamente y dejando que la densa oscuridad absorbiera la pena y apartara el dolor, si no de ellos, al menos de la vista.

—Aquí es donde he vivido los mejores momentos de mi vida. En esta habitación apestosa, con mis amigos. No importaban los combates, ni los trofeos. Importaba esta sala y lo que sentía cuando estaba aquí. —Ambrose enterró la cara en el cuello de Fern y prosiguió—: No quiero que el entrenador traiga chicos que los reemplacen. No quiero que nadie más esté en esta habitación… todavía no… por lo menos no cuando yo esté aquí. Los siento cuando estoy aquí, y me duele muchísimo, pero también me gusta porque si oigo sus voces es como si no se hubieran ido. En esta habitación oigo lo que queda de ellos, de nosotros.

Fern le acarició la espalda y los hombros. Quería curarlo, como cuando una madre besa una rodilla pelada o venda un golpe. Pero él no quería eso, y levantó la cabeza. Ambrose le hizo cosquillas a Fern en los labios al exhalar y le acarició la nariz con la suya. Fern sintió deseo entre tanto dolor.

—Bésame, Fern, por favor. Haz que todo desaparezca.

25

Flotar en el lago Hannah

—Tendréis que ayudarme a quitarme la ropa, pero no creo que Ambrose pueda soportarlo. La imagen de mi glorioso cuerpo desnudo es algo a lo que cuesta acostumbrarse.

Ambrose, Bailey y Fern estaban en el lago Hannah. Había sido una excursión espontánea motivada por el calor y por el hecho de que Fern y Ambrose tenían el día (y la noche) libre. Habían pasado por un restaurante de los que sirven la comida en el coche, pero no habían ido a casa a buscar la ropa.

—Bailey, no estarás desnudo, para. Estás asustando a Ambrose. —Fern le guiñó el ojo a Ambrose y añadió—: Tendrás que ayudarme a meterlo en el agua, luego ya podré hundirlo yo sola.

—¡Oye! —protestó Bailey, fingiendo indignación.

A Fern se le escapó una risa y le dio una palmada en las mejillas a su primo.

Ambrose se colocó detrás de Bailey y lo cogió por debajo de los brazos para levantarlo y que Fern pudiera bajarle los pantalones.

—Vale, bájalo un minuto.

Bailey tenía la apariencia de un anciano frágil que tiene un poco de barriga. Se tocó la barriga de forma desenfadada y dijo:

—Esta pequeña me ayuda a flotar y evita que me vaya para adelante en la silla.

—Cierto —respondió Fern mientras le quitaba los zapatos y los calcetines—. Tiene suerte de estar gordito porque así el torso tiene un poco de apoyo. Y es cierto que flota, ahora verás.

Fern apartó los zapatos de Bailey eficientemente y se quitó las zapatillas de deporte. Llevaba pantalones cortos y una camiseta azul turquesa. Desafortunadamente, no se quitó la ropa. Ambrose se desabrochó las botas y se bajó la cremallera del pantalón. Fern apartó la mirada y un rubor le subió por el cuello hasta las mejillas suaves. Entonces Ambrose, que estaba de pie en calzoncillos, cogió a Bailey en brazos sin mediar ni una palabra y se dirigió hacia el agua.

Fern los seguía entre brincos dando instrucciones sobre cómo coger a Bailey y cómo soltarlo para que no volcara hacia delante y fuera incapaz de darse la vuelta.

—Fern, lo tengo todo controlado —dijo Bailey cuando Ambrose lo soltó. Bailey subía y bajaba en el agua. Estaba sentado con el culo en el agua, los pies flotando y la cabeza y los hombros en la superficie—. ¡Soy libre! —gritó.

—Cada vez que se mete en el agua grita lo mismo —dijo entre risas Fern—. Supongo que debe ser genial flotar sin que nadie lo esté cogiendo.

—¿Cometas o globos? —preguntó Ambrose en voz baja sin apartar los ojos de Bailey, que flotaba sin que nadie lo sujetara. Esas fueron las palabras que el chico había usado cuando Fern le había hecho la misma pregunta hacía tiempo. ¿Cómo podía haber sido tan tonto? ¿Que tenía de bueno volar si no había nadie al otro extremo de la cuerda? ¿O flotar cuando no tenías a alguien para que te ayudara a volver a tierra firme? Ambrose intentaba flotar, pero no podía evitar que se le hundieran las piernas, como si fueran anclas. Finalmente se conformó con intentar mantenerse a flote y se dio cuenta del simbolismo.

—¿Qué pasa, te hunden los músculos? Pobre Brosey. Mucho me temo que Bailey Sheen gana esta ronda.

Fern había encontrado un lugar perfecto y miraba las nubes mientras intentaba no hundirse. Las uñas rosas de los pies le sobresalían por encima del agua.

—¿Veis el deportivo? —Fern sacó el brazo del agua y señaló un conglomerado de nubes. Se le empezó a hundir el cuerpo y Ambrose le pasó una mano por debajo de la espalda justo a tiempo para que la cara de Fern no se sumergiera.

Bailey arrugó la nariz e intentó localizar un coche entre las nubes. Ambrose lo encontró, pero para entonces había cambiado y parecía un Volkswagen Beetle.

—¡Hay una nube que se parece al señor Hildy! —dijo Bailey entre risas. No podía señalar, así que Fern y Ambrose inspeccionaron el cielo frenéticamente para encontrar la cara antes de que se convirtiera en otra cosa.

—Eh... yo veo a Homer Simpson —murmuró Fern.

—Se parece más a Bart... o incluso a Marge —dijo Ambrose.

—Es divertido que cada uno vea cosas diferentes —afirmó Fern.

Los tres, flotando en el agua, contemplaron como las nubes se suavizaban y desdibujaban. Ambrose se acordó de otra ocasión en la que también había flotado mientras miraba al cielo.

—¿Por qué pensáis que Sadam ha llenado la ciudad de carteles y estatuas con su cara? Mires donde mires, ves su careto —dijo Paulie.

—Porque es muy Sad-ambicioso —contestó Ambrose, fríamente.

—Para intimidar y controlar la mente de la gente. —El sabio Grant siempre tenía respuestas para todo—. Quería parecer un dios para controlar a la gente con más facilidad. ¿A quién crees que teme más la gente, a Dios o a Sadam?

—Querrás decir «Alá».

—Sí, Alá. Sadam quería que la gente pensara que él y Alá eran la misma persona —continuó Grant.

—¿Qué creéis que pensaría Sadam si nos viera nadar en su piscina Hu-seín permiso? —Jesse estaba de pie en la piscina. El agua le llegaba por el pecho y tenía los brazos fuera, extendidos sobre la superficie. Miraba la fuente decorada al borde de la piscina.

—No le importaría, es muy Sad-amable y nos diría que volviéramos cuando quisiéramos —respondió Ambrose. Llevaban días haciendo chistes con el nombre.

Toda la unidad militar chapoteaba y jugaba en la piscina al aire libre del Palacio Republicano, que ahora estaba en manos de Estados Unidos. Para ellos, estar tan mojados y cómodos era como un premio, y los chicos de Pensilvania estaban tan contentos como si estuvieran en casa, en el lago Hannah, aunque ese estaba rodeado de árboles y piedras, no de fuentes decoradas, palmeras y edificios abovedados.

—Creo que Sadam nos haría besarle los anillos y luego nos cortaría la lengua —respondió Beans.

—Bueno, Beans, en tu caso eso puede ser una mejora —dijo Jesse.

Beans se abalanzó sobre su amigo y acabaron combatiendo en el agua. Ambrose, Paulie y Grant reían y los alentaban, pero estaban tan agradecidos de estar en la piscina que no quisieron desperdiciar el tiempo haciendo payasadas. Se quedaron flotando mientras miraban al cielo, que no parecía ser tan diferente del del lago Hannah.

—He visto la cara de Sadam tantas veces que lo veo cuando cierro los ojos, como si se me hubiera quedado grabado en la retina —se quejó Paulie.

—Menos mal que el entrenador Sheen no usó la misma técnica para intimidarnos durante la temporada de lucha. ¡Imaginad! La cara del entrenador Sheen por todas partes, observándonos desde cualquier lugar. —Grant rio.

—Qué raro. No recuerdo su cara, ni la cara de nadie. Intento fijarme en los detalles, pero no puedo. No hace tanto tiempo que nos fuimos. Llevamos aquí desde marzo solamente —dijo Ambrose. Negó con la cabeza con incredulidad.

—Han sido los meses más largos de mi vida —suspiró Paulie.

—No recuerdas la cara de Rita… pero me apuesto lo que quieras a que sí recuerdas su cuerpo desnudo, ¿verdad? —dijo Beans. Ya había dejado de pelear con Jesse por el comentario que había hecho sobre su lengua y empezó a usarla de manera ofensiva otra vez.

—Nunca la he visto desnuda —respondió Ambrose. Le daba igual que sus amigos lo creyeran o no.

—Lo que tú digas —respondió Jesse con incredulidad.

—De verdad. Solo estuvimos juntos un mes.

—Es tiempo más que suficiente —respondió Beans.

—¿No oléis como a beicon? —Paulie hizo como si olisqueara para recordarle a Beans que volvía a comportarse como un cerdo.

Beans le salpicó con agua la cara, pero su amigo no le hizo caso. La alusión al beicon hizo que a los chicos les rugiera el estómago.

Después de mirar por última vez al cielo, los chicos salieron de la majestuosa piscina. Estaban cansadísimos. No había nubes en el cielo, ni caras que reconstruir, nada para llenar los agujeros en la memoria de Ambrose. Espontáneamente, un rostro apareció en su mente, el rostro de Fern Taylor. Tenía la barbilla levantada y los ojos cerrados, las pestañas húmedas y espesas sobre las mejillas llenas de pecas. Le temblaba la boca, rosa y magullada. Era el rostro que tenía cuando la había besado.

—¿Has mirado alguna vez un cuadro durante tanto rato que los colores se mezclan tanto que ya no reconoces el dibujo? No tiene forma, ni cara, ni nada; es solo color, espirales de pintura —dijo Fern.

Ambrose dejó que sus ojos descansaran sobre el rostro de la chica de la que se había acordado cuando había estado lejos, en un lugar que prefería no recordar.

Bailey y Ambrose estaban en silencio, seguían buscando figuras en las nubes.

—Creo que pasa lo mismo con las personas. Cuando las miras de verdad, dejas de ver una nariz perfecta o unos dientes rectos. Dejas de ver las marcas de acné o el hoyuelo de la barbilla. Todos esos rasgos se difuminan, y entonces ves los colores, lo que se esconde en el interior, y la belleza adquiere un significado nuevo. —Fern hablaba sin apartar la mirada del cielo.

Ambrose observó su perfil. No hablaba sobre él, solo decía lo que pensaba, reflexionaba sobre las ironías de la vida. Estaba siendo ella misma.

—Pero también pasa al revés —añadió Bailey—. Si alguien se comporta mal, se vuelve feo. Becker no es feo por su aspecto, igual que yo no soy absolutamente irresistible por el mío.

—Tienes toda la razón, mi querido amigo flotante —dijo Fern con seriedad.

Ambrose se mordió la lengua para no reír. Vaya par de cerebritos. Hacían una pareja muy rara. Sintió ganas de llorar. Otra vez. Se estaba convirtiendo en una de esas cincuentonas a las que les gustan las imágenes con fotos de gatitos y frases motivadoras, una de esas mujeres que lloran con los anuncios de cerveza. Fern lo había vuelto un llorica. Y estaba loco por ella y por su amigo flotante.

—¿Qué te pasó en la cara, Brosey? —preguntó Bailey con alegría, cambiando de tema, como siempre hacía, sin avisar. Vale, puede que a Ambrose no le gustara tanto el amigo flotante.

—Me explotó una bomba —contestó Ambrose secamente.

—¿Tal cual? Quiero más detalles. Te tuvieron que operar muchas veces, ¿no? ¿Qué te hicieron?

—Se me desprendió el lado derecho de la cabeza y también la oreja.

—Bueno, no pasa nada, de todos modos, tenías oreja de coliflor, si no recuerdo mal.

Ambrose rio y sacudió la cabeza por el comentario audaz de su amigo. La oreja de coliflor era lo que les pasaba a las orejas de los luchadores cuando no llevaban casco. Ambrose nunca había sufrido esa afección, pero apreciaba el sentido del humor de Bailey.

—Esta oreja es una prótesis.

—¿En serio? Déjame verla. —Bailey empezó a mecerse en el agua y Ambrose tuvo que sujetarlo antes de que se diera la vuelta y sumergiera la cara en el agua.

Ambrose tiró de la prótesis, sujeta con imanes, y se la quitó. Fern y Bailey dijeron a la vez:

—¡Mola!

Sí, cerebritos. Aunque Ambrose tenía que admitir que la respuesta de Fern lo alivió. Le había dado motivos más que suficientes para que huyera de él, y el hecho de que ni siquiera se inmutara le quitó un peso de encima. Inhaló y disfrutó de la sensación de respirar profundamente.

—¿Y por eso no te crece el pelo? —Ahora le tocaba a Fern hacer preguntas.

—Sí. Tengo demasiado tejido cicatrizal en ese lado, demasiados injertos. Tengo una pieza de acero en el lado de la cabeza que va desde la mandíbula al pómulo. Se me levantó la piel por aquí y por aquí. —Ambrose señaló las cicatrices que tenía en forma de cruz en la mejilla—. Pudieron volver a ponérmela, pero antes de que el trozo de metralla grande me desprendiera parte de la cabeza ya se me había clavado mucha metralla en la cara. La piel que me volvieron a poner bien parecía un queso suizo y yo tenía metralla incrustada en el tejido blando de la cara. Por eso tengo bultos y cicatrices. Parte de la metralla tiene que salir todavía.

—¿Y qué te pasó en el ojo?

—Se me metió un trozo grande de metralla en el ojo. Pudieron salvar el ojo, pero no la vista.

—¿Así que tienes una pieza de acero en la cabeza? ¡Qué guay! —dijo Bailey con los ojos desorbitados.

—Sí, podéis llamarme Hombre de Hojalata —replicó Ambrose en voz baja. Recordar los apodos y el sufrimiento hizo que le costara respirar otra vez.

—¿El Hombre de Hojalata? —preguntó Bailey—. Sí que estás bastante oxidado, sí. El derribo a dos piernas de ayer fue malísimo.

Fern deslizó un brazo, cogió la mano de Ambrose y encontró un sitio firme donde apoyar los pies sobre las rocas del fondo, al lado de los pies del chico. El recuerdo perdió fuerza. Ambrose le pasó un brazo por la cintura y la acercó sin preocuparse por si Bailey se quejaba. Puede que el Hombre de Hojalata estuviera resucitando, puede que sí tuviera corazón.

Pasaron una hora más en el agua. Bailey flotaba felizmente mientras Fern y Ambrose nadaban a su alrededor. Estuvieron riendo y salpicándose los unos a los otros hasta que Bailey dijo que se estaba quedando como una pasa. Ambrose llevó a Bailey hasta la silla de ruedas, y él y Fern se quedaron tumbados en las rocas y dejaron que el sol les secara la ropa. Fern era la que más ropa llevaba y la que estaba más mojada y al cabo de poco tiempo se le empezó a enrojecer la piel: se le quemaron los hombros, y la nariz y las pantorrillas se volvieron de color rosa. Al secarse, el pelo se le rizó y le cayó por la espalda y sobre los ojos cuando le dedicó una sonrisa somnolienta a Ambrose, que estaba medio dormido sobre la roca cálida. El chico sintió algo extraño en el pecho, algo parecido a la sensación que se siente al caer, y se tocó la piel justo encima del corazón, como si pudiera calmar el sentimiento y hacer que desapareciera. Cada vez le pasaba más a menudo cuando estaba con Fern.

—Oye, Brose. —La voz de Bailey lo trajo de vuelta de su ensimismamiento.

—Dime.

—Tengo que ir al lavabo —informó Bailey.

Ambrose se quedó de piedra: sabía lo que eso quería decir.

—Así que tienes dos opciones: puedes llevarme a casa pronto o puedes acompañarme al bosque. —Bailey señaló con la cabeza los árboles que rodeaban el lago—. Espero que hayas traído papel higiénico. Bueno, sea como sea, vas a tener que dejar de mirar a Fern como si quisieras comértela, porque me está dando hambre y no me responsabilizo de mi comportamiento cuando estoy hambriento y tengo que ir al cagadero.

Y así de rápido se estropeó el momento.

26
Construir una máquina del tiempo

22 de noviembre de 2003

Querida Marley:
   Nunca te he escrito una carta de amor, ¿verdad? ¿Sabías que Ambrose se estuvo escribiendo cartas de amor con Rita Marsden hasta que se dio cuenta de que no era ella la que las escribía? Las escribía Fern Taylor, la chica bajita y pelirroja que siempre va con Bailey, el hijo del entrenador Sheen. Paulie le sugirió a Ambrose que le mandara poemas. Yo creo que Ambrose lo pasó muy bien hasta que Rita cortó con él y le confesó que había sido Fern desde el principio. Ambrose no suele mostrar sus sentimientos, pero aquel día estaba muy enfadado. Nos estuvimos metiendo con él por lo que había pasado todo el curso. Es divertido imaginar a Ambrose y a Fern juntos, pero a él no le hace ninguna gracia, y cada vez que mencionamos el nombre de la chica se queda callado. Eso me ha hecho darme cuenta de que no se me da muy bien expresarme y me ha recordado lo lejos que está dispuesta a llegar la gente para comunicarse.
   Hemos tenido que escoltar por turnos a algunos prisioneros antes de que los llevaran a Bagdad. A veces pasan semanas hasta que tenemos un lugar donde mandarlos. Es sorprendente lo que llegan a hacer algunos de los prisioneros iraquíes para comunicarse entre ellos. Mezclan su té *chai* con tierra y arena, hacen una especie de barro, luego escriben mensajes en trozos de servilletas o trapos, los ponen dentro de la bola de barro (nosotros las llamamos piedras *chai*) y dejan que se seque. Entonces las lanzan a diferentes celdas cuando los escoltas no miran.

Yo no sabía qué escribir hoy y eso me ha hecho pensar en qué te diría si tuviera solo un pedacito de papel. «Te quiero» ya está muy visto, pero te quiero y quiero a Jesse, aunque no lo haya conocido todavía. Me muero de ganas de regresar a casa y ser mejor persona. Creo que puedo ser mejor, y prometo que lo voy a intentar. Bueno, esta es tu primera carta de amor oficial. Espero que te guste. Grant se ha asegurado de que no haya errores ni faltas de ortografía. Vale la pena tener amigos inteligentes.

Con amor,
Jesse

Ambrose esperaba delante de casa de Fern sin saber cómo entrar. Podía lanzarle piedras a la ventana (la de Fern era la de la izquierda de la planta baja. Daba a la parte de atrás). Podía cantarle una serenata y despertar a todo el vecindario... y a los padres de la chica, aunque eso probablemente tampoco le ayudaría a entrar, y se moría de ganas de hacerlo. Era la una de la madrugada. Por desgracia, el horario de trabajo en la pastelería le había alterado el ciclo del sueño y los días que no trabajaba no podía dormir. Bueno, en realidad nunca dormía bien, no desde que había regresado de Irak. La psicóloga le había dicho que era normal tener pesadillas porque tenía trastorno de estrés postraumático. No hacía falta ser muy listo para darse cuenta.

Sin embargo, esa noche lo que le impedía dormir era la necesidad de ver a Fern. Hacía horas desde que lo había dejado para llevar a Bailey a casa. Solo unas cuantas horas. Pero la echaba de menos.

Cogió el teléfono, una opción mucho más lógica que comunicarse lanzando piedras o hacer de Romeo con música.

«¿Estás despierta?», le escribió. Esperaba que hubiera dejado el móvil cerca de la cama.

El móvil tardó veinte segundos en vibrar:

«Sí».

«¿Puedo verte?».

«Sí, ¿dónde estás?».

«Fuera».

«¿Aquí fuera?».

«Sí. ¿Tienes miedo? Me han dicho que asusto bastante. Había pensado en entrar por la ventana, pero los monstruos, en teoría, viven debajo de la cama, o en el armario».

Ahora le era mucho más fácil bromear sobre su aspecto. Fern había hecho que fuera fácil. No respondió al último mensaje, pero la luz se encendió de golpe. Pasaron un par de minutos; Ambrose se preguntaba si se estaría arreglando. A lo mejor dormía desnuda. Vaya, tendría que haberse colado por la ventana.

Unos segundos más tarde, Fern sacó la cabeza por la ventana y le hizo señas para que se acercara. Entre risitas, apartó la persiana desde el lado de la ventana mientras Ambrose entraba en la habitación. Una vez dentro, se puso recto. El joven parecía enorme dentro de la habitación. Había estirado las sábanas y en la almohada todavía se apreciaba la marca de la cabeza. Fern dio saltitos de alegría y los rizos carmesíes, que le llegaban a la espalda y le caían por los hombros, botaron a la vez y bailaron contra la camiseta naranja que vestía. También llevaba unos pantalones cortos que no combinaban con la parte de arriba y hacían que pareciera un payaso medio desnudo.

Los payasos nunca antes lo habían dejado sin aliento. ¿Por qué le costaba respirar, desesperado por abrazarla? Llenó los pulmones de aire y extendió la mano a modo de saludo, entrelazó los dedos con los suyos y tiró de ella para acercarla.

—Siempre he soñado que un chico guapo se colaría por mi ventana —susurró Fern dramáticamente.

—Me lo contó Bailey —respondió él en un murmullo.

—¿Qué? ¡Será chivato! Ha roto el código de mejores amigos al revelar mis fantasías secretas. ¡Qué vergüenza! —Fern suspiró. No parecía para nada avergonzada—. Podrías haber entrado por la puerta —murmuró después de un largo silencio. Se puso de puntillas y le besó el cuello y la barbilla. No llegaba más allá.

—Quería entrar por la ventana, pero no tenía un motivo. Además, ya era tarde para llamar a la puerta, pero quería verte.

—Ya nos hemos visto hoy, en el lago. Tengo las quemaduras que lo demuestran.

—Quería volver a verte —respondió—. No puedo estar lejos de ti.

Fern se ruborizó. Las palabras le acariciaron la piel como si fueran gotas de una lluvia de verano. Ella quería estar con él todo el tiempo y le costaba creer que él quisiera lo mismo.

—Seguro que estás cansadísimo —dijo, preocupada por él. Lo guio hacia la cama y lo hizo sentarse.

—El horario de la pastelería hace que me cueste dormir hasta cuando tengo la noche libre —admitió el chico, aunque sin mencionar las pesadillas que hacían que dormir le resultara más difícil todavía. Después de un corto silencio, añadió—: ¿Quieres compartir alguna otra fantasía, ya que estoy aquí? ¿Atarme a tu cama, tal vez?

Fern rio y dijo:

—Ambrose Young en mi cama. No creo que haya fantasía que pueda superarlo.

Ambrose examinó las sombras que proyectaba la lámpara de la mesita de noche en la cara de Fern. Ella se sonrojó.

—¿Por qué me llamas siempre por mi nombre completo? Siempre me llamas Ambrose Young.

Fern reflexionó y dejó que se le cerraran los ojos mientras él le dibujaba suavemente círculos en la espalda con los dedos.

—Siempre has sido Ambrose Young para mí... ni Ambrose, ni Brose ni Brosey. Ambrose Young, la estrella, el galán de novela. Como los actores. No llamo a Tom Cruise por su nombre de pila, lo llamo Tom Cruise. Will Smith, Bruce Willis... Para mí, siempre has estado al mismo nivel que ellos.

Era como si volviera a ser Hércules. Fern lo miraba como si fuera capaz de matar dragones y luchar contra leones. Por algún motivo, la imagen que tenía de él no había cambiado, ni siquiera cuando el orgullo del chico estaba por los suelos y ya no quedaba nada del antiguo Ambrose; se había venido abajo como las estatuas de Sadam Huseín.

—¿Por qué te pusieron Ambrose? —preguntó Fern en voz baja, relajada por las caricias en la espalda.

—Así se llamaba mi padre biológico. Fue lo que se le ocurrió a mi madre para intentar que me reconociera como hijo.

—¿El modelo de ropa interior? —preguntó ella sin aliento.

Ambrose gruñó:

—Nunca me dejaréis olvidar eso... Sí, hacía de modelo. Y mi madre nunca superó la ruptura a pesar de tener a un tío como Elliott, quien cree que mi madre puede caminar sobre el agua y que haría cualquier cosa para hacerla feliz, hasta casarse con ella cuando estaba embarazada de mí. Incluso permitir que mi madre me pusiera el nombre del tío de los calzoncillos.

—No parece molestarte —dijo Fern entre risas.

—Es que no me molesta. Gracias a mi madre tengo a Elliott, que ha sido el mejor padre del mundo.

—¿Por eso te quedaste con él cuando ella se fue?

—Quiero a mi madre, pero es una bala perdida, y yo no quería perderme con ella. Las personas como Elliott no se pierden, él sabe quién es incluso cuando el mundo se viene abajo. Siempre ha hecho que me sienta seguro. —Ambrose se dio cuenta de que, en ese sentido, Fern era igual que Elliott. Era humilde, constante, un refugio.

—A mi me pusieron Fern por la niña del libro *La telaraña de Carlota* —dijo ella—. Lo conoces, ¿no? Fern, la niña, impide que maten al cerdito porque es pequeño. Bailey dijo que me tendrían que haber llamado Wilbur porque yo también soy pequeña. A veces, cuando quería hacerme enfadar, me llamaba así. Le dije a mi madre que me tendrían que haber puesto Carlota, como la araña. Me encantaba ese nombre, y la araña era inteligente y buena. Además, la protagonista de una de mis novelas favoritas se llamaba así.

—Grant tenía una vaca que se llamaba Carlota. Me gusta Fern.

Fern sonrió.

—A Bailey le pusieron ese nombre por George Bailey, de *Qué bello es vivir*. A Angie le encanta esa peli. Tendrías que oír la imitación que hace Bailey de Jimmy Stewart, es supergraciosa.

—Ahora que mencionas los nombres y las novelas favoritas, Bailey me dijo que usas un seudónimo para escribir novelas. Tengo curiosidad.

Fern gruñó, agitó el puño apuntando a la casa de Bailey y dijo:

—¡Cómo puedes ser tan bocazas, Bailey Sheen! —Miró al chico, nerviosa—. Vas a pensar que soy una acosadora y que estoy obsesionada, pero piensa que me inventé el seudónimo cuando tenía dieciséis años, y entonces sí que estaba obsesionada. Bueno, todavía lo estoy un poco.

—¿Obsesionada con qué? —Ambrose no la entendía.

—Contigo. —La respuesta quedó amortiguada cuando Fern escondió la cara en el pecho del chico, pero él la oyó. Ambrose rio y le levantó la barbilla para verle la cara.

—¿Y eso qué tiene que ver con el seudónimo?

—Es Amber Rose —suspiró Fern.

—¿Ambrose?

—Amber Rose —lo corrigió.

—¿Amber Rose? —balbuceó él.

—Sí —contestó Fern en voz muy baja.

Ambrose estuvo un buen rato riendo y, cuando paró, besó con suavidad a Fern contra los cojines. Esperó a ver cómo respondía al beso para no tomar más de lo que ella quería darle, para no ir demasiado deprisa, pero Fern se lo devolvió con pasión, abriendo la boca y metiéndole las manos por debajo de la camiseta para tocarle los costados del abdomen. Ambrose soltó un gruñido. Deseaba que la cama fuera más grande. Fern respondió al sonido y le quitó la camiseta rápidamente: deseaba estar lo más cerca posible de él. El chico se perdió en su ardor, su fragancia, sus labios suaves y sus suspiros todavía más suaves. Pero entonces se dio un golpe en la cabeza con el cabecero de la cama, y su cerebro, embriagado de amor, volvió a recobrar el sentido. Se puso rápidamente de pie y cogió la camiseta del suelo.

—Me tengo que ir. No quiero que tu padre me pille en la habitación de su hija, en la cama y sin camiseta. Me mataría. Y tu tío, mi exentrenador, lo ayudaría. A pesar de ser dos veces más grande que él, el entrenador Sheen todavía me da miedo.

Fern gimoteó a modo de protesta y lo cogió por el cinturón para que volviera a la cama. Almbrose rio, dio un traspiés y, para no caer, se apoyó en la pared. Sin querer, tocó una chincheta, que cayó al suelo. Esta se coló por detrás de la cama, y Ambrose se agachó y cogió el papel que la chincheta había estado sujetando. Miró la hoja y devoró las palabras antes de siquiera preguntarse si era algo que podía leer.

Si Dios crea nuestras caras, ¿rio cuando hizo la mía?
¿Crea piernas que no andan y ojos que no miran?
¿Acaso riza el pelo de la cabeza hasta que se alza persistente?
¿Tapa las orejas del sordo para hacerlo dependiente?
¿Es coincidencia que piense así o es el destino?
¿Es correcto culparlo por las piedras que ha puesto en mi camino?
Por los defectos que empeoran cada vez que me miro a un espejo.
Por mi fealdad, por el odio y por el miedo.
¿Nos esculpe para divertirse o por algún motivo que no entiendo?
Si Dios crea nuestras caras, ¿hizo la mía riendo?

Ambrose volvió a leerlo en silencio y sintió que algo se apoderaba de él. Era la sensación de comprender y ser comprendido. Esas palabras expresaban lo que sentía, pero nunca se había planteado que pudieran ser las de ella también. Le dolía el corazón al pensar que ella se había sentido así.

—¿Ambrose?

—¿Qué es esto, Fern? —susurró, enseñándole el poema.

Ella miró el papel, nerviosa, incómoda.

—Lo escribí yo. Hace mucho tiempo.

—¿Cuándo?

—Después del baile de graduación. ¿Te acuerdas? Fui con Bailey. Os pidió a todos que bailarais conmigo. Fue uno de los momentos más vergonzosos de mi vida, pero él solo intentaba ser bueno. —Fern esbozó una lánguida sonrisa.

Ambrose se acordaba. Fern estaba muy guapa aquella noche, y eso lo había confundido. No le pidió que bailará con él. Se negó a ello e incluso dejó a Bailey con la palabra en la boca cuando se lo pidió.

—Te hice daño, ¿verdad?

Ella se encogió de hombros y sonrió. Le temblaban los labios y le brillaban los ojos. Después de más de tres años, el dolor todavía era evidente.

—Te hice daño —repitió. El remordimiento hizo que su voz sonara arrepentida.

Fern alargó el brazo y le tocó la mejilla llena de cicatrices.

—Es solo que no me veías, eso es todo.

—Estaba tan ciego... —Con el dedo, le apartó un rizo que le cubría la ceja.

—Bueno... estás más ciego ahora —bromeó Fern para aliviar su culpa—. Quizá por eso te gusto.

Tenía razón. Estaba ciego de un ojo, pero, a pesar de eso, o quizá gracias a eso, ahora lo veía todo mucho más claro.

27

Hacerme un tatuaje

Irak

—Oye, Jess, déjame ver el tatuaje —dijo Beans, pasándole el brazo por el cuello a su amigo y estrechándolo un poco más de lo que se consideraría cariñoso.

Esa misma mañana, Jesse había estado con un médico que hacía tatuajes, pero no había comentado nada del resultado final y parecía más triste de lo normal.

—Cállate, Beans. ¿Por qué tienes que saberlo todo? Siempre te metes en mis asuntos —respondió Jesse, apartando a su molesto amigo, que intentaba ver el tatuaje que tenía en el pecho.

—Porque te quiero, por eso. Tengo que asegurarme de que no hayas hecho alguna gilipollez de la que puedas arrepentirte. ¿Es un unicornio o una mariposa? No te habrás tatuado el nombre de Marley alrededor de una rosa, ¿no? Puede que ya no le intereses cuando vuelvas, tío. Puede que ya esté con otro. Es mejor que no te tatúes su nombre en la piel.

Jesse dijo una palabrota y empujó tan fuerte a Beans que, al ser más pequeño, cayó al suelo. Beans se levantó rápidamente. Estaba enfadado y empezó a decir obscenidades. Grant, Ambrose y Paulie se interpusieron entre los dos. El calor los estaba volviendo locos, y eso, sumado a la tensión constante, hacía que pareciera increíble que no se hubieran peleado antes.

—Tengo un hijo, un niño recién nacido al que no he visto y Marley es su madre. Así que si vuelves a meterte con ella te daré una paliza y, cuando acabe contigo, escupiré sobre tu tumba.

Beans dejó de intentar golpear a Jesse inmediatamente y la ira desapareció de su cara tan rápidamente como había venido. Ambrose lo soltó al darse cuenta de que ya había pasado el peligro.

—Oye, Jess, tío, lo siento. Era de coña. —Beans llevó las manos en la cabeza y se giró, maldiciéndose a sí mismo esta vez. Miró a su amigo con cara de remordimiento y añadió—: Es una mierda, tío, tener que estar aquí cuando tienes todo ese lío en casa. Lo siento, tengo que aprender a cerrar la bocaza.

Jesse se encogió de hombros y tragó saliva rápidamente, como si se hubiera tomado una pastilla muy amarga, y si no hubiera llevado los ojos tapados por las gafas de sol, como todos, no habría podido esconder las lágrimas, que amenazaban con salir y complicar la situación todavía más. Sin mediar ni una palabra empezó a quitarse el chaleco antibalas con firmeza y rápidamente. Lo hacían varias veces al día porque tenían que llevarlo siempre que abandonaban la base, y hacerlo ya era tan sencillo para ellos como atarse los cordones de los zapatos.

Se quitó el chaleco antibalas por la cabeza y lo tiró al suelo. Después se soltó la solapa de velcro de la camiseta y se bajó la cremallera para abrirla completamente y sacar de la cintura del pantalón la camiseta que llevaba debajo. Se la levantó y les mostró el abdomen esculpido y negro y los pectorales. Jesse era tan guapo como Ambrose, cosa que el primero no se cansaba de decir. Y ahí estaban, en el pectoral izquierdo, escritas encima del corazón en una letra negra y cuidada las palabras:

Mi hijo
Jesse Davis Jordan
8 de mayo de 2003

Se sujetó la camiseta caqui con el puño justo por debajo de la barbilla durante unos segundos y dejó que sus amigos miraran su nuevo tatuaje, que no había querido enseñar. Entonces, sin decir nada, se bajó la camiseta, se la metió por dentro de los pantalones y volvió a ponerse el chaleco antibalas.

—Mola mucho, Jess —suspiró Beans con voz hueca y abatida, como si le hubieran disparado en el pecho. Los demás asintieron, pero nadie pudo decir nada; intentaban ahuyentar la emoción del momento porque sabían que no había nada que pudieran decir para hacer sentir mejor a Jesse. Ni a Beans. Volvieron a la base en silencio.

Paulie alcanzó a Jesse y le pasó el brazo por encima de los hombros. Jesse no intentó quitárselo de encima como había hecho antes con Beans. Y entonces, Paulie empezó a cantar y las palabras se arremolinaron a su alrededor en el calor del desierto:

*Llevo tu nombre en el corazón
para no olvidar
cómo me sentí cuando naciste
antes siquiera de haberte conocido.*

*Llevo tu nombre en el corazón
para que lata con el tuyo al compás
y, cuando más te extraño, escribo
cada curva y cada línea.*

*Llevo tu nombre en el corazón
para que estemos juntos,
para que estés siempre a mi lado
y tenerte conmigo siempre.*

Cuando Paulie acabó, las palabras quedaron suspendidas en el aire. Si hubiera sido otro el que hubiera cantado no habría tenido ese efecto, pero Paulie tenía un gran corazón y una manera de comunicarse a la que ya estaban acostumbrados todos. El hecho de que se hubiera puesto a cantar para animar a su amigo no los sorprendió.

—¿La has compuesto tú, Paulie? —susurró Grant con un temblor en la voz que, aunque lo ignoraron, no pasó desapercibido.

—No. Es una canción tradicional que me cantaba mi madre. Ni siquiera recuerdo de quién es. Llevaban el pelo a lo hippy y sandalias con calcetines, pero siempre me ha gustado la canción. He cambiado un poco la primera estrofa, para Jesse.

Caminaron otro rato más en silencio hasta que Ambrose empezó a tararear la canción y Jesse dijo:
—*Vuelve a cantarla, Paulie.*

—En serio, ¿qué tatuaje me hago? ¿Me tatúo un corazón con la palabra «Mamá» dentro? Eso es horrible. No puedo pensar en nada que sea guay y no quede ridículo en un chico que va en silla de ruedas —dijo Bailey.

Los tres, Ambrose, Bailey y Fern, iban de camino a Seely, a un salón de tatuajes que se llamaba Ink Tank. Bailey llevaba tiempo pidiéndole a Fern que lo llevara a hacerse un tatuaje, desde que tenía dieciocho años, y hacía poco había vuelto a sacar el tema, el día del lago. Ambrose dijo que él quería llevarlo, así que eran dos contra uno. En ese momento iba al volante; hacía de chófer servicial, como siempre.

—Eh, Brosey, tú podrías tatuarte una maza, como Hércules. Molaría un montón —sugirió Bailey.

Ambrose suspiró. Hércules había muerto, pero Bailey no dejaba de intentar resucitarlo.

—Y tú, Bailey, una «S» de Superman dentro de un escudo. Superman te encantaba, ¿te acuerdas? —Fern se animó por el recuerdo.

—Yo pensaba que eras más de Spiderman —dijo Ambrose al recordar el follón que montó Bailey al ver morir a la araña cuando tenían diez años.

—Abandoné la teoría del veneno de araña al cabo de poco tiempo —contestó el chico—. Supuse que los bichos no eran la respuesta a mis problemas, porque me habían picado muchísimos mosquitos y no me había pasado nada. Cuando me dejó de interesar el veneno de araña, cambié a Spiderman por Superman.

—Estaba convencido de que su enfermedad se debía a la exposición a la kriptonita. Su madre le tuvo que hacer una capa larga y roja con una S en la parte de atrás. —Fern rio y Bailey resopló.

—Quiero que me entierren con esa capa, todavía la tengo. Es genial.

—¿Y tú, Fern? ¿Wonder Woman? —bromeó Ambrose.

—Fern decidió que no le gustaban los superhéroes —contestó Bailey desde el asiento trasero—, y que prefería ser un hada porque le gustaba volar sin tener la responsabilidad de salvar al mundo. Se hizo unas alas con cartulina, las cubrió de purpurina y les hizo unas tiras con cinta adhesiva para poder llevarlas en la espalda como si fueran una mochila.

Fern se encogió de hombros y dijo:

—Por desgracia, yo no conservo las alas. Las llevé hasta que se rompieron.

Ambrose estaba callado. Las palabras de Bailey resonaban en su cabeza: «Le gustaba volar sin tener la responsabilidad de salvar al mundo». Puede que, después de todo, Fern y él sí fueran almas gemelas. Entendía ese sentimiento a la perfección.

—Bailey, ¿crees que tu madre nos castigará y no dejará que nos veamos? —preguntó Fern con un gesto triste en la boca—. No creo que les guste que te hagas un tatuaje.

—Qué va. Jugaré la carta de «deja que tu hijo moribundo cumpla su último deseo» —respondió Bailey—. Nunca falla. Fern, tú deberías hacerte un helecho* en el hombro, con hojas y todo.

—No soy tan valiente como para hacerme un tatuaje. Y si lo fuera, no me haría un helecho.

Detuvieron el coche delante del salón de tatuajes. La tienda estaba muy tranquila, al parecer el mediodía no era hora punta para hacerse tatuajes. Bailey se quedó callado de repente y Ambrose se preguntó si le estaban entrando dudas. Pero Bailey no dudó ni un segundo cuando Fern le quitó el freno a la silla de ruedas y bajó por la rampa.

Fern y Bailey miraban en todas direcciones dentro del pequeño negocio y Ambrose se preparaba, como siempre hacía, para ser el centro de atención de todas las miradas. Pero el hombre que se les acercó tenía tantos tatuajes intricados en la cara que Ambrose, con sus cicatrices y marcas, parecía aburrido en comparación. El hombre miró las cicatrices de Ambrose desde un punto de vista profesional y se ofreció a añadirle un par

---

* *Fern* en inglés significa helecho. *(N. de la T.)*

de adornos. El chico rechazó la oferta, pero a partir de entonces se sintió mucho más cómodo.

Bailey había decidido que quería el tatuaje en la parte alta del hombro derecho, para que no rozara con el respaldo de la silla. Eligió las palabras «En la batalla se encuentra la victoria», la inscripción que había en el banco de piedra del monumento conmemorativo y que su padre repetía cientos de veces. Esas palabras eran un testimonio de la vida de Bailey y, a la vez, un tributo al deporte que tanto le gustaba.

Fern y Bailey se sorprendieron cuando Ambrose le dijo al hombre tatuado lo que quería y se quitó la camiseta para explicárselo. Fue rápido. No era un diseño complicado, no requería una destreza especial ni el uso de distintos colores. Escribió lo que quería con buena letra, se aseguró de que estuviera bien escrito y se lo dio al tatuador. Eligió una tipografía, le dibujaron el tatuaje con una plantilla en la piel y, entonces, el artista empezó el proceso.

Fern miraba fascinada mientras el hombre tatuaba, uno tras otro, los nombres de los cuatro amigos fallecidos en el pectoral izquierdo de Ambrose. Paulie, Grant, Jesse, Beans; un nombre al lado del siguiente en letras de imprenta claras que formaban una línea solemne. Una vez estuvo terminado, Fern pasó un dedo por encima de los nombres con cuidado de no tocar la piel. Ambrose se encogió. Las manos de la chica tenían un efecto balsámico sobre la herida, era agradable y doloroso a la vez.

Pagaron, dieron las gracias al tatuador e iban de camino a casa cuando Bailey preguntó:

—¿Hace que los sientas más cerca?

Ambrose miró el paisaje a través de la ventana y vio un cielo, unos árboles y unas casas tan familiares como su propia cara... o la cara que solía ver cuando se miraba al espejo.

—Tengo la cara hecha un desastre —dijo mientras miraba a Bailey por el retrovisor. Alargó una mano y recorrió con los dedos la cicatriz más grande que tenía, la que iba del nacimiento del pelo hasta la boca—. No elegí tener estas cicatrices, y mi cara me recuerda cada día la muerte de mis amigos. Supongo que quería algo que me recordara sus vidas. Jesse se hizo uno, y yo hacía tiempo que quería hacerme uno también.

—Qué bonito, Brosey. Es muy bonito. —Bailey sonrió melancólicamente—. Creo que esa es la parte más dura, la de pensar que nadie me recordará cuando me vaya. Mis padres me recordarán, lo sé, y Fern también. Pero, ¿qué puede hacer alguien como yo para ser eterno? Cuando todo se haya acabado, ¿qué significado habrá tenido mi vida?

La furgoneta azul se quedó en silencio, cargada de tópicos y palabras de consolación que no se dijeron. Fern quería demasiado a Bailey para darle una palmadita en la cabeza cuando necesitaba mucho más que eso.

—Te añadiré a mi lista —prometió Ambrose de repente con la mirada fija en los ojos de Bailey a través del retrovisor—. Cuando llegue el momento, me escribiré tu nombre en el corazón, junto con el de los demás.

A Bailey se le inundaron los ojos y pestañeó rápidamente. Se quedó unos minutos en silencio. Fern miró a Ambrose con tanto amor y devoción que se habría ofrecido a escribirle un epitafio entero en la espalda.

—Gracias, Brosey —dijo Bailey en un susurro.

Ambrose empezó a tararear.

—Vuelve a cantarla, por favor —dijo Fern, mientras recorría la cicatriz que tenía en la mejilla derecha. Ambrose le permitía hacerlo; ni siquiera le importaba que le recordara que la tenía. Cuando le tocaba la cara, sentía su cariño, y sus dedos lo sanaban.

—¿Te gusta que cante? —preguntó él, somnoliento.

Sabía que en poco tiempo debía volver al trabajo. Fern tenía el día libre, pero él no. La visita que habían hecho al salón de tatuajes les había ocupado toda la tarde, y, cuando anocheció, Ambrose y Fern se despidieron de Bailey. Sin embargo, les había costado despedirse él uno del otro. Al final, acabaron viendo el atardecer del sol de verano en la cama elástica que había en el patio trasero de la casa de Fern.

Era de noche. Todo estaba en calma y el calor se había desvanecido con el sol. Ambrose estaba adormilado mientras cantaba la nana que le había enseñado Paulie los primeros meses que pasaron en Irak. El hijo de Jesse había acabado de nacer. Sin embargo, su estancia en el lugar nunca llegó a su fin y se convirtió en un mar de arena infinita y en días eternos antes de que pudieran volver a casa.

—Me encanta oírte cantar —contestó Fern, que lo despertó de su ensoñación. Empezó a cantar la canción y se detuvo al no recordar la letra. Le dejó rellenar los huecos hasta que Fern dejó de cantar y él acabó la canción solo.

—Llevo tu nombre en el corazón para que estemos juntos, para que estés siempre a mi lado y tenerte conmigo siempre. —Era la tercera vez que la cantaba.

Cuando entonó la última nota, Fern se acurrucó sobre él, como si también quisiera echar una siesta. La cama elástica botó un poco debajo de sus cuerpos e hizo que el cuerpo de Fern rodara hasta el valle que el peso del cuerpo de Ambrose había creado y cayera sobre el pecho del chico. Le acarició el pelo y ella empezó a respirar cada vez más profundamente.

Ambrose se preguntaba con melancolía cómo debía ser dormir a su lado todos los días. Quizá eso haría que las noches no fueran tan duras, quizá la oscuridad que lo consumía cuando estaba solo desapareciera para siempre gracias a la luz de Fern. El día anterior se había pasado una hora con la psicóloga, que se había quedado anonadada por «el progreso de su salud mental». Todo se debía a una pastillita llamada Fern.

Estaba seguro de que, si le proponía que se escaparan, ella le diría que sí. Aunque tendrían que llevarse a Bailey. Daba igual, se casaría con él en un santiamén... El corazón de Ambrose latía con entusiasmo por la idea. Seguro que Fern notaba el aumento en el volumen y en la velocidad del latido con la mejilla.

—¿Sabes el chiste del hombre que tenía que elegir esposa? —preguntó Ambrose en voz baja.

Fern sacudió la cabeza, apoyada en el pecho del chico.

—No —respondió. Y bostezó delicadamente.

—Es un hombre que puede casarse con una chica que es guapísima o con una chica que tiene una voz preciosa pero no es muy guapa. Y después de darle muchas vueltas, decide casarse con la chica de la voz bonita porque, al fin y al cabo, una voz bonita dura más que una cara bonita, ¿no?

—Claro. —Fern sonaba más despierta ahora, como si estuviera muy interesada.

—Bueno, pues el hombre se casa con la chica fea, celebran la boda, el banquete y la noche de bodas.

—¿Es un chiste?

Ambrose siguió hablando como si no lo hubiera interrumpido:

—A la mañana siguiente, el tío se despierta y ve a su esposa y grita. Esta se despierta y le pregunta qué pasa. Y el tío se tapa los ojos y le grita: «¡Canta, por el amor de Dios, canta!».

Fern gruñó para que el chico supiera que no le había gustado el chiste, pero luego empezó a reír, y Ambrose rio con ella mientras botaba a su lado en la cama elástica del jardín del pastor Taylor. Parecían dos niños pequeños, pero, en el fondo, Ambrose se preguntaba nervioso si llegaría un punto en el que Fern lo miraría y le pediría que cantara.

28

Ser un héroe

Bailey dependía mucho de los demás, pero cuando estaba en la silla, con la mano sobre el mando, podía ir hasta la gasolinera de la esquina, hasta el supermercado para ver a Fern cuando acababa de trabajar o a la iglesia si quería atormentar a su tío Joshua con sus hipótesis teológicas. El pastor Joshua solía tener mucha paciencia con él y estaba dispuesto a charlar, pero Bailey pensaba que gruñía de frustración cada vez que lo veía acercarse.

Bailey sabía que no debería estar fuera tan tarde, pero eso era también parte de la diversión: los chicos de veintiún años no deberían tener toque de queda. Lo único por lo que se sentía mal era por tener que despertar a sus padres cuando llegara para que lo ayudaran a meterse en la cama. Eso hacía que las salidas nocturnas fueran un poco menos divertidas. Pero quería ir a la tienda para ver a Fern y a Ambrose; además, esos dos necesitaban a alguien que los vigilara, porque cada vez que estaban juntos empezaba a subir la temperatura. Bailey estaba seguro de que no tardaría mucho en convertirse en el tercero en discordia. Estaba contento de que Fern y Ambrose se hubieran encontrado, porque él no estaría con ellos siempre. Estaba seguro de que, ahora que Fern tenía al chico, todo iría sobre ruedas. Rio. Le encantaban los juegos de palabras.

Aquella noche no corrió ningún riesgo. Intentó dejar la linterna frontal en casa, pero su madre lo vio y salió corriendo detrás de él para dársela. A lo mejor se la olvidaba oportunamente en el supermercado cuando se fuera. Odiaba la estúpida lucecita. Sonrió, se sentía muy rebelde. Iba siempre por la acera y hacía caso a los semáforos, no necesitaba un foco en la cabeza. De camino al supermercado pasó por La tienda de Bob y decidió pararse, simplemente porque podía hacerlo. Esperó con paciencia hasta que Bob salió de detrás de la caja registradora y le abrió la puerta para que entrara.

—Hola, Bailey. —Bob pestañeó e intentó no mirar directamente a la luz que resplandecía en la cabeza del chico.

—Puedes apagarlo, Bob, presiona el botón de arriba —dijo Bailey.

Bob lo intentó, pero al darle al botón no pasó nada, la luz seguía brillando. Parecía que no funcionaba bien. Giró la goma elástica de tal manera que la luz estuviera en la parte de atrás de la cabeza del chico. Así podía mirarlo a la cara sin quedarse ciego.

—Tendremos que arreglarlo así. ¿Qué puedo hacer por ti, Bailey? —Bob se ofreció a ayudar a Bailey, como siempre hacía, consciente de las limitaciones del chico.

—Quiero un paquete de doce y tabaco de mascar —respondió con seriedad.

Bob abrió la boca y cambió de posición.

—Vale. ¿Llevas el carné?

—Sí.

—Vale, bueno… ¿quieres alguna marca en especial?

—Los caramelos masticables vienen en paquetes de doce, ¿verdad? Y en lugar de tabaco, ponme mejor un paquete de chicles. De menta, por favor.

Bob rio con alegría y la barriga le tembló por encima de la hebilla del cinturón.

—Por un momento me lo había tragado, Sheen. Te imaginaba con cervezas en el regazo y mascando tabaco.

Bob siguió a Bailey por los pasillos para coger lo que le había pedido. Bailey se detuvo delante de los condones.

—También necesito condones, Bob. La caja más grande que tengas.

Bob arqueó una ceja, pero esta vez no se lo creyó. Bailey rio y siguió avanzando.

Al cabo de diez minutos, Bailey, que llevaba la compra aplastada entre su cuerpo y la silla, volvía a estar en la calle.

Bob le dijo adiós con la mano mientras reía, el chico lo había entretenido un rato. Más tarde, Bob se acordó de que no le había puesto bien la linterna de la cabeza.

Bailey decidió seguir su camino, pero, en lugar de hacer el recorrido de siempre, fue por otras calles. Era una ruta más larga, pero la noche era agradable y le gustaba sentir el aire en la cara. Además, tenía tiempo y les daría a los tortolitos diez o quince minutos extra para estar solos. El silencio era agradable; la soledad, más agradable todavía. Le habría gustado pedirle a su padre que le pusiera los auriculares para escuchar a Simon and Garfunkel, pero había salido rápido para intentar, sin éxito, irse sin la linterna.

Las tiendas de Main Street estaban vacías y a oscuras y los escaparates reflejaban la imagen del chico, que pasó con la silla de ruedas motorizada por la ferretería, el gimnasio de kárate y por la inmobiliaria. El restaurante mexicano de Luisa O'Toole, Mi Cocina, también estaba cerrado, pero el viento suave movía las guirnaldas de luces y los chiles habaneros que colgaban del techo y hacía que repiquetearan contra el revestimiento amarillo. El edificio que había junto al restaurante estaba abierto. Al igual que La tienda de Bob, El antro de Jerry nunca cerraba. Tenía un cartel luminoso naranja que lo decía y había algunas furgonetas aparcadas justo delante.

Bailey oía a lo lejos la música que salía del local. Escuchó con atención para intentar reconocer la canción y oyó otro sonido. Alguien lloraba. ¿Un bebé, quizá? Bailey, extrañado, miró alrededor. No parecía haber nadie.

Avanzó y cruzó el camino pavimentado que llevaba al bar y dejó atrás los primeros vehículos que formaban una larga hilera. Volvió a oír el llanto. Vio el todoterreno negro de Becker Garth aparcado detrás, en la gravilla que rodeaba el bar. El coche tenía unas ruedas enormes y una calavera con tibias cruzadas en la luna trasera. Qué original. Bailey puso los ojos en blanco. Menudo capullo.

Volvió a oír el llanto. Era un bebé, sin duda. Bailey abandonó el camino pavimentado y avanzó dando tumbos por la gravilla hasta llegar al todoterreno. Notaba cómo el corazón le latía en las sienes y cómo se le revolvía el estómago. El llanto venía del coche de Becker.

La puerta del copiloto estaba entreabierta, y cuando se acercó vio pelo rubio que caía por el asiento.

—¡Oh, no, Rita! —exclamó Bailey mientras pasaba con la silla de ruedas junto a la puerta. Tenía miedo de chocar con ella y cerrarla. Entonces no podría volver a abrirla. Colocó la silla de tal manera que su mano, que estaba apoyada en el reposabrazos, estuviera a pocos centímetros del canto de la puerta. Levantó la mano tanto como pudo y tiró con fuerza de la puerta que, después de bambolearse, se abrió despacio. La mano del chico volvió a caer en el reposabrazos y el corazón casi se le salió del pecho. Rita estaba inconsciente en el asiento del todoterreno. La melena rubia colgaba por el borde del asiento y tenía una mano en la puerta. Parecía ser que había abierto la puerta, pero no había tenido tiempo para más. Tyler Garth, el pequeño de dos años, estaba en el hueco para los pies y tenía una mano en la boca y la otra en la cara de su madre.

—¡Rita! —gritó Bailey—. ¡Rita!

La chica no reaccionó. Ty lloraba y Bailey quería hacer lo mismo. Volvió a intentarlo, esta vez en un tono de voz más bajo. No veía sangre, pero estaba seguro de que Becker Garth le había hecho algo a su mujer. Bailey pensó que, si no podía ayudar a Rita, al menos tenía que cuidar del niño. Es lo que ella habría querido.

—Ty, guapo. Eh, colega. —Bailey intentaba persuadirlo sin que el pequeño viera lo asustado que estaba en realidad—. Soy Bailey. ¿Quieres subirte a la silla? Te encanta mi silla, ¿verdad?

—Mami. —El niño seguía llorando a pocos centímetros de los dedos de Bailey.

—Será un momento. Vamos a enseñarle a mami lo rápidos que somos. —Bailey no se podía subir al niño al regazo, así que le hizo señas con los dedos para que se acercara—. Cógeme de la mano y sube a la silla. ¿A que sabes subir?

Ty había dejado de llorar y miraba la silla de Bailey con los ojos abiertos como platos. Bailey se acercó a la puerta y la empujó con la silla para abrirla más. Estaba tan cerca que Ty podía subir gateando, si es que le hacía caso.

—Vamos, Ty. Tengo un regalito para ti. Te daré caramelos y además te llevaré a dar un paseo en la silla. Deja que mamá duerma. —A Bailey se le quebró la voz, pero los caramelos convencieron al niño.

Ty se puso de rodillas, pasó por encima del reposabrazos, se sentó en el regazo de Bailey, metió la mano en la bolsa blanca y sacó los caramelos. Bailey se alejó de la puerta y de Rita. Tenía que pedir ayuda y le daba miedo que en cualquier momento Becker Garth saliera del bar y lo viera. O peor todavía, que se fuera y se llevara el coche con Rita muriéndose dentro.

—Ty, cógete fuerte a mí.
—¡Más rápido!
—Sí, vamos a ir muy rápido.

Ty no sabía cómo sujetarse y Bailey necesitaba la mano derecha para conducir la silla y la izquierda para marcar el número de emergencias con el teléfono que tenía en el otro reposabrazos. Cuando acabó de marcar, puso el altavoz y sujetó a Ty para que no cayera al subir a la acera. El teleoperador respondió la llamada y Bailey empezó a gritar la información. Le hablaba al reposabrazos e intentaba conducir a la vez. Ty empezó a llorar.

—Señor, no lo oigo.
—Hay una mujer, se llama Rita Marsden… Rita Garth. Está inconsciente en el coche de su marido. Él le ha pegado antes y creo que ahora le ha hecho algo. La furgoneta está aparcada delante del bar El antro de Jerry en Main Street. El marido se llama Becker Garth. Su hijo de dos años estaba con ella y lo he oído llorar. El niño está conmigo, pero no me atrevo a quedarme con Rita porque el marido podría salir en cualquier momento y no quiero que huya y se lleve al niño.
—¿La mujer tiene pulso?
—No lo sé —gritó Bailey desesperado—. No he podido comprobarlo, no llegaba. —Se dio cuenta de que el teleoperador estaba confundido y añadió—: Mire, voy en silla de ruedas. No puedo ni levantar los brazos. He tenido suerte de coger al niño, por favor, envíe a la policía y una ambulancia.
—¿Podría decirme el número de matrícula del vehículo?

—¡No lo sé! Ya no estoy ahí. —Bailey se detuvo y giró un poco la silla. ¿Debería volver y responder las preguntas del teleoperador? Lo que vio hizo que se le detuviera el corazón en el pecho. Ya estaba a dos manzanas del bar, pero vio con claridad unas luces que salían del solar. Parecía el todoterreno de Becker.

—¡Viene hacia aquí! —chilló Bailey.

Aumentó la velocidad, iba tan rápido como podía. Tenía que cruzar la calle, pero para eso tendría que pasar por delante de los faros delanteros del coche de Becker, que cada vez estaba más cerca. Tyler, que sentía el pánico de Bailey, chillaba también. El teleoperador de emergencias seguía haciéndole preguntas y le pedía que «mantuviera la calma».

—¡Viene hacia aquí! Me llamo Bailey Sheen y llevo a Tyler Garth en mi regazo. Voy en silla de ruedas por Main Street hacia Center Road, en Hannah Lake. Becker Garth ha herido a su mujer y ahora viene a por nosotros. ¡Necesito ayuda!

Por algún motivo, el coche de Becker Garth pasó de largo. Era evidente que no esperaba que el tío de la silla de ruedas fuera una amenaza. Siempre había infravalorado a Bailey, y el chico respiró aliviado. Entonces, el coche frenó y giró.

Corría hacia ellos, y Bailey era consciente de que era imposible que no se diera cuenta de que llevaba al niño en el regazo. Bailey cruzó por la calle de dos carriles y pasó justo por delante del todoterreno. Sabía que lo único que podía hacer para protegerse era intentar llegar a La tienda de Bob.

Las ruedas del coche chirriaron a su espalda cuando el todoterreno volvió a pasar por detrás del chico, y el conductor intentó frenar al verse sorprendido por la maniobra salvaje de la silla de ruedas.

—¡He girado por la calle Center y me dirijo a La tienda de Bob! —Bailey gritó para que el teleoperador oyera lo que decía.

Ty chillaba a pleno pulmón y tenía miedo, pero, por lo menos, se cogía con fuerza a Bailey y le permitía sujetarlo con más facilidad.

No podían esconderse. El llanto de Ty los delataría, y, además, no tenían tiempo. Becker Garth había dado la vuelta y se estaba acercando. Las luces del coche volvían a posarse sobre ellos. El todoterreno corría a la izquierda de Bailey. El joven vio que la ventanilla del copiloto estaba bajada, pero no miró a Becker. Estaba concentrado en la carretera que tenía delante.

—Sheen, ¿dónde crees que vas con mi hijo?

Bailey seguía apretando el mando de la silla y corría por la calle oscura mientras rezaba por no dar con un bache. Hannah Lake tenía más baches que farolas, una combinación peligrosa, especialmente para alguien en silla de ruedas.

—Frena, imbécil.

Bailey no se detuvo.

El todoterreno giró bruscamente, y Bailey gritó y se aferró al mando. La silla se tambaleó con fuerza y, a pesar de que Bailey pensó que iba a volcar, se volvió a enderezar.

—¡Intenta echarme de la carretera! —le gritó al teleoperador de emergencias—. ¡Joder, llevo a su hijo, y el tío está intentando echarme de la carretera!

El teleoperador gritaba algo que Bailey no oía por los aullidos del niño. Becker Garth estaba borracho o loco, o las dos cosas, y Bailey sabía que el pequeño Ty y él se habían metido en un lío. No iba a salir de esta.

Y entonces, entre tanto miedo, Bailey encontró la calma. A propósito y con cuidado, redujo la velocidad de la silla de ruedas. Solo quería mantener a Ty a salvo durante tanto tiempo como le fuera posible y, ya que no podía dejar atrás a Becker, daba igual si iba a una velocidad más segura. La repentina decisión del chico confundió a Becker, que volvió a adelantarlos por el lado. Frenó y dio la vuelta en la cuneta de gravilla de la carretera. Bailey no quería pensar en lo que los giros y frenazos le estarían haciendo a Rita, que seguía en el asiento del copiloto, inconsciente y sin el cinturón de seguridad.

Becker iba hacia ellos otra vez, pero ahora se movía marcha atrás. Los faros traseros parecían ojos diabólicos que se precipitaban sobre ellos. Bailey volvió a girar, pero se acabó la carretera, y la silla empezó a moverse a trompicones y se deslizó por la cuesta de barro hasta el canal de irrigación, paralelo a la carretera. No iba rápido, pero eso dio igual, porque la silla se tambaleó y cayó en el agua turbia que se había acumulado en el fondo del conducto. Tyler salió disparado de sus brazos y aterrizó en algún lugar del denso césped al otro lado del estrecho terraplén.

Bailey cayó boca abajo con la cara en el agua y las manos bajo el pecho. Tenía el meñique derecho doblado hacia atrás y el dolor le sorprendió. Notaba el corazón en el pecho y el dolor del dedo acompañaba los latidos. Pero Bailey sabía que haberse roto un dedo era el menor de sus problemas. No había ni treinta centímetros de agua en la cuneta, pero había bastante para cubrir la cabeza del chico. Luchaba por levantarse, haciendo fuerza con las manos, pero no podía incorporarse, ni tampoco darse la vuelta. No podía sentarse ni levantarse.

Le pareció oír a Ty llorar. El agua amortiguaba el sonido, pero el llanto lo alivió. Si el niño lloraba era porque todavía estaba vivo. Entonces se oyó una puerta que se cerraba y el llanto del niño se distanció hasta que no lo oyó más. El coche retumbó, rugió por el motor trucado que a Bailey le pareció que sonaba como el mar y también se alejó. Bailey gritó a pleno pulmón y se le llenó la nariz y la boca de barro al intentar respirar. El dolor del dedo de Bailey se fue apagando con los latidos de su corazón.

29

Ir en coche de policía

Dos coches de policía y una ambulancia pasaron deprisa con las sirenas a todo volumen junto a Fern. Eran aproximadamente las doce, y la chica iba a casa cuando la cacofonía de las sirenas llamó su atención e hizo que dejara de pensar en Ambrose.

—Seguro que Dan Gable se ha vuelto a quedar atrapado en un árbol —se dijo. El recuerdo le hizo gracia, pero pensó que sería la primera vez que enviaban una ambulancia por un gato, incluso en Hannah Lake. La última vez habían ido los bomberos.

Bailey había disfrutado como un niño pequeño con cada minuto y estuvo días alabando al gato. Quizá ese era el motivo por el que esa noche Bailey no había ido a la tienda. Fern pasó por Second East Street y giró hacia Center Street mientras se preguntaba dónde estaría el motivo de tanto escándalo. Le sorprendió ver que había más coches de policía cortando la calle de los que había visto nunca. Había policías patrullando a pie por toda la calle con linternas. Las luces iban de un lado a otro con resolución. Parecía que peinaran la zona para buscar algo. O a alguien, supuso Fern con curiosidad.

Fern había seguido su camino cuando oyó un grito. Los policías echaron a correr hacia el lugar de donde procedía.

—¡Lo tengo! ¡Es él!

Fern redujo la velocidad y se bajó de la bicicleta. No quería estar cerca de quien fuera ese «él» al que habían encontrado por si era peligroso. La ambulancia se acercó al lugar y, antes de que se hubiera detenido del todo, las puertas se abrieron y dos técnicos de emergencias bajaron al terraplén. Fern no alcanzaba a ver lo que pasaba.

Esperó con los ojos fijos en el lugar en el que habían desaparecido los técnicos de emergencias, pero pasaron varios minutos hasta que alguien volvió a aparecer. Entonces, cuando Fern ya casi se había convencido de volver a la bici y alejarse del lugar, vio como un policía sacaba algo del terraplén. Era una silla de ruedas.

—Qué raro —musitó Fern a la vez que arrugaba la nariz con escepticismo—, habría jurado que usaban camillas.

Pero la silla de ruedas estaba vacía y la estaban sacando del terraplén, no la estaban llevando hacia allí.

Y entonces lo supo. Supo que era la silla de Bailey, y lo único que pudo hacer fue soltar la bicicleta y correr mientras gritaba su nombre, ajena a la sorpresa de quienes estaban a su alrededor y a los policías que corrían para detenerla, a los brazos que se estiraban para alejarla del lugar.

—¡Bailey! —gritó mientras peleaba con los brazos uniformados para llegar hasta él.

—¡Señorita, deténgase!¡No puede pasar!

—Es mi primo. Es Bailey, ¿verdad? —Fern posó la vista en una cara y después en otra y en otra, hasta que se detuvo en Landon Knudsen.

Landon era el último miembro que se había incorporado al Departamento de Policía de Hannah Lake. Era muy gritón, y el color rosado de sus mejillas y los rizos rubios hacían que tuviera un aspecto angelical, algo que contrastaba con el uniforme rígido y la pistolera que llevaba a la cadera.

—¡Landon! ¿Está bien? ¿Qué ha pasado? ¿Puedo verlo, por favor? —Fern acribillaba al chico con preguntas y no le dejaba responder. Necesitaba las respuestas, pero sabía que cuando el chico hablara, ella desearía no haber preguntado.

Entonces los técnicos de emergencias subieron la camilla a toda prisa y se dirigieron a la ambulancia. Había demasiada gente alrededor de la camilla y Fern estaba demasiado lejos como para ver a quién cargaban. Volvió a mirar a Landon a los ojos.

—¡Responde!

—Todavía no estamos seguros de lo que ha pasado, pero sí, Fern, es Bailey —contestó Landon con una expresión de tristeza.

Landon Knudsen, otro policía al que Fern no conocía y un hombre mayor, que, evidentemente, era su superior, llevaron a Fern a casa de Bailey e informaron a Mike y a Angie de que lo habían llevado en ambulancia al hospital Clairmont County. Era muy tarde. Angie iba en pijama y Mike llevaba la ropa arrugada por haberse dormido en el sillón reclinable, pero en dos minutos exactos los dos estaban en la vieja furgoneta azul. Fern fue con ellos y llamó a sus padres por el camino. No tardarían mucho en llegar. Después llamó a Ambrose. En pocas palabras, suaves y escuetas porque Angie y Mike estaban escuchando, le contó que le había pasado algo a Bailey y que iban al hospital de Seely.

La policía no les contó los detalles, pero los acompañaron al hospital, a media hora al norte de Hannah Lake, con las sirenas encendidas para facilitar el camino. A pesar de eso, para Fern fue la media hora más larga de su vida. Ninguno de los tres habló. Las especulaciones les daban demasiado miedo, así que se sentaron en silencio. Mike Sheen iba al volante, Angie le sujetaba la mano derecha y Fern temblaba en el único asiento trasero que había, situado detrás del espacio para la silla de Bailey. Fern no mencionó que había visto la silla de ruedas, no les dijo que estaba en el terraplén ni que pensaba que ya era demasiado tarde. Solo se repitió una y otra vez que se equivocaba.

Cuando entraron a la sala de urgencias, seguidos por los policías, se identificaron y los llevaron a una zona que estaba vacía. Un hombre de unos treinta y pico años, vestido con un uniforme verde y con una credencial en la que ponía «doctor Norwood» y ojeras, les dijo con expresión apagada que Bailey había muerto.

Bailey había muerto. Había muerto de camino al hospital.

Fern fue la primera en romper a llorar. Había tenido más tiempo de procesar esa posibilidad y lo había sabido. En el fondo, lo había sabido en cuanto había visto la silla. Angie estaba en estado de *shock*, y Mike exigió, enfadado, que le dejaran verlo. El doctor accedió y corrió la cortina a un lado.

Bailey tenía la cara y el pelo mojados y llenos de barro. Le habían limpiado las áreas de la boca y la nariz al intentar reanimarlo. Parecía otro sin la silla, era un desconocido para Fern. Uno de los dedos del chico estaba doblado en un ángulo extraño y alguien le había colocado los brazos a los lados del cuerpo, hecho que contribuía a que pareciera otra persona. Bailey decía que sus brazos eran como los de un *Tyrannosaurus rex,* completamente inútiles y desproporcionados en comparación con el resto del cuerpo. Tenía las piernas igual de delgadas y le faltaba el zapato derecho, con el calcetín tan lleno de barro como el resto del cuerpo. La linterna estaba al lado, en la camilla. La luz todavía estaba encendida, y Fern no podía dejar de mirarla, como si la linterna fuera la culpable. La cogió e intentó apagarla, pero el botón estaba metido para dentro y no salía.

—Lo hemos encontrado rápidamente gracias a la luz —dijo Landon Knudsen.

No lo habían encontrado lo suficientemente rápido.

—¡Llevaba la luz! ¡Llevaba la linterna, Mike! —Angie se derrumbó en la silla que había junto al cuerpo y cogió la mano sin vida—. ¿Cómo ha podido pasar?

Mike Sheen se giró hacia los policías, hacia Landon Knudsen, a quien había entrenado y dado clase, y hacia el jefe de alto rango, cuyo hijo había ido al campamento del entrenador el verano pasado. Con lágrimas en los ojos y con la misma voz que había logrado que los luchadores se pusieran en guardia y escucharan durante tres décadas dijo:

—Quiero saber qué le ha pasado a mi hijo.

Sin oponer resistencia y siendo conscientes de que iba contra el protocolo, le contaron lo poco que sabían.

Emergencias había recibido una llamada de Bailey. Tenían una idea general de dónde estaba y de que estaba en peligro. Los de emergencias mandaron todas las unidades al lugar y, al cabo de unos minutos, alguien vio la luz de la linterna que llevaba.

Por algún curioso motivo, llevaba la cinta al revés y la luz estaba en la parte de atrás de la cabeza, como cuando los niños se ponen la gorra del revés. Si la hubiera llevado bien se habría sumergido en el agua y el barro. Lo habían encontrado en la cuneta con la linterna apuntando al cielo, señalando el lugar donde se encontraba. Los policías no confirmaron que Bailey hubiera muerto ahogado, ni tampoco lo hizo el doctor. Dijeron que se llevaría a cabo una autopsia que determinaría la causa del fallecimiento y, con cara de pena por la pérdida, dejaron a los padres de Bailey y a Fern solos para que se enfrentaran a la muerte mientras la vida continuaba a su alrededor.

Sarah Marsden llevaba años sin poder dormir bien. Después del fallecimiento de Danny, su marido, pensó que dormiría como si ella también hubiera muerto, liberada del duro trabajo que comportaba cuidar de alguien que no podía hacer nada por sí mismo y que era agresivo y se enfadaba con los que le intentaban ayudar.

Danny Marsden se había quedado paralizado del cuello para abajo en un accidente de coche cuando Rita, su hija, tenía seis años. Durante cinco largos años, Sarah lo había dado todo para cuidar de él y de su pequeña hija, y todos los días durante cinco largos años se había preguntado cómo podría seguir haciéndolo. Las necesidades de Danny y su desgracia dejaron huella en la familia, y, cuando murió, un día después del undécimo cumpleaños de la niña, fue difícil no sentir alivio. Alivio por él, por ella misma y por su hija, que solo había visto a su padre en el peor momento, aunque, si Sarah era sincera, tenía que reconocer que Danny Marsden tampoco había sido un buen hombre antes del accidente.

Sarah seguía teniendo problemas para dormir. Los tenía entonces y los seguía teniendo ahora, diez años después. Quizá era por la preocupación que sentía por su hija y su nieto. Rita había elegido a un hombre igual que su padre, pero la diferencia era que Becker no solo infligía dolor emocional, sino también físico. El dolor físico era el que a ella más le preocupaba, así que cuando el teléfono sonó a medianoche, estaba alerta de inmediato para responder.

—¿Diga? —dijo. Esperaba que fuera Rita, que quería hablar.

—¡No se despierta! —gritó Becker.

Ella se asustó y se acercó el teléfono.

—¿Becker?

—¡No se despierta! He ido a tomar un par de cervezas al bar de Jerry y cuando he vuelto al coche estaba ahí tumbada como si se hubiera desmayado. Pero no estaba borracha.

El miedo recorrió el rostro de Sarah, que se tambaleaba por la noticia. Asombrada, se apoyó contra la mesita de noche y habló con voz firme:

—Becker, ¿dónde estás?

—Estoy en casa. Ty está llorando y no sé qué hacer. No se despierta. —La voz de Becker indicaba que había tomado más de una cerveza en el bar.

El miedo volvió a golpear a Sarah, esta vez en el estómago. Se dobló de dolor.

—Becker, voy para allá —añadió mientras se ponía las chancletas, cogía el bolso y salía corriendo hacia la puerta—. Llama a emergencias, ¿vale? ¡Cuelga y llama a emergencias!

—Se ha intentado suicidar, lo sé. Quiere dejarme —gritaba Becker al teléfono—. ¡No me vas a dejar, Rita!

La llamada se cortó, y Sarah tembló y rezó mientras entraba al coche y salía a la carretera a toda velocidad. Tecleó en el móvil mientras intentaba mantener la calma para decir al teleoperador de emergencias la dirección de Rita y repetir las palabras de Becker:

—Su marido dice que no se despierta.

30

Llegar a los veintiún años

Ambrose llegó pocos minutos después que los padres de Fern y los condujeron a todos a la sala de emergencias justo en el mismo instante en que la camilla que llevaba a Rita Garth entraba por la puerta de emergencias. Un técnico de ambulancia iba diciendo sus constantes vitales y lo que le habían hecho por el camino. Un médico ordenó que le hicieran una resonancia magnética y el personal médico se acercó a la nueva paciente mientras el pastor Taylor y su mujer se quedaban pasmados con la llegada al hospital de otro ser querido sin saber todavía el estado del primero. Sarah Marsden entró corriendo por la puerta cargando al pequeño Tyler, que llevaba un pijama manchado de barro. Becker iba detrás y parecía turbado, incómodo. Cuando vio a Ambrose se quedó detrás, observándolo con desprecio y miedo; metió las manos en los bolsillos y apartó la mirada con desdén mientras Ambrose se centraba en la conversación.

—¡Sarah! ¿Qué ha pasado? —Joshua y Rachel se acercaron. Rachel cogió al pequeño de los brazos de su abuela; Joshua pasó el brazo por los hombros temblorosos de la mujer.

Sarah no tenía mucha información, pero se sentó con Rachel y Becker en la sala de espera mientras Joshua y Ambrose iban a ver cómo estaba Bailey. El pastor Joshua no se dio cuenta del miedo en la mirada de Becker ni de que sus ojos buscaron la salida cuando mencionaron a Bailey. Tampoco se dio cuenta de los policías que esperaban al lado de la puerta de emergencias ni del coche de policía que se acababa de detener en el bordillo justo delante de la puerta de la sala de espera. Ambrose sí se dio cuenta de todo.

Cuando Joshua y Ambrose llegaron a la pequeña habitación en la que se encontraba Bailey, vieron a los padres del chico al lado del cuerpo, a Fern encogida en una esquina y a Bailey tumbado con los ojos cerrados en la camilla del hospital. Le habían dado a Angie un cubo de plástico lleno de agua con jabón y la mujer estaba limpiando con cuidado el barro y la suciedad de la cara y el pelo de su hijo, sirviéndole por última vez. Era evidente por los rostros afligidos de los allí presentes que Bailey no estaba dormido.

Era la primera vez que Ambrose veía un cadáver. El hombre estaba tirado en el suelo junto a la entrada sur del recinto. Aquella mañana, la unidad de Ambrose estaba de patrulla, y Paulie y él fueron los primeros en ver el cuerpo. Tenía la cara hinchada y amoratada, llena de manchas negras y con sangre seca en las comisuras de la boca y debajo de los orificios de la nariz. Si no hubiera sido por el pelo, habría sido imposible reconocerlo. Cuando se dieron cuenta de quién era, Paulie ya se había apartado del cuerpo sin vida y había vomitado el desayuno que había tomado una hora antes.

Lo llamaban Cosmo, porque tenía una mata de pelo rizado y encrespado que le sobresalía por los lados y por encima de la cabeza y se parecía a Cosmo Kramer, el personaje de la serie Seinfeld. Había estado ayudando a los estadounidenses y les había contado trucos e información sobre las idas y venidas de gente de interés. Siempre tenía una sonrisa en los labios y era una persona difícil de asustar. Tenía una hija, Nagar, que tenía la edad de Kylie, la hermana de Paulie. Kylie incluso había mandado un par de cartas a la niña, y Nagar había respondido con fotos y unas cuantas palabras básicas en el inglés que su padre le había enseñado.

Primero encontraron su moto; la habían dejado tirada al lado de la base. Las ruedas todavía giraban y el manillar estaba enterrado en la tierra. Miraron si había alguna rueda pinchada y buscaron a Cosmo, sorprendidos de que hubiera abandonado el vehículo en medio de la carretera que rodeaba el perímetro más allá de la alambrada. Entonces lo encontraron. Entre los dedos sin vida le habían colocado una bandera estadounidense, una de esas pequeñas y baratas que tienen un palo de madera, como las que dan en los desfiles del 4 de Julio. El mensaje quedaba claro. Habían descubierto que Cosmo estaba ayudando a los estadounidenses y lo habían matado.

Paulie fue el que más se alteró; era incapaz de entender el odio. Los sunitas odiaban a los chiitas y los chiitas odiaban a los sunitas. Ambos odiaban a los kurdos y todos odiaban a los estadounidenses, aunque los kurdos eran un poco más tolerantes y reconocían que Estados Unidos era su única esperanza.

—¿Te acuerdas de cuando quemaron aquella iglesia en Hannah Lake? ¿Recuerdas que el pastor Taylor ayudó a recaudar fondos y todo el mundo arrimó el hombro y consiguieron volver a construirla? Ni siquiera era la iglesia del pastor Taylor, era una iglesia metodista, pero mucha de la gente que donó dinero o ayudó a reconstruirla no era metodista. Muchos de ellos no habían pisado una iglesia en su vida —dijo Paulie con incredulidad—, pero todos ayudaron.

—También hay cabrones en Estados Unidos —le recordó Beans—. Puede que no los hayamos visto en Hannah Lake, pero no olvides ni por un momento que hay gente mala en todas partes.

—No tan mala —suspiró Paulie. Era tan inocente que no veía la verdad.

Ambrose nunca vio a sus amigos después de que la explosión pusiera fin a sus vidas, nunca los vio muertos, tumbados de forma pacífica, como a Bailey. No prepararon sus cuerpos, no se abrían los ataúdes de los soldados que volvían de la guerra ni de los soldados que habían muerto por una explosión que había hecho saltar por los aires un todoterreno táctico de dos toneladas y había volcado otro. Tampoco habrían tenido el aspecto de Bailey, no habría parecido que estuvieran durmiendo. A juzgar por la apariencia de su propio rostro, estarían desfigurados, irreconocibles.

En el hospital Walter Reed, Ambrose vio soldados a los que les faltaban extremidades, pacientes con quemaduras y soldados con heridas faciales mucho peores que las suyas. No hacía más que soñar con extremidades, sangre y soldados sin rostro ni brazos que daban tumbos en una tormenta de humo negro y muerte en las calles de Bagdad. Las caras de sus amigos se le aparecían y él se preguntaba qué les habría pasado después de la explosión. ¿Murieron en el acto o fueron conscientes de lo que estaba pasando? ¿Había sentido Paulie, que era tan espiritual, cómo se lo llevaba la muerte? ¿Y Bailey?

Tantas muertes innecesarias y trágicas... El dolor le cerró la garganta. Miraba a Bailey, la tierra que le apelmazaba el pelo y el barro seco que Angie le había limpiado de su cara redonda. Bailey estaba muerto, Rita, inconsciente, y Becker llevaba los pantalones húmedos y llenos de tierra. Ambrose se quedó horrorizado al darse cuenta de que Becker le había hecho algo a su mujer, y a Bailey. Había gente mala en todas partes, pensó Ambrose, y la estaba viendo en Hannah Lake.

Salió de la sala dando amplias zancadas. La ira le golpeteaba las sienes y le corría por las venas. Empujó las puertas batientes que separaban la sala de espera de emergencias y cruzó el vestíbulo. Algunas de las personas que esperaban con tristeza en las sillas metálicas a que las ingresaran o a que les dijeran cómo estaban sus seres queridos alzaron la vista, alarmadas por el gigante enfadado y lleno de cicatrices que había pasado a toda velocidad por la puerta.

Becker no estaba. Rachel Taylor esperaba al lado de Sarah Marsden y Ty, que dormía sobre el pecho de su abuela. Rachel, que no había visto a Bailey todavía y aún no sabía que su sobrino había muerto, miró al chico de manera inquisitiva. Tenía los ojos bien abiertos. A Ambrose le recordó a su hija, y se acordó de que la chica estaba destrozada en la habitación donde estaba Bailey. Tenía que ir a verla. Ambrose se dio la vuelta y volvió a pasar por las puertas de emergencias. Landon Knudsen y otro policía al que no conocía estaban en la puerta que daba a la entrada de emergencias.

—¡Knudsen! —gritó Ambrose al salir por la puerta.

Landon dio un paso atrás, su compañero se adelantó y llevó una mano a la pistolera.

—¿Dónde está Becker Garth? —preguntó.

Knudsen relajó los hombros y su compañero se puso rígido. El hecho de que reaccionaran de formas tan opuestas fue cómico. Landon Knudsen no podía dejar de mirar la cara de Ambrose. Era la primera vez en tres años que veía al luchador que tanto había idolatrado en el instituto.

—No lo sabemos —admitió Landon mientras negaba con la cabeza e intentaba esconder su reacción tras haber visto la cara de Ambrose—, estamos intentando comprender lo que ha pasado. Teníamos otro coche de policía en el hospital, pero no teníamos todas las puertas cubiertas y se ha escapado.

Ambrose se dio cuenta de que Landon, incómodo, bajaba los ojos con tristeza, pero él estaba demasiado enfadado para que le importara. El simple hecho de que buscaran a Becker Garth confirmaba sus sospechas. En pocas palabras, explicó que había visto barro en el pijama de Ty y en la ropa de Bailey y que no podía ser una coincidencia que Rita hubiera llegado a emergencias solo media hora después que Bailey. A los policías no les sorprendió aquel conciso resumen, pero no podían dejar de temblar por la adrenalina. Estas cosas no solían pasar en Hannah Lake.

Pero esta vez habían ocurrido, y Bailey Sheen estaba muerto.

Rita recuperó la conciencia horas después de que la operaran. Estaba confundida y tenía los ojos llorosos por el fuerte dolor de cabeza. En cuanto le disminuyó la presión en el cerebro y le bajó la hinchazón, pudo empezar a comunicarse y preguntó qué le había pasado. Su madre le contó lo que sabía y revivió la llamada a emergencias de Becker y el camino al hospital con Ty, que lloraba desconsolado en los brazos de su padre. Le dijo a Rita que Becker no había podido despertarla.

—No me encontraba bien —contestó la hija—, me dolía la cabeza y estaba mareada. No quería ir al bar de Jerry. Ya había bañado a Ty y le había puesto el pijama, y solo me apetecía acostarme, pero Becker no dejaba de vigilarme. Había encontrado mis cosas y sabía que me quería ir. Piensa que tengo algo con Ambrose Young. —La voz de Rita se empezó a calmar a medida que los tranquilizantes empezaron a hacer efecto—. Pero Fern quiere a Ambrose... y creo que él a ella.

—¿Te golpeaste la cabeza? —Sarah intentaba retomar la conversación—. Los doctores dicen que tienes una herida en la parte de atrás de la cabeza y que eso provocó una hemorragia interna... han dicho que era un hematoma subdural. Te han hecho un pequeño agujero en el cráneo para reducir la presión.

—Le dije a Becker que quería divorciarme. Se lo dije, mamá. Me miró como si me quisiera matar y me asusté, así que salí corriendo. Él me persiguió y caí. Me di un golpe muy fuerte contra el suelo, donde hay azulejos debajo de la moqueta. Me dolió muchísimo, y creo que me quedé inconsciente porque Becker se apartó de mí superdeprisa. Tenía un bulto enorme aquí... pero no sangré.

—¿Eso cuándo fue?

—El martes, creo.

A Rita la habían llevado a emergencias la noche del viernes, ahora era la mañana del sábado.

—Soñé con Bailey. —Rita hablaba con dificultad, pero su madre no la interrumpió porque sabía que se estaba quedando dormida—. Soñé que estaba dormida. Ty lloraba y Bailey lo cogía y se lo llevaba en la silla de ruedas. Le decía: «Deja que mamá duerma». Yo me alegré porque estaba tan cansada que no podía ni levantar la cabeza. Qué sueño más raro, ¿no?

Sarah le cogió la mano e intentó no llorar. Le tendría que contar lo de Bailey, pero todavía no. Ahora tenía algo más importante que hacer. Cuando estuvo segura de que su hija no la oía, llamó a la policía.

31

Ser una persona agradecida

La ventana estaba abierta, como siempre. El viento hacía que las cortinas ondearan suavemente y las persianas daban golpes contra el alféizar cuando una ráfaga de aire imprudente intentaba entrar en la habitación. No era muy tarde, pero ya había anochecido. Fern llevaba treinta y seis horas despierta y cayó en la cama muerta de sueño. Sin embargo, el sueño se veía interrumpido constantemente por ataques de llanto que hacían que le doliera la cabeza y que la dejaban sin aire.

Cuando se fueron del hospital, dejando a Bailey en manos del personal que se encargaría de realizar la autopsia y, luego, trasladarlo al depósito de cadáveres, Fern y sus padres pasaron el día con Angie y Mike en su casa para hacer de amortiguador entre los que venían a darles el pésame y los padres afligidos. Aceptaban comida y las condolencias de la gente, agradecidos, y a cambio ofrecían consuelo. Ambrose regresó a la tienda para ayudar a su padre, y Fern y Rachel se quedaron con Ty para que Sarah pudiera estar en el hospital con Rita. Becker había huido y nadie conocía su paradero.

Angie y Mike parecían aturdidos pero serenos, y acabaron siendo ellos los que consolaban a la gente, y no al revés. Las hermanas de Bailey también estaban allí, con sus maridos e hijos. La melancolía y las ganas de celebrar invadían el ambiente al mismo tiempo. Querían celebrar la buena vida que había tenido el chico y lo mucho que lo habían querido; sentían melancolía porque el fin había llegado sin previo aviso. Hubo lágrimas y también risas, probablemente más de las que podían considerarse apropiadas, pero a Bailey le habría gustado. Fern también rio. Estaba rodeada de las personas que más querían a Bailey, y el vínculo que los unía a todos los consolaba.

Por la tarde, después de que Sarah recogiera a Ty e informara de que Rita se iba a poner bien, Fern se fue a su habitación, agradecida, para que la soledad la consolara, pero, cuando por fin estuvo sola, aceptó la realidad de la ausencia de Bailey. Los valiosos recuerdos de la vida de Bailey le punzaban el corazón, y Fern no pudo evitar pensar en todas las palabras que él no volvería a decir, las expresiones que no adquiriría su rostro nunca más, los lugares a los que nunca irían y el tiempo que no pasarían juntos. Se había ido, y a Fern le dolía más de lo que nunca hubiera imaginado. A las nueve, se preparó para irse a la cama: se cepilló los dientes, se puso una camiseta y unos pantalones de pijama. Se mojó los ojos hinchados con agua fría y se los secó con la toalla, como si ese gesto pudiera borrar la información que le palpitaba en las sienes, pero las emociones se acumularon otra vez en ellos.

No podía dormir y la soledad solo intensificó el dolor. No encontró el consuelo que necesitaba en la oscuridad de su dormitorio. Las persianas venecianas dieron un golpe y la luz de la farola de la calle bailó en la pared de la habitación, pero Fern no se giró hacia la ventana. Suspiró y mantuvo los ojos cerrados.

Se encogió al notar una mano suave sobre los hombros, pero el miedo se convirtió inmediatamente en calidez.

—¿Fern?

Fern reconoció la mano que la había tocado. Se quedó quieta y dejó que Ambrose le acariciara el pelo con esa mano cálida y grande. Su peso la consolaba. Se giró hacia él en la estrecha cama y sus ojos se encontraron en la oscuridad. Siempre en la oscuridad. El chico estaba agachado al lado de la cama. La luz de la ventana bordeaba el contorno de la parte superior de su cuerpo y hacía que pareciera enorme sobre el fondo difuminado.

A Ambrose le tembló la mano cuando vio los ojos hinchados de la chica y su cara llena de lágrimas, y se las enjugó con los dedos.

—Se ha ido, Ambrose.

—Lo sé.

—No puedo soportarlo, duele tanto que desearía estar muerta.

—Lo sé —repitió él con voz suave y firme.

Fern sabía que la entendía, la comprendía, tal vez mejor que cualquier otra persona.

—¿Cómo has sabido que te necesitaba? —suspiró Fern con voz quebrada.

—Porque yo te necesitaba a ti —confesó Ambrose sin tapujos y con la voz cargada de dolor.

Fern se sentó en la cama y él se puso de rodillas, la rodeó con los brazos y tiró de ella hacia su cuerpo. Fern era pequeña y él tenía el tamaño ideal para envolverla contra su pecho, donde la chica encajaba a la perfección. Ella le pasó los brazos por el cuello y se sentó en su regazo como un niño al que acaban de encontrar después de perderse y que por fin vuelve a estar con la persona a la que más quiere.

El rato que el chico pasó de rodillas en el suelo, con Fern llorando en los brazos, fue una prueba del amor que sentía por ella, como si quisiera cargar con parte de su pena. Le dolían las rodillas y se esforzaba por mantenerse firme a pesar del dolor en el pecho, un dolor muy diferente al que había sentido al perder a Beans, Jesse, Paulie y Grant. En esa ocasión, el dolor se había mezclado con la culpa y la conmoción y no había podido hacer nada calmar la agonía. Este dolor era distinto, podía soportar la pérdida y lo haría lo mejor posible por Fern.

—Si no lo quisiera tanto, el dolor no sería tan intenso. Es irónico —dijo Fern al cabo de un rato. Tenía la voz rasposa y ronca por haber llorado—. La felicidad que sentía por conocer y querer a Bailey se ha convertido en tristeza. No puedes tener la una sin la otra.

—¿Qué quieres decir? —suspiró él con los labios contra el pelo de Fern.

—Piénsalo. Si no hay alegría, no hay pena. No me dolería su pérdida si no lo hubiera querido. No podrías aliviar mi dolor sin borrar a Bailey de mi corazón. Prefiero estar triste ahora a no haberlo conocido nunca. Tengo que recordármelo constantemente.

Ambrose se levantó con la chica en brazos y se sentó en la cama con la espalda apoyada en la pared. Dejaba que hablara y le acariciaba el pelo. Acabaron acurrucados, ella al borde de la cama con los brazos del chico alrededor del cuerpo, abrazándola.

—¿Puedes hacer que desaparezca, Ambrose? Solo un rato —susurró con los labios en su cuello.

Ambrose se quedó helado. A pesar de la voz desolada, el mensaje de la chica fue claro.

—Me dijiste que cuando me besas el dolor desaparece. Yo también quiero que desaparezca —dijo, afligida.

El aliento de la chica le hizo cosquillas en la piel, y Ambrose puso los ojos en blanco. Le besó los párpados, los pómulos y el lóbulo de la oreja, y Fern lo cogió por la camiseta. Ambrose le apartó el pelo de la cara y lo peinó con los dedos a la vez que la besaba para intentar alejar los recuerdos de su mente y la pena de su corazón, aunque solo fuera durante un rato, como ella hacía siempre por él.

Sintió el pecho de la chica contra el suyo, cómo sus piernas se enlazaban, la presión que ejercía el cuerpo de Fern y el tacto de sus manos, que lo animaban a seguir. Aunque el cuerpo de Ambrose aullaba a modo de súplica y el corazón le rugía en el pecho, él la besó y acarició, pero no fue más allá. Quería reservar el acto final para un momento en el que Fern ya no estuviera triste y, en lugar de huir de los sentimientos, intentara disfrutar de ellos.

No quería ser un bálsamo transitorio, quería ser la cura. Quería estar con ella en unas circunstancias totalmente diferentes, en otro momento, en otro lugar. En aquel momento, ella solo podía pensar en su primo, ocupaba cada uno de los rincones de Fern, y Ambrose no quería compartirla cuando hicieran el amor; esperaría.

Cuando se quedó dormida, Ambrose se levantó con cuidado de la cama, la tapó con las sábanas y se quedó contemplando la mata de pelo rojo sobre la almohada y la mano que tenía apoyada en la barbilla. «Si no lo quisiera tanto, el dolor no sería tan intenso». Desearía haber entendido eso cuando estaba en el hospital con los soldados heridos, muriendo de dolor y sufriendo, incapaz de aceptar la muerte de sus amigos y las heridas de su cara.

Miró a Fern y de repente comprendió la verdad que ella parecía entender instintivamente. Tal y como Fern había dicho, se podía borrar a los amigos del corazón, pero eso implicaba que perdería la felicidad de haberlos querido y conocido, y de haber aprendido de ellos. Si no entendía el dolor, no podría apreciar la esperanza que estaba empezando a sentir otra vez, la felicidad a la que se aferraba con ambas manos para que no escapara.

El día del funeral, Fern se plantó sin motivo en la puerta de Ambrose a las nueve de la mañana. Él le había dicho que la pasaría a buscar a las nueve y media, pero ella había acabado de arreglarse muy pronto y estaba nerviosa e inquieta, así que les había dicho a sus padres que los vería en la iglesia y se había ido de casa.

Elliott Young abrió la puerta cuando Fern llamó.

—¡Fern! —Elliott sonrió como si la chica fuera su nueva mejor amiga. Era evidente que Ambrose le había hablado a su padre de ella. Eso era buena señal, ¿no?—. Hola, cariño. Ambrose ya esta vestido y presentable. Adelante. ¡Ambrose! —gritó hacia el pasillo que había junto a la puerta principal—. Ha venido Fern. Yo me voy, que tengo que pasar por la pastelería de camino. Os veo en la iglesia. —Miró a la chica y le sonrió, cogió las llaves y salió por la puerta.

La cabeza de Ambrose apareció por una puerta abierta. Llevaba una camisa blanca y unos pantalones de traje azul marino que le daban un aspecto seductor y, a la vez, inalcanzable.

Tenía un lado de la cara, el lado al que no había afectado la explosión, lleno de espuma de afeitar.

—Fern, ¿va todo bien? ¿Se me ha hecho tarde?

—No. Es solo que... ya estaba lista y no quería esperar de brazos cruzados.

Él asintió como si entendiera lo que quería decir y le cogió la mano cuando se acercó.

—¿Cómo estás, cariño?

El apelativo afectuoso era nuevo, protector, y consoló a Fern más de lo que cualquier otra cosa podría consolarla en aquel momento. Los ojos se le llenaron de lágrimas, y Fern le cogió la mano con fuerza para que desaparecieran. Llevaba días llorando sin parar y cada vez que pensaba que no le quedaban más lágrimas, se sorprendía llorando otra vez, como si fuera una lluvia que no cesaba nunca. Esa mañana se había maquillado más de lo normal, se había delineado los ojos marrones y se había puesto máscara de pestañas resistente al agua porque así se sentía más fuerte; era como una armadura contra el dolor. Ahora se preguntaba si se había equivocado al maquillarse.

—Déjame a mí. —Fern alargó el brazo y cogió la cuchilla de la mano del chico. Tenía que hacer algo para distraerse.

Ambrose le entregó la cuchilla, se sentó en el mueble del baño y la estrechó entre las piernas.

—Solo me crece en el lado izquierdo. Nunca podré tener ni bigote ni barba.

—Mejor, a mí me gustan los hombres sin barba —murmuró ella mientras pasaba la cuchilla como una experta por la capa blanca de espuma.

Ambrose la contemplaba trabajar. Tenía la cara pálida y muchas ojeras, pero el vestido negro le sentaba bien a su cuerpo pequeño y hacía que la melena se le viera todavía más roja. A él le encantaba su pelo, era tan característico y tan auténtico como ella. Le pasó las manos por la cintura y Fern lo miró a los ojos. Hubo una chispa entre ellos y la chica se detuvo para tomar aire. No quería que el calor líquido que sentía en las extremidades le hiciera perder el control de la mano y cortarle la barbilla al chico.

—¿Cómo es que sabes afeitar? —preguntó Ambrose cuando acabó.

—He ayudado a Bailey muchas veces.

—Ya veo. —El ojo ciego se creyó sus palabras, pero el izquierdo se quedó observándola mientras cogía una toalla para limpiarle los restos de espuma y le pasaba una mano por la cara para ver si le había afeitado bien y si tenía la piel suave.

—Fern, no tienes que hacerlo.

—Pero quiero hacerlo.

Y él quería que lo hiciera, porque le gustaba sentir sus manos sobre la piel y su cuerpo entre las piernas, y perdía el control solo con olerla. Pero él no era Bailey, y Fern tenía que ser consciente de ello.

—Te va a costar mucho no cuidarme —dijo Ambrose suavemente—, porque eso es lo que haces. Tú cuidabas a Bailey.

Fern acabó de secarle la cara con la toalla y dejó caer los brazos a ambos lados del cuerpo.

—Pero yo no quiero que cuides de mí, Fern, ¿vale? Que quieras a una persona no significa que tengas que cuidarla, ¿lo entiendes?

—Bueno, a veces sí —suspiró a modo de protesta.

—A veces sí, pero en este caso no. A mí no me tienes que cuidar.

Fern parecía perdida y evitó mirarlo a los ojos, como si él la estuviera regañando. Ambrose la cogió por la barbilla y se inclinó para besarla con suavidad, para tranquilizarla. Fern deslizó las manos hasta su cara y, al besarlo, le hizo olvidar por un instante lo que quería decir. Ambrose decidió dejar el tema de momento porque sabía que necesitaba tiempo, que su dolor era todavía muy intenso.

32

Luchar

Todo el mundo se quedó en silencio cuando Ambrose se levantó y se dirigió al púlpito. Fern no podía respirar. A Ambrose no le gustaba que lo miraran, y ahora era el centro de atención. Mucha de la gente en la iglesia, que estaba a rebosar, lo veía por primera vez. La luz entraba por las vidrieras de colores y proyectaba estampados en el púlpito, era como si una gracia divina marcara su aparición.

Ambrose miró al público. El silencio era tan ensordecedor que seguro que se preguntaba si se había quedado sordo también del otro oído. «Qué guapo», pensó Fern. Para ella lo era, no en un sentido tradicional, ya no, pero como estaba erguido y tenía la barbilla hacia arriba se lo veía sano y fuerte con el traje de color azul marino. Su cuerpo era la prueba de su tenacidad y del tiempo que había pasado con el entrenador Sheen en la sala de lucha libre. Tenía la mirada firme y proyectó la voz con fuerza:

—Cuando tenía once años, Bailey Sheen me retó a una pelea de lucha libre. —La gente de la iglesia rio, pero Ambrose ni siquiera sonrió—. Yo lo conocía porque, evidentemente, fuimos al mismo colegio, pero él era además el hijo del entrenador Sheen, el entrenador de lucha libre al que intentaba impresionar. Yo había ido a los campamentos de lucha libre del entrenador desde que tenía siete años, y Bailey también. Pero Bailey nunca peleaba en el campamento, él rondaba por los tapices y siempre estaba en medio de la acción, pero nunca luchaba. Yo pensaba que era porque no le apetecía; no tenía ni idea de que estaba enfermo.

»Así que, cuando me retó a un combate, no supe qué pensar. Me había dado cuenta de algunas cosas, como que había empezado a caminar de puntillas y que tenía las piernas torcidas y débiles. Se tambaleaba y no tenía muy buen sentido del equilibrio. A veces se caía de golpe. Yo pensaba que era rarito.

La gente volvió a reír, pero esta vez con indecisión.

—A veces mis amigos y yo hacíamos chistes sobre Bailey. No lo sabíamos. —La voz de Ambrose se convirtió en un susurro, y tuvo que parar de hablar para coger fuerza—. Así que estábamos Bailey y yo. Él me arrinconó un día al acabar el campamento y me preguntó si quería pelear contra él. Yo sabía que no me costaría ganarle, pero me preguntaba si era una buena idea... El entrenador podía enfadarse conmigo y, además, yo era mucho más grande que Bailey. Era mucho más grande que el resto de niños. —Ambrose sonrió un poco y todo el mundo se relajó con la autocrítica—. No sé por qué le dije que sí. Quizá fue por cómo me miraba. Parecía esperanzado y no dejaba de mirar a su padre, que hablaba con los chicos del instituto que lo ayudaban en el campamento.

»Decidí que me tiraría con él por el tapiz, nada serio, le dejaría que me diera un par de golpes como hacían conmigo los chicos del instituto. Antes de que me diera cuenta, Bailey se había lanzado sobre mí y me había cogido la pierna. Me pilló por sorpresa, pero sabía lo que tenía que hacer, así que me tiré al suelo. Él hizo lo mismo, se colocó detrás de mí, que es lo que hay que hacer, y se me subió encima. Si hubiera habido un árbitro, se habría llevado dos puntos por el derribo. Me dio vergüenza y me puse en pie. Volví a intentarlo otra vez, y esta vez con más ganas.

»Volvíamos a estar cara a cara y vi lo emocionado que estaba. Volvió a lanzarse sobre mí, pero esta vez yo estaba preparado. Le pasé una pierna por el interior de las suyas y le di un golpe con la cadera. Cayó redondo al suelo. Yo me tiré sobre él para intentar inmovilizarlo. Pero él se retorcía y levantaba la espalda del suelo y yo no podía parar de reír, porque el chico era realmente bueno y, justo antes de que su padre me apartara de él, pensé: «¿Por qué no practica lucha libre?».

Ambrose tragó saliva y miró a Mike Sheen, que estaba sentado al final del banco y no paraba de llorar. Angie lo cogía por el brazo con la cabeza apoyada sobre el hombro de su marido. Ella también lloraba.

—Nunca he visto al entrenador tan enfadado ni asustado. Nunca lo había visto así ni antes ni después de que eso pasara. El entrenador empezó a gritarme y uno de los chicos mayores me empujó. Estaba cagado de miedo. Bailey estaba sentado en el tapiz, riéndose. —El público se echó a reír y las lágrimas de tristeza que habían empezado a derramar las sustituyeron las carcajadas que tanto necesitaban en ese momento—. El entrenador levantó a Bailey del tapiz y empezó a palparle todo el cuerpo, supongo que para comprobar que no le había hecho daño. Bailey lo ignoró y me miró. Me dijo «¿Estabas peleando en serio, Ambrose? No me has dejado que te derribe a propósito, ¿verdad?». —La gente volvió a reír, pero todo el mundo se volvió a callar al ver que Ambrose estaba emocionado—. Bailey solo quería pelear. Quería demostrarse a él mismo de lo que era capaz, y ese día, cuando consiguió derribarme en el gimnasio, fue un gran día para él. Le encantaba la lucha libre, y si le hubieran tocado otras cartas, habría sido un muy buen luchador. Pero las cosas salieron así, y Bailey no se amargó ni fue mala persona, ni se dejó arrastrar por la autocompasión.

»Cuando volví de Irak, el entrenador Sheen y Bailey vinieron a verme. Yo no quería ver a nadie, porque yo sí que estaba amargado. Era una persona miserable y me compadecía de mí mismo. —Ambrose se secó las lágrimas que le caían por las mejillas—. Bailey no nació con las cosas que yo he subestimado todos los días de mi vida. Yo nací con un cuerpo fuerte y sano y con un don para el deporte. Siempre fui el más grande y el más fuerte, y eso hizo que se me cruzaran muchas oportunidades por el camino. Pero yo no supe apreciarlo. Sentía mucha presión. Estaba resentido por lo que la gente esperaba de mí y quise buscar mi propio camino… aunque fuera solo durante un tiempo. Supuse que acabaría volviendo y que probablemente lucharía y haría lo que todo el mundo quería que hiciera. Pero los planes se torcieron, ¿verdad?

»Bailey me dijo que debía ir a la sala de lucha libre y que teníamos que empezar a entrenar. Me hizo gracia porque él no podía entrenar y yo estaba ciego de un ojo y sordo de un oído, y lo que menos me apetecía era luchar. Solo quería morirme y pensaba que era lo justo, porque Paulie, Grant, Jesse y Connor ya no estaban.

Un sentimiento de duelo que iba más allá del dolor por la pérdida de Bailey se apoderó de la gente que había en la iglesia. Cuando Ambrose pronunció los nombres de sus cuatro amigos, el aire se llenó de angustia, una angustia de la que todavía no se habían recuperado, y de un duelo todavía muy patente. La gente de la ciudad no había podido llorar sus muertes, no del todo, ni tampoco habían podido celebrar el regreso de uno de los suyos. Que Ambrose no hubiera sido capaz de aceptar lo que le había ocurrido a él y a sus amigos hizo que el resto de la gente tampoco lo aceptara.

Fern se giró y vio a la madre de Paul Kimball entre la multitud. Iba de la mano de su hija y tenía la cabeza inclinada a modo de reverencia por la emoción del momento. El entrenador Sheen se tapó la cara con las manos. El amor que sentía por los cuatro soldados era casi tan fuerte como el que sentía por su hijo. Fern quería girarse para mirar los rostros de todos sus seres queridos, para mirarlos a los ojos y reconocer su sufrimiento. Pero quizá eso era lo que estaba haciendo Ambrose. Quizá había reconocido que ya había llegado el momento…y que solo dependía de él.

—Dos días después de la muerte de Bailey, fui a ver al entrenador Sheen. Pensaba que estaría destrozado, que se sentiría como yo me sentía el año pasado, cuando echaba de menos a mis amigos y le preguntaba a Dios por qué. Yo estaba muy enfadado, me estaba volviendo loco. Pero él no.

»El entrenador Sheen me contó que cuando diagnosticaron a Bailey su enfermedad fue como si el mundo dejara de girar, como si se hubiera quedado congelado. Me dijo que Angie y él no sabían si iban a volver a ser felices. Yo me preguntaba lo mismo el año pasado. Pero el entrenador dijo que, al mirar atrás, lo que había parecido la peor pesadilla se convirtió en un regalo precioso. Me aseguró que Bailey le había enseñado a querer y a mirar las cosas con perspectiva, a vivir el presente y a decir «te quiero» a menudo, y a decirlo con el corazón. Y a estar agradecido todos los días.

Le enseñó a ser paciente y perseverante, y que hay cosas más importantes que la lucha libre.

El entrenador sonrió mientras lloraba, y Ambrose y él tuvieron un momento de complicidad ante la atenta mirada de toda la ciudad.

—También me dijo que Bailey quería que yo hablara en su funeral. —Ambrose sonrió y el público rio al ver su expresión. Esperó a que se hiciera el silencio antes de continuar—. Sabéis que me encanta la lucha libre. Me ha enseñado a trabajar duro y a escuchar los consejos de los demás. A aceptar las derrotas y celebrar las victorias como un hombre. La lucha libre me hizo mejor soldado. Pero al igual que el entrenador Sheen, he aprendido que hay cosas más importantes que la lucha libre. Ser un héroe en el tapiz no es ni la mitad de importante que ser un héroe fuera de él, y Bailey Sheen fue un héroe para muchas personas. Fue mi héroe y el héroe de todo el equipo de lucha libre.

»Shakespeare dijo: «Robar podrá al ladrón quien de él se ría». —Miró a Fern y le sonrió con dulzura: había vuelto a conseguir que citara a Shakespeare—. Bailey nos lo ha demostrado. Siempre sonreía y no dejó que la vida lo venciera, sino al revés. No podemos controlar lo que nos ocurre siempre, da igual si es un cuerpo inmovilizado, una cara llena de cicatrices, o la muerte de la gente a la que queremos y sin la que no queremos vivir. —Ambrose se atragantó—. Nos han robado la luz de Bailey, la dulzura de Paulie, la integridad de Grant, la pasión de Jesse y el amor por la vida de Beans. Nos los han robado. Pero yo he decidido sonreír, como Bailey hacía, y robarle al ladrón. —Ambrose miró a los dolientes; conocía a la mayoría de toda la vida. Rompió a llorar en público. Su voz sonó con claridad al acabar el discurso—: Estoy orgulloso de mi servicio en Irak, pero no estoy orgulloso de cómo me fui de allí ni de cómo regresé a casa. Decepcioné a mis amigos de muchas maneras diferentes…Y no sé si algún día podré perdonarme su muerte. Les debo algo, y a vosotros también. Por eso haré todo lo que esté en mi mano por representaros a vosotros y a ellos en el equipo de lucha de la Universidad Estatal de Pensilvania.

Se oyeron gritos ahogados por la sala, pero Ambrose continuó sin hacer caso a la reacción del público:

—Bailey creía que era capaz de hacerlo, y voy a darlo todo para demostrarle que no se equivocaba.

1995

—¿Cuántos puntos te han dado? —Fern quería que Bailey se quitara la venda que le tapaba la barbilla para verlo con sus propios ojos. Había ido corriendo en cuanto se había enterado.

—Veinte. Era muy profundo. Me he visto el hueso de la mandíbula. —Bailey parecía emocionado por la gravedad de la herida, pero su rostro se entristeció inmediatamente.

Llevaba un libro en el regazo, como siempre, pero no lo estaba leyendo. Estaba sentado en la cama y la silla estaba abandonada temporalmente en un rincón de la habitación. Los padres de Bailey habían comprado la cama en una tienda de material hospitalario hacía solo unos meses. Tenía barrotes a los lados y botones que hacían que el respaldo se reclinara para leer o que subieran los pies y fingir que estabas en un cohete. Fern y Bailey se habían subido juntos en ella un par de veces hasta que Angie les dijo que no era un juguete y que no quería volverlos a ver jugando a los astronautas otra vez.

—¿Te duele? —preguntó Fern. Quizá ese era el motivo de la tristeza de Bailey.

—Qué va. Todavía lo tengo dormido por la anestesia. —Bailey se tocó la barbilla a modo de demostración.

—Entonces, ¿qué te pasa? —Fern se subió a la cama, se sentó a su lado y apartó el libro del regazo de su primo para tener más espacio.

—No podré caminar nunca más, Fern —dijo Bailey. Le tembló la barbilla e hizo que la venda se moviera arriba y abajo.

—Pero todavía puedes andar un poquito, ¿no?

—No. Ya no puedo. Esta mañana lo he intentado y me he caído y me he dado en la barbilla con el suelo. —El vendaje volvió a temblar como prueba de lo que había dicho.

Bailey usaba la silla de ruedas cuando llegaba a casa del colegio para ahorrar fuerzas y no tener que usarla cuando salía de casa durante el día. Entonces los días de colegio se volvieron demasiado duros para él, así que Angie y Mike cambiaron la táctica y lo mandaban al colegio en silla de ruedas para que pudiera estar sin ella por las tardes si la fuerza se lo permitía. Pero poco a poco, y cada vez más, la libertad por las tardes se acabó y el tiempo que pasaba en la silla aumentó. Aparentemente ahora ya no podía caminar.

—¿Recuerdas el último paso que has dado? —preguntó Fern en voz baja. Tenía once años y todavía no comprendía que había preguntas que dolían.

—No. No me acuerdo. Si me acordara lo escribiría en el diario. Pero no lo recuerdo.

—Estoy segura de que tu madre quiere escribirlo en tu álbum de bebé. Si apuntó tu primer paso seguro que quiere apuntar también el último.

—Seguro que pensaba que habría más. —Bailey tragó saliva.

Fern se dio cuenta de que intentaba no llorar.

—Yo pensaba que habría más, pero supongo que los he gastado todos —continuó el niño.

—Yo te daría de los míos si pudiera —respondió Fern. También le empezó a temblar la barbilla. Lloraron juntos durante un minuto; eran dos figuras desoladas en una cama de hospital, rodeadas por paredes azules y las cosas de Bailey.

—Ya no puedo caminar, pero sí que puedo moverme. —Bailey se limpió la nariz y encogió los hombros. Dejó de lado la autocompasión y su optimismo característico empezó a salir a la superficie.

Fern asintió y miró hacia la silla de ruedas con gratitud. Podía moverse. Sonrió.

—No puedes caminar, pero sí sientes el rock and roll. —Fern gritó, saltó de la cama y puso música.

—Claro que siento el rock and roll. —Bailey rio y empezó a cantar a todo volumen mientras Fern caminaba, se revolcaba, bailaba y saltaba por los dos.

33

No tener miedo a morir

El lugar de descanso de Bailey fue a la izquierda del abuelo Sheen, que también era el abuelo de Fern. Jessica Sheen, que había muerto de cáncer cuando su hijo, Mike, tenía solo nueve años, estaba un poco más allá. Rachel, la madre de Fern, tenía diecinueve años cuando su madre murió y se había quedado en casa para ayudar a su padre a criar a Mike, su hermano pequeño, hasta que este se graduó en el instituto y se fue a la universidad. Por eso la relación entre Rachel y Mike era más propia de una madre con su hijo que de hermano y hermana.

El abuelo James Sheen tenía más de setenta años cuando Fern y Bailey nacieron y falleció cuando los pequeños tenían solo cinco años. Fern recordaba vagamente un mechón de pelo blanco y los ojos azules que habían heredado sus hijos, Mike y Rachel. Bailey también los había heredado: eran unos ojos alegres e intensos, unos ojos que se fijaban en todo y retenían todo lo que pasaba a su alrededor. Fern tenía los ojos de su padre, de un color marrón que consolaba y reconfortaba, del color de la tierra que se apilaba al lado del profundo agujero que había en el suelo.

Fern miró a su padre a los ojos cuando este empezó a hablar. Su voz áspera, que temblaba por la convicción, sonaba reverente en el aire. Fern sintió que Ambrose se estremecía al oír la sincera dedicatoria del pastor, como si sus palabras hubieran encontrado dentro del chico un lugar de reposo.

—No tenemos respuesta para todas las preguntas. No sabemos todos los porqués. Pero creo que cuando al final de nuestras vidas miremos hacia atrás, si intentamos vivirla lo mejor posible, veremos que las cosas que le pedimos que nos quitara, que las cosas por las que lo maldecimos, todas aquellas cosas que nos han hecho darle la espalda a Él o a la fe, han sido las mayores bendiciones, las mayores oportunidades para crecer. —El pastor hizo una pausa para aclarar los pensamientos. Entonces buscó el rostro de su hija entre los dolientes y añadió—: Bailey fue una bendición… y creo que lo volveremos a ver. No nos ha dejado para siempre.

Pero por ahora, los había dejado, y el ahora significaba que tendrían que pasar días eternos sin él. Su ausencia era como el agujero que había en el suelo, enorme e imposible de ignorar, pero el agujero que él había dejado no sería tan fácil de llenar. Cuando su padre dijo «amén» y la gente empezó a dispersarse, Fern cogió con fuerza la mano de Ambrose y no se movió; era incapaz de hacerlo, no podía irse, no podía darle la espalda al agujero. Una a una, las personas se le fueron acercando para darle una palmadita en la mano o abrazarla hasta que solo quedaron ella, Ambrose, Angie y Mike.

El sol acariciaba el follaje de lo árboles y creaba en el suelo sombras que parecían de encaje y cubrían con delicadeza las cabezas de las cuatro personas que se habían quedado. Angie se movió hacia Fern y se abrazaron, vencidas por el dolor de la separación y la agonía de la despedida.

—Te quiero, Fern. —Angie puso las manos sobre la cara de su sobrina y le besó las mejillas—. Gracias por querer tanto a Bailey. Gracias por ayudarlo y por estar siempre a su lado. Has sido una bendición para nosotros. —Angie miró a Ambrose Young, miró su cuerpo fuerte y la mano con la que cogía la mano de Fern. Luego lo miró a la cara, sobria y marcada por su propia tragedia, y dijo—: Siempre me ha sorprendido cómo la gente aparece en nuestras vidas en el momento exacto. Dios actúa así, así es como cuida a sus hijos. A Bailey le dio a Fern, y ahora Fern necesita un ángel para ella. —Angie puso las manos en los hombros anchos de Ambrose. Lo miró a los ojos con honestidad, sin avergonzarse por lo emocionada que estaba, y concluyó—: Tú eres su ángel.

Fern soltó un soplido y se sonrojó. La boca torcida del chico se curvó ligeramente en una sonrisa. Pero Angie no había terminado todavía y quitó una de las manos de los hombros del chico para coger a Fern y formar un círculo. Ambrose miró por encima de la cabeza rubia de Angie e intercambió una mirada con su antiguo entrenador. Mike Sheen tenía los ojos rojos y las mejillas húmedas por el dolor. Miró a Ambrose a los ojos e inclinó la cabeza, como si secundara los sentimientos de su mujer.

—Probablemente Bailey estaba más preparado para morir que cualquier otra persona que haya conocido. No quería morir, pero tampoco le temía a la muerte —dijo Angie con convicción.

Ambrose dejó de mirar al entrenador y escuchó las sabias palabras de una madre.

—Estaba listo para irse. Por eso tenemos que dejarlo marchar. —Besó a Fern una vez más y las lágrimas volvieron a humedecer sus rostros—. No pasa nada porque dejemos que se vaya.

Angie respiró profundo y dio un paso atrás a la vez que les soltaba las manos y dejaba de mirarlos. Entonces, con una aceptación fruto de años de entrenamiento, alargó el brazo para tomar a su marido de la mano y abandonaron juntos el tranquilo lugar donde los pájaros cantaban y el ataúd esperaba a que lo cubrieran con tierra, convencidos de que ese no era el final.

Fern caminó hasta el agujero, se agachó y cogió un puñado de piedras de los bolsillos del vestido negro. Con cuidado, formó las letras «A» y «B» a los pies de la tumba.

—¿Araña bonita? —preguntó Ambrose por encima del hombro de la chica.

Fern sonrió. La sorprendía que se acordara.

—Amado Bailey. Así es como lo recordaré siempre.

—Él quería que tuvieras esto. —Mike Sheen puso un libro grande sobre las manos de Ambrose—. Bailey siempre asignaba sus cosas a alguien. Cada uno de los objetos de su habitación tienen propietario. ¿Ves? Pone tu nombre en el interior.

Dentro del libro ponía «Para Ambrose». Era un libro sobre mitología, el libro que Bailey había estado leyendo hacía tanto tiempo en el campamento de lucha libre el año que Bailey le habló a Ambrose de Hércules.

—Tengo que salir un rato. Siempre pienso que estoy bien... pero luego entro aquí, a su habitación, y me doy cuenta de que se ha ido de verdad y vuelvo a estar mal. —El padre de Bailey intentó sonreír, pero eso solo hizo que le temblaran los labios, así que se dio la vuelta y salió de la habitación, entristecido por el recuerdo de Bailey.

Fern dobló las piernas, apoyó la barbilla sobre las rodillas y cerró los ojos para retener las lágrimas, pero Ambrose vio como le resbalaban por las mejillas. Los padres de Bailey les habían pedido que fueran porque había cosas que el chico había querido que se quedaran. Les dijeron que no corría prisa.

—Fern, podemos irnos. No hace falta que lo hagamos ahora —dijo él.

—Me duele venir aquí, pero también me duele no venir. —Se encogió de hombros y parpadeó rápidamente—. Estoy bien. —Se enjugó las lágrimas de las mejillas y señaló el libro que Ambrose tenía en las manos—. ¿Por qué quería que te quedaras tú ese libro?

Ambrose pasó las páginas rápidamente sin pararse a mirar ni a Zeus ni a las ninfas de pechos grandes. El libro le pesaba tanto en las manos como el recuerdo en el corazón. Siguió pasando páginas hasta que encontró la sección y la página en la que había pensado tanto desde el día que Bailey se la enseñó.

El rostro de un héroe. Ahora Ambrose comprendía mejor la pena reflejada en la cara de bronce y la mano en el corazón roto. La culpa era una carga muy pesada, incluso para un campeón mitológico.

—Hércules —contestó Ambrose. Sabía que ella lo entendería.

Levantó el libro para que Fern viera las páginas que estaba mirando. Cuando giró el libro para que ella lo viese, las páginas gruesas se fueron hacia delante y el libro se abrió como un abanico. Antes de que Ambrose pudiera volver a poner bien las páginas, un papel doblado cayó al suelo.

Fern se acercó para cogerlo y lo abrió para ver si era importante. Recorrió la página con la mirada de un lado a otro.

Movía los labios al tiempo que leía las palabras escritas en la página.

—Es su lista —susurró con voz sorprendida.

—¿Qué lista?

—Pone que es del 22 de julio de 1994.

—Hace once años —dijo él.

—Entonces teníamos diez años. Fue su último verano —recordó Fern.

—¿Su último verano?

—Su último verano sin la silla. Todo empezó ese verano. La enfermedad de Bailey se volvió una realidad.

—Bueno, ¿y qué pone? —Ambrose se acercó a Fern y se sentó a su lado para mirar la hoja de papel pautado.

Había arrancado la hoja de una libreta y el papel todavía tenía el borde dentado. Era una lista escrita con una caligrafía infantil y en forma de columna con detalles escritos al lado.

—¿«Besar a Rita»? ¿«Casarme»? —Ambrose rio—. Ya estaba enamorado a los once años.

—Siempre lo ha estado. Desde el primer día. —Fern rio—. «Comer tortitas cada día», «Construir una máquina del tiempo», «Domar un león», «Ser amigo de un monstruo». Se nota que tenía once años, ¿eh?

Ambrose volvió a reír y recorrió con la mirada los sueños y deseos de Bailey a los diez años.

—«Pegar a un matón, ser una superestrella o un superhéroe, ir en coche de policía, hacerme un tatuaje». Qué típico.

—«Vivir, tener coraje, ser un buen amigo, ser una persona agradecida, cuidar a Fern». —Fern suspiró.

—Bueno, puede que no sea tan típico —dijo él. La garganta se le estaba cerrando por la emoción.

Se quedaron un buen rato en silencio con las manos entrelazadas. A pesar de que intentaron contener las lágrimas, la página se volvía cada vez más borrosa.

—Ha hecho muchas de estas cosas, Ambrose. —Fern se atragantó—. Puede que no de la manera más tradicional, pero las ha hecho o ha ayudado a otros a hacerlas. —Fern le dio la hoja—. Toma. Va con el libro. El número cuatro es «Conocer a Hércules» —dijo, señalando la lista—. Para él, tú eras Hércules.

Ambrose volvió a poner el valioso documento entre las páginas del capítulo sobre Hércules y entre todos los puntos de la lista había uno que sobresalía: «Luchar». Bailey no había aclarado la palabra ni había añadido nada al lado de esta. Solo la había escrito en la línea y había pasado a la siguiente cosa de la lista. Ambrose cerró el libro en las páginas que hablaban de sueños del pasado y de antiguos campeones.

Hércules había intentado cambiar las cosas, equilibrar la balanza para expiar el asesinato de su mujer y sus tres hijos. Aunque algunos decían que él no era culpable, que una diosa había hecho que tuviera un ataque de locura transitoria, seguía siendo el responsable. Durante un tiempo, Hércules llegó incluso a cargar el cielo sobre los hombros y convenció a Atlas de que volviera a hacerlo él.

Pero Ambrose no era un dios con fuerza sobrehumana, y eso no era mitología clásica. Algunos días le daba miedo parecerse más al monstruo que al héroe. Se sentía responsable de cuatro vidas perdidas, y no había trabajo ni penitencia que pudiera hacer para devolverlos a la vida. Pero sí que podía vivir. Y podía luchar. Y si había algún lugar después de la vida donde los hombres jóvenes vivían y los héroes como Bailey podían volver a caminar, cuando sonara el silbato y se colocara en el tapiz, lo mirarían desde allí con una sonrisa en la cara porque sabrían que luchaba por ellos.

34

Pillar al malo

Fern volvió al trabajo unos días después del funeral de Bailey. El señor Morgan la había sustituido casi una semana, pero necesitaba que volviera. Era más fácil que quedarse en casa limpiando, y Ambrose también estaría allí cuando acabara su turno. A las diez Fern ya estaba cansadísima. Ambrose la miró y le dijo que se fuera a casa, pero lo único que consiguió fue que se pusiera a llorar, llena de inseguridad. Ambrose la besó y consoló, y la pasión hizo que se frustraran, lo que a su vez provocó que Ambrose le dijera que se fuera a casa. Y el ciclo se repitió.

—Fern, no quiero hacer el amor contigo en el suelo de la pastelería, cariño. Y si no mueves ese culo tan bonito que tienes y te vas a casa, eso es lo que va a pasar, así que vete.

Ambrose le dio un beso en la nariz llena de pecas y la empujó para que se fuera.

—Vete —repitió.

Fern todavía estaba pensando en el ardiente sexo en el suelo de la pastelería cuando salió por la puerta de empleados de detrás de la tienda. Casi no podía soportar dejarlo, estar sin él se había convertido en una tortura. Pronto, el chico se iría a la universidad, y sin Bailey y con Ambrose tan lejos, Fern no sabía lo que iba a hacer con su vida.

Solo de pensarlo, la invadió una oleada de emoción que hizo que regresara a la puerta de empleados para volver a entrar. Se preguntó qué haría Ambrose si lo seguía. Podría matricularse en la universidad y conseguir una beca. Podría vivir en la residencia, matricularse en un par de asignaturas y, a la vez, escribir por la tarde y seguirlo como si fuera un perrito, como había hecho toda la vida.

Fern negó con la cabeza firmemente, tomó aire para coger fuerzas y se dirigió hacia su bicicleta. No, no iba a hacer eso. Estos últimos días, Fern había estado pensando en cuál era el siguiente paso para ellos. Ella había expresado lo que sentía. Quería a Ambrose. Siempre lo había querido. Y si él la quería en su vida de forma permanente, y no solo como una distracción temporal o una red de seguridad, tendría que ser él quien se lo dijera, él se lo tendría que pedir.

Fern se arrodilló al lado de la bicicleta, que estaba atada a un canalón, e introdujo la combinación en el candado de forma automática. Tenía la mente en otro lugar. Pensaba en Ambrose y en qué pasaría si lo volvía a perder. Tardó en darse cuenta de los pasos rápidos que procedían de detrás de ella. Unos brazos fuertes la cogieron por la espalda y la empujaron al suelo. A la chica se le resbaló la bicicleta de las manos, que se tambaleó y cayó a su lado.

Al principio pensó que era Ambrose, porque ya la había sorprendido antes en la oscuridad, junto a la entrada de empleados. Pero no era él, Ambrose nunca le haría daño. Los brazos que la cogían eran más finos y el cuerpo no era tan musculoso. Fuera quien fuera, seguía siendo mucho más grande que ella y había intentado hacerle daño. Fern hizo fuerza contra el peso que le oprimía la cara contra la acera.

—¿Dónde está, Fern?

Era Becker. El aliento le apestaba a cerveza y a vómito. Llevaba días sin cepillarse los dientes. El inmaculado Becker Garth había perdido el control y Fern estaba muy asustada.

—He ido a casa de su madre, pero las luces estaban apagadas. Llevo vigilando el edificio dos días. Y tampoco está en casa. ¡No puedo ni entrar en mi propia casa, Fern!

—Becker, se han ido. —Fern respiraba con dificultad e intentaba controlar el miedo.

Becker parecía histérico, como si se hubiera vuelto loco al echar a Bailey de la carretera. La policía no pensaba que él supiera que tenían la llamada a emergencias de Bailey. Quizá pensaba que podía volver a casa ahora que se habían calmado las cosas y que nadie se enteraría de lo que había pasado.

—¿Dónde están? —Becker la agarró por el pelo y le empujó la mejilla contra el suelo.

Fern hizo una mueca de dolor e intentó no llorar cuando sintió como el cemento ardía contra su cara y le hacía un rasguño.

—No lo sé —mintió. No pensaba decirle a Becker dónde estaba su mujer—. Solo dijeron que se iban un par de días para descansar. Volverán —volvió a mentir.

Tan pronto como a Rita le dieron el alta en el hospital, avisó al arrendador de su casa. Sarah puso en venta su casa en una inmobiliaria y pidió que se mantuviera en secreto. Rita estaba devastada por la muerte de Bailey y las dos tenían miedo. No sabían dónde estaba Becker y no se sentían a salvo en su casa, en su ciudad, así que vendieron todo lo que pudieron y decidieron irse hasta que Becker ya no fuera una amenaza, si es que eso llegaba a ocurrir.

El padre de Fern se encargó de que se vendieran sus pertenencias, y todo aquello que no se pudo vender estaba guardado en un almacén de la iglesia. Les había dado dos mil dólares en efectivo y Fern también había colaborado con parte de sus ahorros.

En menos de una semana ya se habían ido. Fern había sentido mucho miedo por Rita y no había pensado que a lo mejor tenía que tener miedo por ella misma.

Fern oyó un clic y sintió que algo frío y afilado le acariciaba la garganta. El corazón le latía como un caballo de carreras a toda velocidad y resonaba en el oído que tenía contra la acera.

—¡Bailey y tú la pusisteis en mi contra! Siempre le dabais dinero. Y Sheen intentó llevarse a mi hijo. ¿Lo sabías?

Fern cerró los ojos con fuerza y rezó por que la soltara.

—¿Está con Ambrose?

—¿Qué?

—¡Que si está con Ambrose! —gritó.

—¡No, Ambrose está conmigo! —Estaba justo ahí, dentro de la pastelería, y a la vez tan lejos...

—¿Contigo? ¿Acaso piensas que le gustas? No le gustas, a él siempre le ha gustado Rita. Pero ahora tiene la cara hecha una mierda. —Becker escupió las palabras en su oído.

Fern sentía el filo de la cuchilla contra la piel. Becker movió la navaja, que ahora estaba en la cara de la chica, y dijo:

—Voy a hacerte unos cortes para que vayas a conjunto con él. Si me dices dónde está Rita, te lo haré solo en un lado, para que seas como Ambrose.

Fern cerró los ojos, muerta de miedo, y suplicó en silencio que la soltara.

—¡Dime dónde está! —El silencio de la chica hizo que enfureciera y que le diese la vuelta.

A Fern le retumbaba la cabeza y se le destaponaron los oídos. Por un momento se sintió perdida, como si estuviera flotando; fue un alivio temporal del terror que la consumía. Entonces Becker se levantó y la cogió por el pelo largo y rojo, sin que ella tuviera tiempo de ponerse en pie, y la arrastró por el bordillo del terreno que daba a los árboles de detrás de la tienda. Fern gateaba y lloraba por el dolor que sentía en el cuero cabelludo. Se intentaba levantar. Llamó a Ambrose a gritos.

«¿Lo notas?».

Las palabras sonaron en la mente de Ambrose como si Paulie estuviera detrás de él y las hubiera susurrado al oído. Al oído que había perdido. Ambrose se rascó la prótesis, se alejó de la batidora mezcladora y la apagó. Se giró, esperando que hubiera alguien detrás de él, pero la pastelería estaba vacía y en silencio. Escuchó el silencio con atención y lo notó. Notó que algo iba mal, tenía un presentimiento. No sabía qué era y no lo podía explicar, pero lo notaba.

«¿Lo notas?», había dicho Paulie, justo antes de que la muerte separara a los amigos para siempre.

Ambrose salió de la pastelería y se dirigió a la puerta trasera, la puerta por la que Fern había salido hacía apenas diez minutos. Entonces escuchó el grito. Ambrose salió corriendo por la puerta. La adrenalina le latía en las orejas y la negación le golpeaba la cabeza.

Lo primero que vio fue la bicicleta de Fern en el suelo, con la rueda delantera apuntando al cielo, los pedales levantaban ligeramente la parte de delante, que estaba inclinada, de manera que la rueda giraba suavemente por el viento. Como la moto de Cosmo. Cosmo siempre tenía una sonrisa en la boca. Quería que su familia estuviera a salvo y que no hubiera violencia en su país. Cosmo murió a manos de gente mala.

—¡Fern! —gritó Ambrose aterrorizado.

Y entonces los vio. Estaban a menos de cien metros. Fern estaba en apuros. Alguien la cogía por el cuello y la arrastraba por el terreno que había detrás de la tienda.

Ambrose corrió tan rápido como pudo por el terreno desigual. Sus pies apenas tocaban el suelo y la ira le quemaba las venas.

En pocos segundos los alcanzó, y Becker, que lo vio venir, tiró de Fern hacia él para protegerse. Le temblaba la mano como si estuviera hecho un manojo de nervios y señaló con la navaja a Ambrose, que se acercaba rápidamente.

—¡Se viene conmigo, Ambrose! —gritó—. Me va a llevar con Rita.

Ambrose no redujo la velocidad y evitó mirar a Fern. Becker estaba muerto. Había matado a Bailey Sheen, lo había dejado tirado en una cuneta sabiendo que no podría salvarse solo, había maltratado a su mujer, había vejado a ella y a su hijo, y ahora tenía cogida a la chica que Ambrose amaba como si fuera una muñeca de trapo para protegerse de la ira envuelta en venganza que sentía el chico.

Becker blasfemó cuando se dio cuenta de que la navaja no iba a evitar la colisión con Ambrose. Soltó a Fern para huir y gritó a la vez que se giraba y echaba a correr. Fern también gritó. El miedo que sentía por Ambrose se hizo evidente cuando se puso rápidamente de pie y abrió los brazos para impedirle que se arrojara contra la navaja de Becker.

Becker había dado solo unos cuantos pasos cuando Ambrose lo alcanzó y lo tiró al suelo como este había hecho con su mujer. La cabeza de Becker chocó contra la tierra de la misma manera que la de Rita había chocado contra el suelo de la cocina. Entonces Ambrose se dejó llevar y golpeó a Becker como ya había hecho en noveno, cuando Becker Garth había maltratado a Bailey Sheen en el vestuario de los chicos en el instituto.

—¡Ambrose! —gritó Fern a su espalda, devolviéndolo al presente y haciendo que los puños del chico se detuvieran y su ira se calmara. Se puso de pie y cogió a Becker de su largo cabello, que parecía la antigua melena de Ambrose, y lo arrastró como él había arrastrado a Fern hasta donde estaba la chica, que intentaba no desmoronarse. Lo soltó y abrazó a Fern. Becker cayó desplomado.

—No dejes que se vaya. No podemos dejar que encuentre a Rita —chilló Fern mientras negaba con la cabeza y se aferraba a él.

Becker no se iba a ir a ningún lugar. Ambrose levantó a Fern en brazos y la llevó hasta la tienda, donde todavía estaba su bicicleta con la rueda delantera aún girando, inmutable ante lo que acababa de pasar justo a su lado.

Fern tenía sangre en el cuello, una herida en el pómulo que sangraba y el ojo derecho tan hinchado que apenas veía. Ambrose la sentó con la espalda apoyada en la pared del edificio y prometió que volvería enseguida. Cogió el fino candado de la bicicleta que colgaba de la tubería, se sacó el móvil del bolsillo y llamó a emergencias. Le dijo con calma a la persona que respondió el teléfono lo que había pasado y ató a Becker Garth con el candado de la bicicleta de Fern por si se despertaba antes de que llegara la policía. Ambrose deseaba que se despertara pronto. Quería que supiera lo que se sentía al estar inmovilizado boca arriba y en la oscuridad, sin poder moverse y sabiendo que no podría salvarse. Así se debía haber sentido Bailey en noveno curso en el vestuario de los chicos, tumbado en la silla volcada y esperando a que alguien lo ayudara. O cuando estuvo tumbado boca abajo en la cuneta, consciente de que su intento de ayudar a una amiga le iba a costar la vida.

Entonces, Ambrose volvió con Fern, se puso de rodillas a su lado y la colocó sobre su regazo para rodearla suave y humildemente con los brazos. Con los labios apoyados en el pelo de la chica, dio las gracias a su amigo en un suspiro y empezó a temblar.

—Gracias, Paulie.

35

Cuidar de Fern

Baile de graduación, 2002

Fern se volvió a tocar el escote del vestido por enésima vez desde que habían llegado y se pasó las manos por la espalda como si se hubiera arrugado desde que se la había puesto bien hacía apenas cuatro segundos.

—Bailey, ¿tengo pintalabios en los dientes? —le preguntó, sonriendo a su primo para que pudiera ver las dos hileras de dientes perfectos y rectos por los que había pasado tres años sufriendo con el aparato.

Bailey suspiró y negó con la cabeza.

—Vas bien, Fern. Estás guapísima, solo tienes que relajarte un poco.

Fern cogió aire e inmediatamente empezó a morderse con nerviosismo el labio que acababa de cubrir con otra capa de pintalabios rojo coral.

—¡Mierda! Ahora sí que me los he manchado seguro —le dijo a Bailey con voz aguda—. Ahora vuelvo, ¿vale? Voy un momento al lavabo de las chicas. ¿Estarás bien sin mí?

Bailey levantó las cejas, como diciendo: «Estás de coña, ¿verdad?».

Apenas habían pasado cinco segundos desde que Fern se había ido y Bailey ya se estaba acercando al círculo que formaban los chicos del equipo de lucha libre en la pista de baile. Quería hablar con ellos desde que había llegado con Fern.

Ambrose, Paulie y Grant habían venido sin pareja; Bailey no entendía por qué. Si él pudiera pedirle a una chica que lo acompañara al baile, pudiera rodearla con los brazos, olerle el pelo, estar de pie y bailar con ella, no dejaría pasar la oportunidad.

Beans y Jesse sí que habían llevado acompañantes, pero las chicas estaban hablando de los zapatos, el pelo y los vestidos de todo el mundo.

Los cinco amigos vieron a Bailey acercarse a toda velocidad en la silla de ruedas, esquivando a los bailarines con decisión, y lo saludaron con una sonrisa. Eran buenas personas y siempre habían hecho que se sintiera bienvenido en el equipo.

—Qué elegante, Sheen. —Grant silbó.

Paulie puso bien la pajarita a Bailey, y Ambrose dio una vuelta alrededor de la silla para echarle un vistazo.

—¿Tú también has venido solo como nosotros? —preguntó Ambrose al detenerse delante de Bailey y agacharse para que el chico no tuviera que forzar el cuello para mirarlo a los ojos.

—Habla por ti, tío. Yo he venido con la preciosa Lydia —respondió Beans con los ojos puestos en su acompañante.

Lydia era muy guapa, pero Bailey pensaba que sería todavía más guapa si fuera un poco más discreta, como Rita, y no tan provocadora. Rita enseñaba lo justo para sugerir que lo que había debajo de la ropa era incluso mejor; Lydia enseñaba tanto que era inevitable preguntarse por qué se había vestido. Pero a Beans eso parecía gustarle.

—Marley está muy guapa. —Bailey le hizo un cumplido a la pareja de Jesse.

Jesse levantó las cejas y respondió:

—Sí que esta guapísima, sí.

El vestido de Marley también era muy revelador, pero como ella no era tan voluptuosa como Rita o Lydia, no se notaba tanto. Se parecía más a Fern, pero tenía el pelo negro y largo y un toque exótico en los ojos y los pómulos. Ella y Jesse llevaban juntos desde el segundo año de instituto y hacían buena pareja.

—Yo he venido con Fern. —Bailey fue directo al grano porque no quería que su prima volviera y lo viera persuadiendo a los chicos para que bailaran con ella.

Ambrose se incorporó inmediatamente y reaccionó como si Fern fuera una espía rusa que lo hubiera engañado para que revelara los secretos de su país en lugar de una chica que le había escrito unas cuantas cartas de amor haciéndose pasar por otra persona. Por la reacción del chico, Bailey se preguntó si Ambrose, después de todo, sentía algo por ella. Nadie se enfada tanto por algo que no tiene importancia.

Bailey miró a Paulie y a Grant, y continuó hablando con determinación. Esperaba que Ambrose lo escuchara:

—Tíos, vosotros habéis venido solos. ¿Podéis sacarla a bailar? Fern siempre cuida de mí y me gustaría que pudiera bailar con alguien más aparte de con su primo en su baile de graduación.

Ambrose retrocedió y se dio la vuelta para alejarse sin mediar ni una palabra. Grant y Paulie vieron como se iba con caras de sorpresa. Beans se echó a reír y Jesse silbó flojito y despacio a la vez que negaba con la cabeza.

—¿Por qué se pone así cada vez que alguien menciona el nombre de Fern? —preguntó Grant con los ojos fijos en el chico que se alejaba.

Bailey sintió como la cara se le ponía roja y, repentinamente, el cuello de la camisa le apretaba. Era muy difícil avergonzar a Bailey. El orgullo era algo que un chico como él no se podía permitir si quería disfrutar de la vida, pero el desplante de Ambrose lo había avergonzado.

—¿Qué le pasa? —preguntó Bailey, desconcertado.

—Creo que le gusta Fern —dijo Beans como si fuera una atrocidad.

Bailey le echó tal mirada a Beans que hizo que se detuviera en seco y carraspeara. Dejó de reírse al instante.

—Me gustaría mucho que la sacarais a bailar, pero si pensáis que sois demasiado buenos para ella dejadlo estar. Vosotros os lo perdéis. —La vergüenza de Bailey se había convertido en ira.

—Bailey, no te preocupes, yo la saco a bailar —dijo Grant, poniendo la mano sobre su hombro para tranquilizarlo.

—Cuenta conmigo. Fern me cae muy bien, será un placer bailar con ella —contestó Paulie, asintiendo.

—Y conmigo. Me encanta Fern —añadió Beans. Tenía lágrimas en los ojos de tanto reír.

Bailey decidió ignorarlo. Al fin y al cabo, era Beans, y no podía evitarlo.

—Sheen, sabes que puedes contar conmigo, pero si bailo con ella, sabrá que hay gato encerrado. Marley es mi novia y todo el mundo lo sabe —dijo Jesse con tristeza.

—No pasa nada, Jess. Tienes razón, no quiero que sea tan obvio. —Bailey suspiró, aliviado.

—¿Y qué piensas hacer tú mientras mantengo ocupada a Fern? —bromeó Beans.

—Bailar con Rita —respondió el chico sin dudar.

Los cuatro luchadores gritaron de alegría y rieron. Bailey sonrió con suficiencia y giró la silla. Fern había regresado al gimnasio y lo buscaba con la mirada.

—Chicos, cuidad de Fern y yo cuidaré de Rita —dijo por encima del hombro.

—No te preocupes, cuidaremos de ella —aseguró Grant, diciendo adiós con la mano.

—Sí, nosotros nos encargamos —añadió Paulie—. Y yo me ocupo de Ambrose, que también necesita que alguien lo cuide.

—¿Puedo quedarme? —preguntó Ambrose después de aclararse la garganta.

No le gustaba tener que preguntar eso, pero no podía irse ahora. Se habían quedado despiertos toda la noche y solo faltaba una hora para que amaneciera. Elliott Young se había quedado a cargo de la pastelería, y Joshua y Rachel Taylor habían acudido corriendo para estar junto a su hija en cuanto los llamaron. Solo hacía dos semanas desde que los habían llamado para decirles que fueran al hospital porque a Bailey le había pasado algo. Sus rostros de pánico y las lágrimas de agradecimiento al ver a su hija dejaron ver que esperaban lo peor.

Los policías habían interrogado exhaustivamente a Fern y a Ambrose, y una ambulancia había llevado a Becker Garth al hospital que estaba bajo custodia policial. Fern se había negado a ir al hospital, pero había permitido a la policía que le hiciera fotos de las heridas. Tenía golpes y arañazos, y a la mañana siguiente le dolerían mucho, pero ahora estaba durmiendo en su cama y Ambrose estaba de pie en la puerta de la habitación con la mano en el pomo, pidiendo permiso a Joshua para pasar la noche.

—No me quiero ir. Cada vez que cierro los ojos veo a ese hijo de puta arrastrándola por el pelo… Lo siento, señor. —Ambrose pidió perdón, aunque no sabía qué otra palabra podía usar para describir a Becker Garth.

—No pasa nada, Ambrose, has dicho lo que yo pensaba —dijo el pastor sonriendo lánguidamente.

Los ojos del hombre recorrieron el rostro del chico. Ambrose sabía que no era por las cicatrices; era la mirada de un padre que intentaba saber las intenciones de un chico que estaba claramente enamorado de su hija.

—Te prepararé una cama abajo. —Asintió y se giró. Se alejó de la puerta y le hizo un gesto al chico para que lo siguiera.

Se movía como si hubiera envejecido diez años en la última semana, y Ambrose se dio cuenta de repente de lo mayor que era Joshua Taylor. Tenía por lo menos veinticinco años más que Elliott, lo que quería decir que rondaba los setenta. Ambrose nunca había pensado en los padres de Fern, nunca se había fijado en ellos, de la misma manera que no se había fijado en ella hasta la noche del lago.

Debían de haber sido ya muy mayores cuando Fern nació. ¿Qué habrían sentido al descubrir que iban a tener un hijo cuando pensaban que nunca podrían? Qué vueltas daba la vida. Qué felicidad tan grande, traer a un milagro al mundo, y qué dolor tan inmenso cuando el pequeño fallece. Esa noche, Joshua Taylor había estado a punto de perder a su milagro y Ambrose había sido testigo de uno.

El pastor cogió una sábana encimera, una almohada y un viejo edredón rosa del armario, fue hacia la sala de estar y empezó a preparar el sofá como si lo hubiese hecho mil veces.

—No se preocupe, señor, por favor. Yo me encargo. —Ambrose se acercó rápidamente para que el hombre descansara, pero este le hizo señas para que lo dejara y siguió metiendo la sábana por debajo de los cojines. La dobló por la mitad para que Ambrose pudiera meterse dentro como si fuera un taco.

—Ya está. Aquí estarás bien. A veces, cuando no puedo dormir y no quiero molestar a Rachel, vengo aquí. He dormido muchas noches en este sofá. Eres más grande que yo, pero creo que estarás bien.

—Gracias, señor.

Joshua asintió y le dio una palmada en el hombro. Se dio la vuelta para irse, pero se detuvo y miró la manta que descansaba arrugada sobre el sofá en el que el chico iba a dormir.

—Gracias, Ambrose —dijo. La voz se le quebró por la emoción—. Siempre me ha preocupado qué pasaría con Fern cuando Bailey muriera. Sé que es un miedo irracional, pero sus vidas han estado siempre entrelazadas, conectadas. Angie y Rachel se enteraron de que estaban embarazadas el mismo día. Me daba miedo que Dios hubiera enviado a Fern con un propósito específico, una misión concreta, y que cuando cumpliera esa misión, Dios nos la quitara.

—¿«Jehová dio y Jehová quitó»?

—Sí, algo así.

—Nunca me ha gustado ese versículo.

Joshua Taylor, sorprendido, siguió hablando:

—Esta noche, cuando nos has llamado... antes incluso de que dijeras nada, supe que algo había pasado. Y me había preparado para la noticia. No se lo dije a Rachel porque no quería que ella se asustara. —Joshua miró a Ambrose. Sus ojos marrones, iguales que los de Fern, estaban cargados de emoción—. Me has dado esperanza, Ambrose. Puede que hasta se haya restaurado un poco mi fe.

—La mía también... —admitió Ambrose.

Joshua Taylor volvió a mirarlo con sorpresa y esta vez preguntó:

—¿Qué quieres decir?

—No habría oído el grito. No lo habría oído. Tenía la radio y la batidora mezcladora encendidas. Además, tampoco es que oiga muy bien de por sí. —Ambrose torció levemente los labios y esbozó una ligera sonrisa. Pero este no era el momento de ser frívolo, así que continuó hablando en un tono serio—: Oí a Paulie, a mi amigo Paulie. ¿Se acuerda de Paul Kimball?

El hombre asintió.

—Fue como si estuviera a mi lado y me dijera algo al oído. Me avisó, me dijo que escuchara con atención. Paulie siempre nos decía que escucháramos.

A Joshua le empezaron a temblar los labios y se llevó la mano a la boca. La historia de Ambrose lo había conmovido.

—Desde lo de Irak, ha sido... muy difícil para mí... creer que hay algo después de la vida. O, incluso, que esta tiene un propósito. Nacemos, sufrimos, vemos sufrir a la gente que queremos y morimos. Me parecía todo tan... inútil y cruel. Y tan inamovible... —Ambrose hizo una pausa para recordar la cálida voz de Paulie y siguió hablando—: Pero después de lo que ha pasado esta noche, ya no pienso lo mismo. Hay muchas cosas que no entiendo, pero no entender es mejor que no creer. —Ambrose se detuvo y se pellizcó el puente de la nariz. Miró a Joshua esperando una confirmación—. ¿Tiene sentido?

De repente, Joshua Taylor alargó el brazo a la silla que tenía al lado y se sentó como si no pudiera cargar más su propio peso.

—Sí, sí, completamente —contestó en voz baja mientras asentía con la cabeza—. Tiene sentido.

Ambrose dejó caer su cuerpo agotado sobre el cómodo sofá.

—Eres un buen hombre, Ambrose. Mi hija te quiere, lo sé.

—Y yo la quiero a ella —dijo Ambrose. Se tuvo que contener para no decir nada más.

—¿Y cuál es el problema? —preguntó el pastor, que tenía experiencia en escuchar los problemas de la gente y sabía cuándo alguien ocultaba algo.

—Que a Fern le gusta cuidar de la gente, y me preocupa que... que mis... —Ambrose no encontraba las palabras para expresar lo que sentía.

—¿Tus necesidades?

—Mis cicatrices —corrigió Ambrose de repente—. Me da miedo que mi rostro desfigurado haga que quiera cuidar de mí. No soy guapo, pastor. ¿Qué pasa si un día me ve como realmente soy y decide que lo que siento por ella no es suficiente?

—Tu padre vino a verme una vez hace mucho tiempo. Estaba preocupado por lo mismo. Pensaba que si su aspecto fuera diferente, tu madre no se habría ido.

Ambrose sintió una punzada de dolor por su padre y un rayo de ira por la mujer que lo había dejado por un anuncio de calzoncillos retocado.

—¿Puedo decirte lo mismo que le dije a él? —preguntó con amabilidad Joshua Taylor—. A veces la belleza o la ausencia de esta se interpone en el camino de conocer a alguien. ¿Quieres a Fern porque es guapa?

A Ambrose Fern le parecía muy guapa, pero, de repente, se preguntó si le encantaba su aspecto porque le gustaba cómo reía, cómo bailaba o cómo flotaba en el agua mientras decía frases filosóficas sobre las nubes. Sabía que le encantaba que fuera tan altruista, su sentido del humor y su sinceridad. Y todas esas cosas la hacían preciosa a sus ojos.

—Supongo que hay muchas chicas más atractivas que Fern. Pero tú la quieres a ella.

—Yo quiero a Fern —contestó Ambrose inmediatamente.

—Hay muchos chicos en esta ciudad que están más necesitados que tú y que son... más feos. Pero tú eres el primer chico por el que Fern ha demostrado interés —dijo el pastor, entre risas—. Si fuese una cuestión de ser altruista, Fern construiría un centro para todos los hombres feos y con problemas.

Ambrose también rio. Por un instante, Joshua Taylor lo miró con cariño. Las horas que eran y el contacto que habían tenido con la muerte daban a la conversación un toque irreal y de honestidad.

—Ambrose, Fern te ve tal y como eres, y por eso te quiere.

36

Ir a la Universidad Estatal de Pensilvania

Fern ayudaba a Ambrose a empaquetar las cosas con un aire apagado. Llevaba apagada toda la semana. El trauma por la muerte de Bailey y el ataque de Becker habían dejado huella en la chica y, ahora que Ambrose se iba, no sabía qué sentiría a la mañana siguiente, al despertarse completamente sola por primera vez en su vida. Ambrose la había ayudado a sobrellevar la pérdida de Bailey, pero ¿quién la ayudaría a soportar que Ambrose se fuera?

Fern se dio cuenta de que doblaba las camisetas y los calcetines del chico y toqueteaba las cosas que él ya había organizado y las cambiaba de lugar, y cuando Ambrose se giraba para cogerlas, habían desaparecido.

—Lo siento —dijo Fern por enésima vez en media hora. Se alejó de las maletas abiertas para no seguir molestándolo y se puso a hacerle la cama. No tenía nada mejor que hacer.

—¿Fern?

Ella seguía golpeando la cama, alisando las sábanas y ahuecando los cojines y no miró a Ambrose cuando la llamó.

—Fern, para. Déjalo. Tengo que volver a meterme en la cama en pocas horas —dijo él.

Fern no podía parar. Necesitaba hacer algo, estar ocupada. Salió al pasillo a buscar la aspiradora para limpiar la habitación del chico. Elliott hacía el turno de noche en la pastelería para cubrir a Ambrose en su última noche en Hannah Lake y la casa estaba en silencio. No tardó en encontrar la aspiradora y un trapo para el polvo y limpiacristales.

Pasaba la aspiradora por la habitación medio vacía, cazaba las pelusas del suelo y limpiaba cualquier superficie que encontraba, hasta que Ambrose suspiró profundamente y, después de cerrar la cremallera de la última maleta, se giró y la cogió por las caderas.

—Fern.

—Dime —contestó ella mientras miraba un rincón de la pared donde la pintura parecía más clara. Había frotado demasiado.

—Suelta el limpiacristales y retrocede despacio —ordenó Ambrose.

La chica puso los ojos en blanco, pero se detuvo por miedo a estar molestando más que ayudando. Dejó el limpiacristales en el escritorio.

—El trapo también —añadió Ambrose.

Fern dobló el trapo y lo dejó al lado del líquido. A continuación, puso los brazos en jarras, imitando la postura del chico.

—Pon las manos donde pueda verlas.

Fern levantó los brazos de manera que los pulgares le tocaban las orejas y movió los dedos. Entonces se puso bizca, se llenó la boca de aire y sacó la lengua. Ambrose se echó a reír, la cogió como si tuviera cinco años y la lanzó a la cama. Después se tumbó él también y se giró de manera que tenía parte del cuerpo de la chica inmovilizado debajo del suyo.

—Siempre estás haciendo muecas. —Sonrió y le pasó el dedo por el puente de la nariz hasta los labios y luego por la barbilla.

La sonrisa de Fern desapareció de su cara cuando le tocó los labios y la pena que había intentado evitar se apoderó de ella.

—¿Qué significa esa cara? —preguntó él con suavidad al ver como la risa desaparecía de su semblante.

—Estoy intentando con todas mis fuerzas ser valiente —respondió ella en voz baja y con los ojos cerrados, mientras el chico la miraba con atención—, así que esta es mi cara valiente y triste.

—Es una cara muy triste —suspiró Ambrose.

Posó los labios sobre los de la chica, le acarició la boca un instante y volvió a apartarse. Entonces vio que la cara triste de la chica se llenaba de lágrimas que le resbalaban por debajo de los párpados cerrados. Fern lo empujó para que la soltara y se dirigió rápidamente hacia la puerta para que no se sintiera mal y no hacerle más difícil irse. Fern sabía que Ambrose se tenía que marchar, igual que sabía que quería que se quedara.

—¡Fern, para!

Estaban volviendo a vivir la noche del lago. Fern intentaba irse para que él no la viera llorar, pero él era más rápido y, con un movimiento fugaz de la mano, cerró la puerta para que no pudiera salir. La rodeó con los brazos y la cogió de manera que la espalda de Fern reposaba contra el pecho de Ambrose. La chica dejó que su cabeza colgara y se echó a llorar, tapándose los ojos con las manos.

—Venga, cariño, no llores —dijo Ambrose—, no es para siempre.

—Ya lo sé —gritó ella.

Ambrose sintió como la chica cogía aire con fuerza y se concentraba en recuperar el control de su cuerpo para que las lágrimas se esfumaran.

—Quiero enseñarte algo —dijo Fern de repente. Se secó las lágrimas enérgicamente, intentando deshacerse de los restos de su pena. Entonces, se giró hacia él y con las manos se empezó a desabrochar los botones blancos de la camisa.

A Ambrose se le quedó la boca seca. Había pensado en este momento muchísimas veces y, a pesar de eso, con los nervios y la pérdida, Fern y él solo se habían quedado a las puertas, como si les diera miedo entrar. Además, era muy difícil tener privacidad, la privacidad que él quería con Fern, la que necesitaba, cuando los dos vivían con sus padres. Por eso, habían tenido que refrenar la pasión y robarse algunos besos. A Ambrose cada día se le hacía más difícil.

Pero Fern solo se desabrochó cinco botones. Entonces se detuvo y se abrió la camiseta por el lado izquierdo del pecho, justo por encima del sujetador de encaje. Ambrose miró el nombre que la chica se había tatuado con letras muy pequeñas y sencillas sobre el corazón. «Bailey».

Ambrose alargó la mano y deslizó los dedos por encima de la palabra. El contacto hizo que a Fern se le pusiera la piel de gallina. El tatuaje era reciente y la piel de debajo todavía estaba rosa, aún no había cicatrizado. Medía aproximadamente tres centímetros y era un pequeño tributo a un amigo muy especial.

Fern debía de sentirse confusa por la expresión del chico.

—Me sentí como una rebelde al hacerme el tatuaje, pero no me lo he hecho porque quiera ser una chica mala, sino porque quería... quería tenerlo cerca de mí y pensé que tenía que ser yo quien llevara su nombre en el corazón.

—Tienes un tatuaje, un ojo morado y me acabas de enseñar el sujetador. Te estás convirtiendo en una chica mala, Fern —bromeó Ambrose a pesar de que el golpe en el ojo hacía que le hirviera la sangre cada vez que la miraba—. Si me lo hubieras dicho, habría ido contigo —añadió a la vez que se quitaba la camiseta gris que llevaba puesta.

Fern observó con atención igual que él había hecho hacía un momento.

—Parece que los dos queríamos sorprender al otro —prosiguió con voz suave mientras ella lo miraba.

Los nombres estaban colocados uniformemente en una hilera igual que las tumbas en el monumento conmemorativo. A Bailey no lo habían enterrado con los soldados, pero estaba con ellos ahora. Su nombre era el último de la línea.

—¿Qué es esto? —preguntó Fern, pasando los dedos por encima de una fronda larga y verde que se retorcía entorno a los cinco nombres.

—Es un helecho.

—¿Te has tatuado... un helecho?

El labio inferior de Fern empezó a temblar otra vez. Si no estuviera tan conmovido por la emoción de la chica, Ambrose se habría echado a reír por el puchero de niña pequeña de Fern.

—Pero... es permanente —suspiró, escandalizada.

—Ya lo sé. Tú también —respondió Ambrose, despacio para que Fern asimilara las palabras.

La chica lo miró a los ojos. El dolor, la incredulidad y la euforia peleaban por obtener el dominio de su expresión, pero, a pesar de que quería creer lo que le había dicho, no sabía si podía.

—Yo no soy Bailey, Fern. Y nunca voy a ocupar su lugar. Vosotros erais inseparables, y eso me preocupa un poco, porque vas a tener un hueco de la medida de Bailey en tu vida durante mucho tiempo... quizá para siempre. Yo entiendo esos huecos. Este año me he sentido como uno de esos copos de nieve que hacíamos en la escuela. Aquellos que hacíamos doblando el papel de una manera concreta y luego cortábamos sin parar hasta que el papel se quedaba hecho trizas. Yo soy como uno de esos, un copo de nieve de papel. Y cada agujero tiene un nombre, y nadie, ni tú, ni yo, podemos rellenar los huecos que ha dejado otra persona. Lo único que podemos hacer es evitar que el otro caiga en uno de los agujeros y nunca vuelva a salir.

»Yo te necesito, Fern. No voy a negarlo, te necesito. Pero no como Bailey te necesitaba. Yo te necesito porque sufro cuando no estás conmigo, porque haces que tenga esperanza. Me haces feliz. Pero no necesito que me afeites ni que me peines ni que me limpies el sirope de la nariz.

La cara de Fern se derrumbó al recordar ese día, al recordar a Bailey y cómo ella había cuidado de él con tanto cariño.

Fern se tapó los ojos para esconder la angustia, pero le empezaron a temblar los hombros y rompió a llorar. Ya no podía esconder más la emoción.

—Bailey necesitaba eso y tú se lo diste porque lo querías. Piensas que te necesito, pero no estás convencida de que te quiera y por eso intentas cuidarme.

—¿Qué es lo que quieres de mí, Ambrose? —preguntó ella, escondida detrás de las manos.

Él la cogió por las muñecas para verle la cara y lo dijo todo del tirón:

—Quiero tu cuerpo, tu boca, sentir tu pelo rojo en las manos. Quiero reír y quiero que hagas muecas divertidas. Quiero tu amistad y tus pensamientos inspiradores. Quiero a Shakespeare y las novelas de Amber Rose y tus recuerdos de Bailey. Y quiero que vengas conmigo.

Fern apartó las manos de la cara y, a pesar de que todavía tenía las mejillas mojadas, sonrió y se mordió el labio inferior. Los ojos llorosos y su sonrisa formaban una combinación particularmente adorable, y Ambrose se inclinó para soltar con los dientes el labio inferior de la chica. Lo pellizcó con cuidado y lo besó con delicadeza, y se volvió a apartar para seguir hablando del tema.

—Pero la última vez que le pedí a alguien a quien quería que viniera conmigo a pesar de que no querían, acabé perdiendo a mis amigos —continuó, cogiendo un mechón de pelo de la chica y envolviéndolo en un dedo. Frunció una ceja e hizo una mueca triste con la boca.

—¿Quieres que vaya contigo a la universidad? —preguntó Fern.

—Más o menos.

—¿Qué quiere decir «más o menos»?

—Te quiero, Fern. Quiero que te cases conmigo.

—¿En serio? —gritó ella.

—Sí, eres insuperable, Fern Taylor.

—¿De verdad?

—De verdad —Ambrose no pudo evitar reír por la adorable cara de incredulidad de la chica—. Si aceptas, pasaré el resto de mi vida intentando hacerte feliz y, cuando te canses de mirarme, prometo que cantaré.

Fern soltó un intento de risa mezclado con lágrimas e hipo.

—¿Sí o no? —preguntó Ambrose, serio, a la vez que le cogía la mano. Era la pregunta definitiva; se quedó suspendida en el aire entre ellos.

—Sí.

37

Casarme

Los asientos del estadio estaban abarrotados de gente que iba de azul y blanco, y Fern se sintió un poco perdida sin una silla de ruedas que preparar y al lado de la que sentarse. Sin embargo, tenían buenos asientos, Ambrose se había encargado de eso. El tío de Fern, Mike, se sentaba a la izquierda de la chica, que tenía al otro lado a Elliott Young. Al lado de este se sentaba Jamie Kimball, la madre de Paulie. Jamie había trabajado en la pastelería durante años, y Elliott, por fin, se había atrevido a pedirle salir. Por ahora, las cosas les iban muy bien. Otro hecho positivo. Se necesitaban el uno al otro, pero lo más importante era que se merecían el uno al otro.

Era el último duelo de la temporada para los Nittany Lions de la Universidad Estatal de Pensilvania, y Fern estaba tan nerviosa que se había sentado sobre las manos para no retomar el mal hábito de morderse las uñas. A pesar de que Ambrose había ganado más combates de los que había perdido, cada vez que competía, Fern no podía evitar ponerse de los nervios. No entendía cómo Mike Sheen había podido soportar esa tortura durante tantos años. Si querías al luchador, y Fern quería a Ambrose, ver cómo luchaba era una agonía insoportable.

Ambrose no había ganado todos los combates, pero había tenido un año muy bueno, sobre todo teniendo en cuenta su ausencia en el deporte y los inconvenientes con los que había empezado la temporada. Fern había hecho prometer a Ambrose que se lo pasaría bien, y él lo había intentado. No tenía que intentar ser Míster Universo, ni Hércules, ni Iron Man, ni nada que no fuera Ambrose Young, el hijo de Elliott Young y el prometido de Fern Taylor. Fern cogió aire e intentó seguir su propio consejo. Era la hija de Joshua y Rachel, la prima de Bailey y la amante de Ambrose, y no lo cambiaría por nada del mundo.

Fern no se había ido con él a la universidad. Ambos sabían que no era una posibilidad inmediata. Fern por fin había conseguido un contrato para tres libros con una editorial de novelas románticas respetada y tenía que cumplir las fechas de entrega. Publicarían su primera novela en primavera. Ambrose estaba convencido de que tenía que superar los obstáculos por él mismo y sin la ayuda de nadie.

Ambrose había tenido miedo y lo había reconocido. Le molestaban las miradas curiosas, los susurros de la gente tras las manos con las que se tapaban la boca y el hecho de que todo el mundo pensara que el chico tenía que explicar lo que le había pasado.

Pero no estaba tan mal. Las preguntas fueron una oportunidad para soltarlo todo en público, y, al cabo de un tiempo, los chicos del equipo ya ni siquiera le veían las cicatrices. Como le había pasado a Fern con la silla de ruedas de Bailey, o a Ambrose cuando miró más allá del rostro de una chiquilla de dieciocho años y finalmente vio a Fern por primera vez.

El entrenador de la Universidad Estatal de Pensilvania no le había prometido nada a Ambrose. Cuando llegó, no tenía ninguna beca. Le dijo al chico que podía entrenar con el equipo cuando llegara y que ya verían lo que hacían. Ambrose llegó en octubre, un mes más tarde que los demás. Sin embargo, al cabo de pocas semanas ya había impresionado a los entrenadores y a los compañeros de equipo. Fern y Ambrose empezaron a escribirse cartas otra vez, se mandaban correos electrónicos llenos de preguntas dulces y raras que hacían que la distancia resultara trivial. Fern siempre se aseguraba de firmar en mayúsculas y con negrita para que Ambrose supiera con toda seguridad quién las escribía.

Las cartas hacían que rieran, lloraran y desearan que llegaran rápido los fines de semana para que uno de los dos fuera a visitar al otro. A veces, quedaban en un lugar a mitad de camino, se perdían juntos un par de días y disfrutaban de cada segundo, porque los segundos eran minutos, y los minutos eran muy valiosos cuando te podían robar la vida en un suspiro.

Cuando Ambrose salió al tapiz con sus compañeros de equipo, a Fern se le detuvo el corazón y empezó a saludar como una loca con la mano para que él los viera. Los encontró rápidamente, sonrió, mostró esa sonrisa torcida que a Fern le gustaba tanto y luego sacó la lengua, se puso bizco e hizo una mueca. Fern imitó la cara y observó como el chico reía.

Entonces, Ambrose se tocó la parte del pecho donde tenía escritos los nombres y Fern sintió como la emoción le subía por el cuerpo hasta llegar al nombre que ella llevaba en el corazón. A Bailey le habría encantado estar ahí. Si Dios existía y había una vida después de esta, Bailey estaría con ellos, Fern no lo dudaba. Bailey estaría en la pista prestando atención al combate, tomando apuntes y escribiendo nombres. Paulie, Jesse, Beans y Grant también estarían ahí, al borde del tapiz, viendo a su mejor amigo luchar por seguir viviendo sin ellos. Lo animarían como siempre habían hecho, incluso Jesse.

Fern y Ambrose se casaron en el verano de 2006. La pequeña iglesia a la que Joshua y Rachel Taylor habían dedicado sus vidas estaba llena a rebosar, y Rita fue la dama de honor de la novia. A Rita le iban bien las cosas: estaba viviendo otra vez en Hannah Lake ahora que Becker, acusado de tres delitos en tres casos diferentes, estaba en la cárcel pendiente de juicio.

A Rita le habían concedido el divorcio y se había dedicado a planificar una boda que se recordaría durante años. Se había superado a sí misma; fue una boda perfecta, mágica, más de lo que Fern podía haber imaginado.

Pero, una vez se acabara la ceremonia, la gente no hablaría de las flores, ni de la comida ni el pastel, ni de la belleza de la novia ni la solemnidad del novio. Un sentimiento impregnaba el aire ese día. Era una sensación dulce y especial que hizo que más de un invitado, maravillado, dijera:

—¿Lo notas?

A la ceremonia asistieron la familia de Grant y Marley y Jesse júnior. Con el apoyo de Fern, Ambrose había hablado con las familias de sus difuntos amigos y, aunque no había sido fácil para nadie, las heridas habían empezado a curarse. Luisa O'Toole seguía culpando a Ambrose y no abrió la puerta cuando fue a verla. Tampoco fue a la boda. Cada persona vive con el duelo de una forma diferente, y Luisa tendría que acabar asumiendo la pena en algún momento. Jamie Kimball se sentó al lado de Elliott y, por sus manos entrelazadas y la forma cálida en la que se miraban el uno al otro, era fácil predecir que habría otra boda muy pronto.

El pequeño Ty crecía rápidamente y a veces todavía se subía en la silla de Bailey y pedía que lo llevaran de paseo. Pero el día de la boda nadie se sentó en la silla de Bailey, que estaba colocada al final del primer banco, en un lugar honorífico. Cuando Fern fue hacia el altar de la mano de su madre, miró la silla vacía, pero cuando Ambrose dio un paso adelante y la cogió de la mano, fue incapaz de ver otra cosa que no fuera él. El pastor saludó a su hija con un beso y tocó la mejilla llena de cicatrices del hombre que había prometido querer a su hija y estar con ella hasta el fin de sus días. Una vez se acabaron las promesas, se pronunciaron los votos y la pareja se besó, los invitados se preguntaron si los novios se quedarían para la celebración. Joshua, con lágrimas en los ojos y un nudo en la garganta, se dirigió a la gente mientras miraba a la bella pareja que había llegado tan lejos y había sufrido tanto.

—La belleza verdadera, aquella que no se desvanece ni desaparece, necesita tiempo. Necesita presión y necesita muchísimo aguante. Es como el lento goteo que crea una estalactita, el movimiento de la tierra que alza las montañas o el martilleo constante de las olas que esculpe las rocas y alisa los bordes escarpados. Y de la violencia, el ímpetu y la ira del viento, del rugido del agua, nace algo mejor, algo que sin estos factores no podría existir.

»Y por eso resistimos. Creemos que todo tiene un porqué. Tenemos fe en cosas que no vemos y aprendemos con las pérdidas; encontramos fuerza en el amor y tenemos en nuestro interior una belleza tan extraordinaria que nuestros cuerpos no son capaces de contenerla.

Epílogo

—... entonces Hércules, que estaba sufriendo mucho, pidió a sus amigos que encendieran una hoguera que llegara hasta el paraíso. Hércules, desesperado, se arrojó al fuego para así intentar poner fin a la agonía del veneno que tenía en la piel.

»Desde el monte Olimpo, el poderoso Zeus observó a su hijo y, al ver cuánto sufría, se giró hacia su vengativa esposa y le dijo: «Ya ha sufrido bastante y ha mostrado su valía».

»Hera miró a Hércules y, apenada, estuvo de acuerdo. Mandó su cuadriga para que llevara a Hércules y pudiera ocupar el lugar que le correspondía, entre los dioses, donde el amado héroe todavía vive hoy en día —dijo Ambrose con voz suave. Cerró el libro y deseó que con eso bastara.

El silencio marcó el final triunfante, y Ambrose miró a su hijo y se preguntó si el pequeño de seis años se había quedado dormido en algún lugar entre el duodécimo trabajo de Hércules y el final. Rizos de un color rojo brillante cubrían la cabeza del pequeño de cara alegre, pero los ojos grandes y oscuros estaban completamente abiertos y sumergidos en un pensamiento.

—Papá, ¿eres tan fuerte como Hércules?

Ambrose reprimió una sonrisa, cogió al pequeño soñador en brazos y lo metió en la cama. La hora del cuento se había alargado y ya hacía rato que el pequeño tendría que estar durmiendo. Fern estaba en algún lugar de la casa, soñando su propia historia, y Ambrose pensaba interrumpirla.

—Papá, ¿piensas que podré ser como Hércules algún día?

—No hace falta que seas como Hércules, cariño. —Ambrose apagó la luz y se detuvo en la puerta—. Hay muchos tipos de héroes.

—Sí, tienes razón. Buenas noches, papá.
—Buenas noches, Bailey.

Agradecimientos

Con cada libro que escribo, la lista de gente a la que tengo que dar las gracias y elogiar es más larga. En primer lugar, quiero dar las gracias a mi marido, Travis. Travis es luchador de lucha libre, y estoy convencida de que ese deporte hace hombres buenos. Gracias por el apoyo, T. Gracias por hacer posible que sea madre y escritora.

Gracias a mis hijos, Paul, Hannah, Claire y el pequeño Sam. Sé que no es fácil que esté todo el rato jugando con mis personajes en la cabeza. Gracias por quererme a pesar de eso. A mi familia, tanto a los Sutorius como a los Harmon, gracias. Mamá y papá, gracias por dejar que me esconda en vuestro sótano a escribir cada fin de semana. Os quiero muchísimo.

Quiero hacer una mención especial a Aaron Roos, el primo de mi marido, que sufre distrofia muscular de Duchenne. Aaron acaba de cumplir los veinticuatro y todavía sigue dando guerra. Gracias, Aaron, por tu sinceridad, tu optimismo y por pasar la tarde conmigo. Bailey ha cobrado vida gracias a ti. A David y a Angie (Harmon) Roos, los padres de Aaron. Me conmovéis, y os respeto muchísimo. Gracias por vuestra fuerza y vuestro ejemplo.

A Eric Shepherd, gracias por hacer el servicio militar y por cuidar de mi hermano pequeño en Irak. Y gracias también por dejarme ver lo que realmente viven los soldados cuando se van y cuando regresan.

A Andy Espinoza, sargento de policía retirado. Gracias por ayudarme con todo el procedimiento policial. Me has ayudado mucho en los dos últimos libros. Gracias.

Gracias a Cristina del blog *Cristina's Book Reviews* y a Vilma de *Vilma's Book Blog*. Vilma y Cristina, sois mis Thelma y

Louise. Gracias por acompañarme en esta aventura y por promocionar *Máscaras* con tantas ganas y clase. Y a Jenny y Gitte de *Totally Booked Blog*. Chicas, pusisteis *A Different Blue* por las nubes y siempre os estaré agradecida por creer en mí y por vuestra honesta opinión.

Hay muchos blogs y lectores fieles a los que tendría que agradecer. Quiero que sepáis cuánto os aprecio a todos por vuestro apoyo lleno de humildad. Gracias.

A Janet Sutorius, Alice Landwehr, Shannon McPherson y Emma Corcoran por ser las primeras en leerme. A Karey White, autora y editora excepcional (echad un vistazo a *My Own Mr. Darcy*) y por editar *Máscaras*. A Julie Titus, formateadora y amiga, que siempre encuentra tiempo para ayudarme. A Chris Park, por creer en mí y ser mi agente.

Y, por último, a mi Dios Padre, por hacer que incluso las cosas feas sean bellas.

Sigue a Oz Editorial
en www.ozeditorial.com
en nuestras redes sociales
y en nuestra newsletter.

Acerca tu teléfono móvil a los códigos
QR y empieza a disfrutar de información
anticipada sobre nuestras novedades y
contenidos y ofertas exclusivas.